毎日が天国
自閉症だったわたしへ

ドナ・ウィリアムズ 著
河野万里子 訳

明石書店

EVERYDAY HEAVEN:

Journeys Beyond the Stereotypes of Autism

by Donna Williams

First published in the UK in 2004 by Jessica Kingsley Publishers Ltd.
73 Collier Street, London N1 9BE
www.jkp.com

Printed in Japan

Japanese translation published by arrangement with
Jessica Kingsley Publishers
through The English Agency (Japan) Ltd.

わたしにインスピレーションを与えてくれたシーラ、ボベス、サージ、そしてもちろん、わたしのすばらしい夫、クリスに。

自閉症という迷宮の開拓者となり、ブラックボックスの外のことも考えてくださった全体観的《ホリスティック》医学と臨床の先生方に。

最後に、つねにわたしとともにあるジャッキー・ペーパー、マーゴ、モンティ、ジーンに。

毎日が天国——自閉症だったわたしへ†目次

1　わたしの今

「きみは、これからもずっと、旅する人なんだと思う」

となりにすわっていたドイツ人、フリッツが、少したどたどしい英語でそう言った。物静かでやさしく、陽気な人だった。わたしはヒッチハイクしていて、三十分ほど前に車に乗せてもらったばかりだったが、ラジオからはちょうどわたしの作った歌が流れていて、あたりは自分の声で満たされ、世界はさっと現れては流れ去っていく。これがたぶん、夢を見るのにいちばんいい状態。その一方で、すでにわたしは彼に精神性のようなものを強く感じていた――この人もわたしと同じく、見た目にとらわれずに人の本質を見通すだけでなく、時間や空間にもとらわれないのではないだろうか。彼のことばも、どこか遠くを見ているようなようすも、素《す》のままのわたしにはなじみ深いものだった。そして夢のなかにいたわたしには、感じるままに答えがわいてきたのだ。〈いいえ、フリッツ、それはちがう〉

夜明けの光が最高潮に達して輝きながら、わたしのまぶたにキスをした。そしてわたしの魂は、ウェールズのさわやかな青空が広がる九月のある日のなかへ、めざめた。ま、っ、さ、らな目に映るのは、意味をなさないさまざまな色ともようの群れ。それらはたまたま寝室の壁と窓で、その窓からは、わたしたちのウェールズの田舎家《ファーム》の庭を見わたせる。ラジオから流れてくる自分の曲を聴いていたのは――あれは、夢。わたしはああいう夢を見るのが大好きで、何度も見ているけれど、現実になったことはない。
わたしの背中のむこうには、イアンがいる。ひょろりとやせて背が高く、すねたような寝顔のまま、あと二、三時間は起きない。

わたしがこの、ウェールズ語の話されるどこともわからない人里離れた土地のまんなかに、大きな緑の一区画を買ったのは、七か月前のことだった。「世の中」から離れていられる究極のプライバシー――それがイアンの夢だったから。エセックス駅のそばの、靴箱みたいな建物に入っていた居心地のいいわたしのワンルームから、彼は出ていこうとしたから。それ以前の十か月、わたしたちはずっと兄と妹のような関係のままだったうえ、しだいに兄や妹でさえなく、ただそこにある家具のような存在になりかけていた。「出ていってひとりでアパートで暮らすか、きみが田舎家を買うか」と彼は言った。それもただの田舎家ではない。イアンは、わたしたちが「世の中」と呼んでいるものへの嫌悪感が偏執症的にひどくなってきており、その「病気の処方箋」として、隣家から遠く離れ、囲いで仕切られている田舎家でなくてはならないというのだ。できることなら、囲いのなかがすべて自分たちの土地であるような田舎家。そしてもちろん、メルセデスの新車付きで。つまり彼は、現代のお城を、金の馬車とともに注文したわけだ。

せっかく打ちたてた、「いちばんの友だち」と住むというセキュリティを揺るがしたくなかったので、わたしは彼のその夢にお金を出した。そして、炭鉱労働者の小屋のような住まいとおんぼろのフォード・エスコートでの暮らしから、メルセデスに乗って買い物をし、大きすぎる鍋をもてあますエンドウマメみたいな生活になった。けれど車の鍵も家の鍵も、わたしは持っていないのだ。持っても、忘れてしまうから。お金のことや電話連絡と同様、きちんとしておかなくてはならないことなので、イアンが管理している。

　費用はすべて、まるで宝くじに当たったみたいなわたしの本の印税で、まかなった。住まいは希望どおりに巨大で、二階には三つの個室《ベッドルーム》がある。ひとつはイアンの、もうひとつはわたしの、さらにもうひとつはわたしたちの。一階には広すぎるキッチンと食堂《ダイニング》、リビングにロビーまで。外には、馬小屋と離れの建物がそれぞれいくつも——そしてそれらを使うのは、わたしたちたったふたりで、ネコの一匹も、そのネコをねぐらにしているノミたちさえもいない。とにかくいちばん大事なのは、わたしには友だちがいて、ひとりぼっちではないということ。

　わたしたちのどちらもが、結婚したいかどうか、イアンが明らかにしてくれたのは、十か月前のことだった。

「点検《チェッキング》」は、意識と無意識の中間にある前《ぜん》意識[*1]に働きかける方法だ。だから、わたしたちが感じとっている現実《リアリティ》とつながることができる。ちがう言いかたをするなら、「本来のわたしたち」を失わせ、物事を認識する力を奪ってしまう理屈っぽい考えを、避けることができるのだ。自分自身に質問すれば、内容は感情ではなく頭に届くから、感情に左右されたような答えも出てこない。そのうえ立会人をつくり、その人の前で声に出して質問したり態度を表明したりすれば、不意にむきだしにされた感じになって、その表明が心からのものでなければなんの答えも出てこないし、多少そうだなと思える程度では「つかまったみたい」に、ぎこちなくなる。

「ぼくは結婚したい」「わたしは結婚したい」——わたしたちは順番に声に出してみた。答えは、まわりくどい考えも、それがどういうことかという込みいった理解も越えて、すっと出てきた。考えとか理屈といったものとは明らかにちがうシステムが、働いたのだ。

だがわたしたちには、チェックしそこねた点もあった。イアンについては、なぜ結婚したいのかという点。わたしについては、誰と結婚したいのかという点。そのことに、わたしたちは思いもおよばなかった。

「結婚したい」と言ってみたとき、イアンにはわくわくする興奮が訪れた。わたしは満面に笑《え》みが広がった。それは、子どもがお菓子の入った広口瓶に手を突っこんだときみたいな笑みで、顔から消そうとすればするほど、むしろまわりじゅうに見てもらいたがっているように、明るく広がっていった。次の瞬間、かなりハッピーになっていたイアンが、「なかなか金持ちのこの友だちは、結婚したいというこの人自身の願いを実行に移さなくてはならない」と決めた。だが問題が、ひとつだけあった。結婚したいとわたしがずっと願っていたのは、イアンではなく、ウェールズのひと、ショーンだったということ。そのことを、少しでもわたしは言っただろうか？　明らかにわたしが結婚したがっているというイアンの仮定を、ちゃんと打ち消しただろうか？　わたしの答えに有頂天になっているイアンから逃げ出し、「わたしは今でもウェールズのひとが好き。昔むかしのことで、人と関わることにアレルギーのあるひとだったけど、あれがわたしの一生の恋」と、正直に心を開いただろうか？　いや、開かなかった。打ち消さなかった。言わなかった。

だからこうして、わたしは「わたしの友だち」と、なんとかがんばる羽目になっている。わたしは破ってしまったのだ。たとえなにがあろうと、他者と汝《なんじ》自身に正直であれというルールその一を。

わたしの頭は、まだ枕の上にあるけれど、頭のなかはもう起きていて、しっかり巻かれたゼンマイが今にもピンとはじけそうなときみたいになっている。でも同時にぼんやりした考えも、意識の世界からほんの少し抜けだして、白昼夢かなにかのようにあたりに漂っている。知らずに知っているなにかが、表情豊かにわたしを呼んで、となりの人間トーストからわたしの体を引き離させ、ベッドを出て階下へ、パソコンのところへ向かわせる。わたし専用のメガネをつかませ、通り道にガウンを落とさせ、あとで必ず拾うようにさせる。独力ではできない。自ら、自分としてはできない。わたしは単に床をかたづけているだけなのだ。

専用サングラスをかけると、とたんに部屋には命が吹きこまれて、もう色と形が氾濫しているだけではなくなる。ただのもようと色が、窓に、カーテンに、外の眺めに一変する。わたしの脳が、押し寄せる洪水を処理できるようになったわけだ。

物事を自発的におこなえるように、そしてはっきりした意識や考えをもてるように——これまでわたしは、そうしたいとがんばりつづけてきた。というのも、わたしにあるのはクイズ番組のボタンを押すかのような条件反射ばかりで、その条件反射自体が意思をもっているみたいに、マルかバツかを即座に決めてしまっていたからだ。

考えるというプロセスから、わたし自身ははじき出されていて、はっきりわかるのは結果の部分だけだと感じていた。ちょうど、いつもなにかに憑《つ》かれたようになっているのに、できごとのあとになってから、取りつかれていたとわかるみたいに。だが書くことで、知らずに知っていることは自動的にすべて文字になっていく。そしてページに現れた文字を読めば、文字は目を通して、わたしのはっきりした意識に語りかけてくる。こうしてわたしは、前意識にある知らずに知っていることを、意識の部分に移動させるメカニズムを見つけ出した。おかげで自分を、まるごとの自分として感じ、自分の暮らしや考えや表現を自分でコントロールできるとも感じられるようになった。

イアンは、ミニチュアの牛のおもちゃをいくつか使って、誰がなにを言い、どこへ行き、その返事や反応がどうだったかをわたしに再現させることで、わたしが自分自身をちゃんと表現できることば——自分でわかっていて、意識できており、考えた結果のことばを話せるように、手助けしてくれた。

でもコン[*2]は、ことばを話すことなど要求しない。コンは考えと指先をダイレクトにつないで、それから目を通してまた頭にフィードバックしてくれる。わたしの頭の容量《キャパ》を超えてしまうこともなければ、ベラベラと雑音のようにしか聞こえなくなるおしゃべりもない。肺と舌と口と咽頭を同時にうまく動かすという、うんざりするような身体メカニズムを駆使する必要もなく、意識をもっての一歩一歩で、記憶のなかにたくわえておいた紋切り型の表現ではなく、自分自身を表現できることばを、取りもどさせてくれる。そしてそれを話したり、理解しやすい形態《フォーマット》にしてみせてくれるのだ。

もっともコンには、イアンにあるような、なじみ深いにおいはない。わたしの長い巻き毛を、くりかえしくりかえし催眠術のように指で梳《す》いて、喉を鳴らすネコのような気分にさせてくれる「かみのけ《ヘア》」もしない。味覚をさまざまに喜ばせてくれる料理もしなければ、わたしのかわりに電話に出て「お断わりします」とか「彼女はそれには興味がありません」などと答え、わたしが自分をなくしたまま、要求という名の海に押し流されないようにもしてはくれない。

「カタカタ、カタ、カタカタ」わたしがスイッチを入れてキーボードを打ちはじめると、パソコンはそうしゃべりだす。「ストップ!」わたしは「親」という範ちゅう《カテゴリー》のなかに入れているイアンのルールを思い出して、自分に言う。「朝食前のパソコン禁止」だいいちわたしは、ひどくトイレに行きたい。それに寒い。

体はいすにすわり、両手は自動的にキーボードを打ち、目はわたしのなかからあふれ出る知らずに知っていることを読んで、意識とつながるなか、画面にはことばがつぎつぎ現れる。もしほかになにもしなくていいのなら、おそらくわたしはいつもキーボードにしがみついているだろう。トイレもいや。ジャンパーを着るのもいや。なにか飲むのも食べるのもいや。

調子の悪いヘッドホンみたいな、言われていることがしばしば入ってこない世界に住んでいると、こんなふうに自己フィードバックから離れがたくなって中毒《アディクション》のようになり、イアンといっしょに決めた賢明なルールも、いすから立って実行に移すことがむずかしくなってしまうのだ。そしてしなくてはならないことと、したいことのあいだの葛藤で胃がきゅっと痛み、呼吸は荒くなり、しなくてはならないことを認識せよと、どこからともなく迫られる。そのメッセージを受けとっても、わたしの半分はまだキーボードに手をのばそうとするが、もう半分の体が、ようやくキッチンへ行こうとしはじめる。

まず朝食、それからパソコン。イアンのかわりに、わたしは自分に命令する。年老いた犬に、新しい芸を覚えさせるように。

手と口を、なんとかともに電話に向かわせ、電話番号を押して弟と話すというところまでたどり着くのに、まる二日かかった。電話をかけようという意思はあるのに、気持ちがそれていき、バスルームをみがきあげることから煙突の掃除まで、ほかのあらゆることに逃げていたからだ。

わたしの家族の誰にも、わたしの住所や電話番号は知らせていない。母の厄介な面が顔を出す場合を考えて。わたしの本の出版代理人《エージェント》のもとにメッセージを残すことしかできないようにしてあるので、直接連絡を取りたければ、こちらが腰をあげるしかなかった。

弟の声はあたたかかったが自己防衛的で、およそ一万六千キロもの距離にもかかわらず、くっきり聞こえた。

「こっちにはいつ来るの？」弟が訊いた。

「近いうちに」わたしはあいまいに答えた。

「誰かと会う約束した？」

「うん、まあね」なにか知らせれば、それを母が弟から吸いあげるに決まっているので、わたしはそう答えるだけにした。母は、わたしを虐待したという罪の意識のせいで、わたしが自分の娘だという所有権がいっそうほしくてたまらず、その所有権があれば、見知らぬ人たちの目には、母親としてのイメージを取りもどせるだろうと考えている。

「母さんにも会う？」と弟。

答えは弟にもわかっている。わたしがなぜ、どんなふうに感じているかも。

母がわたしを支配しつづけようとしていたころ、ひとり暮らしを始めたわたしを連れもどすためにアパートまで使いに出されていたのは、いつも弟だった。そしてもしわたしが戻らないなら、弟はわたしのところに泊まるのはおろか、わたしと口をきくのもだめだと命じられていた。おとなになった今もなお、この役目は変わっていないようだ。母と親密であるなら、母に忠実でないわけにはいかないし、忠実なら、わたしに訊かないわけにはいかない。

「会わない」わたしは答えた。

自分のいる世界が変わることを、わたしは夢みていた。虐待を受けた子どもが、誰でもそうであるように。ある日めざめると、恐怖はすべて消え去って、有刺鉄線でできているように鋭く危なっかしかった世界が、理不尽でも不平等でもないおだやかな場に変わっており、そこではありのままの自分でいても、もう危険はない――。でも弟と話していたそのとき、わたしの体は、気持ち悪くなるほどの強い恐怖におそわれていた。それが現実だった。

「母さんは変わったよ」昔の飲酒と暴力が、より害のないスロットマシンとビンゴに変わったのだと、弟トムは言った。「まるくなったよ」

だがなにを言われても、わたしは受けいれることができなかった。母が、公にはけっして認めようとしない虐待と表裏一体で持っていたのは、ギリシャ神話の女神ネメシス*3みたいなわたしへの感情で、突きはなす気持ちと親しく思う気持ちの両方があったが、それをわたしが荷物のように背負わなくてはならないことはないはずだ。たとえあの人が、わたしの母親だとしても。

あの人が変わったというなら、それはよかった。そしてわたしは、あの人が変わったのはあの人自身のためであり、そうやって所有するのはあの人なのだということを知って、安全な距離から、束縛のないこの自由を祝おう。ただ、これまで一度も所有したことのないものを、人は変えることなどできない。だから、希望はないのだ。いずれにしても、感情面でも心理面でも、あらゆることがジェットコースターのように激しく不安定に変わる昼のドラマみたいな場所に、出入り自由の招待券などほしくない。たとえ誰かの影響で変わろうとしたとしても、人は自分自身のため以外、誰のためにも変わることなどできないし、それでももし本人が「変わった」と言うなら、それはたぶん、ほんとうの変化や成長というより、一時的な抑圧にちがいない。

麻薬常用者が治療を受けて中毒から立ちなおったとき、そのチェックのために麻薬をプレゼントする人はいないだろう。母が認めていようがいまいが、わたしは母にとって、そうした麻薬のようなものなのだ――頭でも心でも、わたしはそう感じていた。

＊1　精神分析の用語で、そのときは意識していないが、思い出そうとすれば思い出すことのできる心の領域。
＊2　原語は Puter（Computer に呼びかける愛称と思われる）。
＊3　人間の思いあがりを憤り、罰する女神。

2　二十分

オーストラリアへの旅の途中、飛行機はアジアの小さな島、バリに着陸した。汗ばんでいる人たちでごったがえす空港のカオスのなか、イアンは、わたしがふらふらといつのまにか[*1]無断外出状態におちいってしまわないよう、やはり汗ばんでいるわたしの手を握った。そうして荷物を取りにいき、そこでパスポートやらチケットやらを見せ、両替をし、さらに足を引きずって出口に向かった。

一歩外に出ると、じっとり湿気を含んだ熱風がわたしをつつみ、そのまま肌に重く張りついた。「タクシー？　タクシー乗る？」小柄で濃い色の肌をした男たちの声。カラフルな腰布《サロン》か短パンにアメリカブランドのスニーカーをはいて、みんなにこやかだ。

わたしたちはタクシーに乗りこみ、穴ぼこだらけの道をガタガタ進んでいった。荷物といっしょに詰めこまれた車内は狭く、エアコンのないむっとする不快さのなかで、熱い空気を吸うしかない。イアンは特製メガネのむこうから、呆然としたような大きな目でわたしを見つめ、わたしも自分の特製メガネを通して、彼を見つめかえした。タクシーは、まるで知らないところへ向かっていく。それは、サルたちの森、モンキーフォレストがあるウブドというところ。着くのに二時間かかる。

道の両側には、ヤシの木と色あざやかな植物が続いている。頭にかごを乗せた人々が、明るくまぶしい色の服装で歩いていく。道の端にはニワトリが入っている竹かごや、魚やナッツやフルーツがぎっしり入った籐《とう》のかごが並んでいる。やせた野良犬や野良猫が、竹で作られた家々の正面階段に忠実そうにすわったり寝そべったりしているかと思うと、車の走る道路に突然飛び出してきたりする。対照的に、モルタルづくりのりっぱな別荘《ヴィラ》には、繊細な彫刻がほどこされた木製の扉があり、上がり段にいるペットたちも栄養状態がよくて、まるで別の生きものにしか見えない。

モンキーフォレストでは、はるか高くまでそびえ立つ木々が、大地に根をおろした神々の化身のようだった。木々にはいろんな大きさのサルたちが、まるでクリスマスツリーの飾りみたいにぶらさがっている。観光客に混じって地面の上にいる群れは、人間からの施しなど待たずに、えさのピーナッツの袋を引ったくっていく。

イアンは人とつきあうのが苦手で、動物といるのが大好きだから、やはりサルたちにやろうとピーナッツの袋を持っていた。そこへ大きなのが一匹、ずかずかやってきて、いじめっ子みたいな態度で袋をつかむと、感謝のかけらさえ見せずに立ち去って、中身を仲間と分けあうそぶりも見せなかった。

イアンは海に泳ぎにいった。彼の鏡のように、わたしも行って、ターコイズブルーの水にもぐった。色とりどりのきれいな魚たちに囲まれ、ゆらゆら手を振るイソギンチャクや珊瑚《さんご》の街の上を泳いだ。ふと、灰色の大きなサメが見えた。イアンに知らせなくてはと、わたしは水中であわてて「見て！」という身ぶりをした。

イアンには、視覚による認知の問題だけでなく、わたしにはない視力の問題もある。近視なのだ。だが眼科の処方箋によるメガネをしていない今、わたしの大きな身ぶりは、なにか見るといいものがあるという意味に映ってしまったらしい。イアンはまっすぐに、灰色の大きなサメのほうへ泳いでいった。

わたしは凍りついた。目の前でイアンが食いちぎられて、血みどろにされる――。ところがそうはならずに、サメのほうが逃げていき、イアンは戻ってきたのだ。のんきそうな彼の顔には、こう書いてあった。「見てきたけど、べつになんにもなかったよ！」

飛行機はオーストラリアに到着し、わたしたちは、エアコンのきいた人工的な空港の空気から外に出た。初秋のオーストラリアの大地に、Tシャツと短パンとサンダルで立ったとたん、冷たいどしゃ降りの雨と刺すような風に見舞われた。イアンがわたしを見つめ、その鏡のように、どうしたらいいのかわからない絶望的な顔で、わたしも彼を見つめかえした。それからふたりとも、空港内の暖かな空気のなかに逃げもどり、荷物を開けて着がえた。

イアンが服をつかむ、わたしも服をつかむ。それらをイアンが着る、わたしも着る。冬用の暖かい格好になって、わたしたちはもう一度外に出ると、タクシーに乗って、レンタルしたトレーラーハウスを取りにいき、賢明でウィットあふれるやさしいフクロウのおじいさんみたいなセオ・マレクに、会いに出かけた。

セオ・マレクにもご家族にも、長いあいだ会っていなかった。六年前[*2]、わたしたちのセッションは、「友だち」の定義や「人づきあい・社交」の意味についてとか、二十分に一回ではなくもっと適宜《てきぎ》、人と目を合わせる《アイコンタクト》にはどうしたらいいかといったことについて、おこなわれたのだ。

マレク一家は留守で、自由に家を使ってくつろいでほしいとのことだった。わたしたちは正面にトレーラーハウスを停《と》め、中に入った。そしてあちこちをひととおり見てまわってから荷物を開け、ソファベッドで二匹のネコのように眠った。長い旅を終えて、すっかり疲れていた。

ブラインに出会ってから、八年。でもこの五年間、会ってはいなかった。最近アスペルガー症候群と診断されたブラインは、わたしがはじめて出会った「わたしみたい」な人で、会っているとまるで殴り飛ばされるかのような衝撃と、自分を見いだすような感覚の両方におそわれたものだ。心を惹かれる独特なその感じを、当時は直接表現することも分かちあうこともできなかったが、わたしが本を書いて[*3]からは、彼がなぜ「わたしみたい」なのか説明できるようになった。わたしはブラインを探してそう言い、ブラインはわたしと同じようにセオ・マレクに会いにいき、精神医学のおかげで、四十歳にしてはじめて、苦しみと誤解とののしりの四十年の意味を理解することばを得たのだ。

彼にとってそのように大きな存在になったわたしが、オーストラリアに来ているのに会わないなどというのは、彼にとって、ありえないことだ。だがイアンは、わたしの気持ちもチェックした。ブラインに会うのが、ブラインの気持ちのほうに合わせてしまうことではないかどうか。

わたしにも、会いたい気持ちはあった。この出会いを望んでいた。わたし自身の権利として望んでいた。そしてそれを恥じてもいた。「最後に会ったときから自分の気持ちがどう変化したのかを知るために、彼に会わなくてはならない」とわたしはイアンに言った。理屈のうえではそのとおり。でも理屈は半分でしかない。気持ちのうえでは、わたしのなかに、あたたかなものがあった。一方、共同生活をしているイアンは、こんなに近い存在なのに、彼とのあいだには、あまりに冷たい城壁がたちはだかっているかのようなのだ。

翌朝には次の場所に移動しなくてはならないという日、わたしは「今こっちに来ている」とブラインに電話をした。ブラインには衝撃だった。わたしはイアンと「点検《チェッキング》」をおこない、イアンががまんできるのは二十分なのだとわかった。だから、あと二十分後に、ブラインがここマレク家に来てわたしに会うとしても、その時間は二十分だけ。室内だと息苦しくなるなら、外に出てぶらぶら歩きながら会うこともできるとか、わたしひとりでも会えるとイアンに言ってみることなど、思いつきもしなかった。

ブラインが来た。非常に知的で、それと同じぐらい純真で、背が高くておだやかで、手足がひょろりと長いテディベアみたいな、わたしが覚えていたとおりのブラインが。彼が部屋の片すみにあるいすにすわると、まるで花がたった一本、砂漠に移植されたように見えた。

わたしはソファにすわり、イアンは、縄張りを示すかのようにわたしのとなりにすわった。わたしはいたたまれない気持ちになった。これから尋問でも始まるみたいだ。ブラインはこの場に合ったことばを探そうとして、口ごもった。孤独であるのが痛いほど伝わってくる。イアンはイアンで、この場から引きこもるように気持ちを閉ざし、そのあとにはガラスの壁がせりあがってきているのがわかる。

周囲の空気は、薄いガラスをたたいているような緊張感で張りつめていた。それもこれも、わたしのせいなのだ。ブラインに会いたいというわたしの思いから、始まったことだ。そんな思いがなければ、イアンもこれほど苦しまずにすんだ。そもそもわたしという人間がいなければ、ブラインはわたしを好きになることも、わたしに会いたくなることもなかった。さらにわたしという人間がいなければ、こんな思い自体、なかった。

わたしは自分自身のなかに逃げこんだ。でももう、前にはそこにいた想像上の友だち、ウィリーもキャロルもいなくて、助けにきてはくれなかった。小さな犬のぬいぐるみの旅男《トラベル・ドッグ》もいない。旅男に心などないことを確かめるため、イアンに手伝ってもらって切り裂き、ゴミ箱に捨ててしまったから。テディベアのオルシもいない。同じくイアンに手伝ってもらって、アンティークショップに売ってしまったから。世の中に出ていくために、わたしは自分の世界をあとにしたが、戻ってみたら、そこはまるでからっぽの靴箱のようでしかなかった。

　表面的にはなんの気配も感じさせず、なにも言わず、わたしを見ることも、しぐさ《ボディランゲージ》で伝えることもなく、イアンは自分のなかに引きこもった。そしてわたしのなかには、見捨てられた感覚が音のように広がり、響きわたった。わたしという楽器の弦を、イアンがはじいたみたいに。すると意思でも選択でもなく、はっきりしたメッセージもないまま、本能が反応して、わたしのなかからブラインを締め出した。イアンの態度がやわらいだ。ことばもそぶりもない世界で、わたしたちは静かに会話をかわしていたのだ。わたしのどっちつかずが仇《あだ》になっていた。わたしはただただ神経質になっていた。

　わたしはブラインの孤立も感じとり、「ごめんなさい」という思いで彼を見つめた。わたしのなかには彼への思いもあったが、それをことばにすることも行動に移すこともできなかった。わたしたちは三人とも、まるで目には見えない糸でしばられ、拘束衣《ストレートジャケット》を着せられたかのようだった。発せられることばはすべてちぐはぐで、激しい流れを底のほうに隠した、見せかけだけのさざなみのようだった。形式的なことばには息が詰まりそうだったし、そんなものはいらないとわかってもいたが、わたしはイアンの気持ちに寄り添うあまり、自分自身の策として、そういった形式的なことばにしがみついた。

　ブラインは、指定された二十分を過ごした。わたしは、城壁のこわばりがゆるむだろうかと思いながら、イアンを見た。だがその顔にはなにも表れていなかった。わたしは、不確かなその顔を平手打ちすることはできなかった。傷ついた人を傷つけることはできなかった。自分の鏡を割ることはできなかった。わたしは偽善者だ。人に「よい」とアドバイスしていることが、自分でうまくできない。自立をうながす「愛のむち」について、わたしは日ごろからいろいろなところで話しているというのに、そのわたし自身はといえば、絶望的なほど、うんざりするほど、共依存におちいっている。

ブラインは立ちあがった。そして今や既婚者となったわたしに、握手の手を差し出した。イアンが、ほんとうに握手したいかどうか確認しろという顔をして、わたしを見た。わたしはなんとか握手した。大きくてでこぼこしたブラインの手の感触が、触れるだけでゆっくりできあがる印刷《プリント》のように、わたしの手のなかに残った。それを消したり、ばらばらにしたりしたいという気持ちにはならなかった。むしろ歓迎だった。そのとき、牢獄の入り口がガラガラと開く音を聞いた気がした。

ゆっくりまばたきしながら、わたしは思った。わたしが心の牢獄から出ていく道、自由への扉が、今度はイアンという看守のいる外の世界の牢獄につながっているはずなど、ないではないか？　それなのに、なぜわたしは自分が好きな人、そしてこんなにわたしを好きでいてくれるかに見える人の、罠《わな》にかかったように感じるのだろう？

わたしという存在に対して自己防衛的なその罠から、わたしは逃げ出したかった。そしてわたしがわたしらしく元気になれるように、ほっておいてもらいたかった。

イアンとわたしは、ふたたびトレーラーハウスで走りはじめた。だが道路標識の表示が、小さな町ブロートンに近づいていくのを見るにつれて、わたしはどんどん呼吸が苦しくなっていった。

わたしの弟、トムは、継続的な仕事につくことができず、去年まではガールフレンドと母とともに暮らしていた。今は母とは離れ、ガールフレンドとふたりで、小さな田舎町のはずれにある農地《ファーム》に住んでいる。農地はほこりっぽいけれど黄金色で、ぱらぱらと砕けやすい藁《わら》のような草と、もちもちと粘土のような土が広がる、どことも知れないような場所の、どまんなか。

トムには、わたしたちが訪ねていくことを知らせていない。母に言わずにいてくれるという確信が、もてなかったからだ。もし母が知れば、自分の権限が少しでも狭まることにがまんならない人だから、わたしが母から遠ざかっていたいという気持ちも尊重されないに決まっている。弟に会うのに大変な思いをするのはいいが、母との駆け引きはごめんだ。世間に対して母がおこなっている自己宣伝なども、知ったことではない。疎遠になった娘を今も愛し、心《メンタル》の状態についていつも気にかけている母親という自己宣伝など。わたしの過去の記憶はいまだに消えはしないし、わたしが安全であるためには、消えてはならないのだ。

その母が、もしトムのところにいたら？　もしトムがいなかったら？　もしトムがわたしに会えたことを喜んでも、わたしは喜べなかったら？　その逆だったら？

考えともいえない思いが、漠然と頭をよぎるたびに、感情が爆発しそうになるが、現実との結びつき《コネクション》はない思いであるだけに、なんの答えも返事も出てこない。おかげでうまく想像もできず、決心もできなくて、不安ばかりがつのっていく。

トムの家の門に着いた。わたしたちはその門を開け、長い私道をトレーラーハウスで田舎家《ファームハウス》へ向かった。

「もし母親がいたら、このまままっすぐ帰る」わたしはイアンに言った。

「わかった」イアンが答えた。「きみの弟さんはぼくを知らないけど、ぼくが行って、お母さんがいるかどうか訊いてみるよ。で、もしいたら、ぼくは車に戻ってくるから、そのまま出発しよう」

イアンは車を降りて、歩いていった。玄関にのんきそうな若者と、きれいな若い女の子が現れた。若者は頭にスカーフを巻き、はき古したひざまでのカットオフ・デニムという格好だ。女の子のほうは、たっぷりした七〇年代ヒッピー風の白い服。イアンは若者に話しかけると、ふり返ってわたしに「オーケー」の合図を出した。わたしは車から降りた。

トムは驚きのあまり、ショックを受けているようだったが、それでも非常に喜んでいるのは確かだった。そばかすだらけの顔の、中国人みたいに切れ長な緑色の目でわたしを見つめると、頭を振り、それからもう一度わたしを見つめ、もう一度頭を振った。まるでサンタクロースを出迎えた人みたいだった。ただただ笑顔で、自分と世界の両方に言い聞かせるように、何度も声に出してつぶやいた。

「ねえさんだよ。信じられないな、ねえさんがぼくに会いにきてくれた」

トムのガールフレンドが、わたしのほうに来た。ふわふわしたロングヘアを頭のてっぺんできゅっとまとめていて、オーストラリア人らしい顔だちのまわりには、四方八方から落ちてきたおくれ毛が遊んでいる。ふたりはもう五年以上いっしょにいるが、わたしが彼女に会うのはこれがはじめてだ。

「はじめまして、サンディです」彼女は視線をわたしからトムに、そしてトムからまたわたしに移して言った。

「イアンです」日ごろ非社交的で物静かなイアンも、できるかぎり堂々としたようすで言った。そしてわたしたちは玄関の階段《ステップ》をのぼり、家に入った。

中は、ふたりそれぞれのアートの作品でいっぱいで、美しい色彩のコントラストとさまざまな形であふれていた。そして色彩と図形はしっくり溶けあい、潮のように満ちたり引いたりしている。トムの作品はサンディのものとは対照的で、抽象的で印象派的。いわば感覚的で、説明的ではなく、図形やもようが先にあって意味は二の次という、異星人《エイリアン》のような世界だ。

部屋のすみには、昔わたしがこっそり買ってあげて驚かせたギターがあった。そのころトムは気分がふさぎがちだったので、ギターがあったらいい友になるだろうと思ったのだ。トムはそのギターを、今は鳥たちのために弾いていると言った。鳥たちは、この田園地帯のはてしない大空のどこかから飛んできて集まり、ギターの音色を聴くのだという。

外に出ると、トムとイアンとわたしは、二メートル以上あるコンクリートの水道タンクによじのぼった。

「よくここに来て歌うんだ」トムはそう言いながら、タンクのてっぺんに開いている穴に顔を突っこんで、くちびるや喉であれこれ音をたてた。「ほら、いい感じにエコーがかかるだろ」

トムが顔を上げると、わたしは難なく忠誠心を発揮してまねをし、ひんやり暗い空間に顔を突っこんで、同じように音をたてた。それからわたしたちはタンクをおりた。トムは側面から飛びおりた。二十四歳の今も、まだスーパーマンのつもりでいるらしい。

トムは、いつもながら日の光をまぶしそうにして、目をきつく細める。赤ちゃんのころも、よちよち歩きのころも、そうだった。今彼を見ていると、話したり耳を傾けたりするたびに、目があちこちをさまよっているのがわかる。注意を引かれるものも行きあたりばったりらしく、関連性のない一見ちぐはぐなものにつぎつぎ焦点を当ててしまうようで、そのためピリピリ、いらいらしているように見える。子どもの不安がおとなの動揺に変わり、手も、昔わたしが食物アレルギーと診断されて食事を変える前と同じように、震えている。わたしには、乳製品およびグルテンに対する過敏症と、ビタミンおよびミネラルのアンバランスもあった。

特製メガネのレンズごしに見るトムに、わたしは好奇心をそそられた。トムにはどんなふうに物が見えているのだろう？　わたしは訊いてみた。彼は、ふつうの人よりはるかにこまかい部分まで見えると言った。いろいろな物の規則性《パターン》や、全体のひとつひとつの構成要素といった細部まで見えるという。わたしのメガネのレンズは、色にしても濃さにしても、イアンのものともほかの自閉症や失読症の人のものともちがうが、トムにはどうだろうかと思った。そこでわたしはメガネをはずし、かけてみてと言った。

トムはメガネをかけると、目を細めなくなった。額からもしわが消えた。流れるようなひとつながりの線で物が見えるようになって、視界に突然飛びこんでくるものを、いちいち目で追わなくてもよくなったのだ。こわばっていた体からも力が抜けて、リラックスしているのがわかる。

「同じようなレンズを試してみるといい」わたしは彼に言った。「いろいろ助けになると思う」

トムに会うのは五年ぶりだというのに、イアンとあらかじめ決めた二十分しか、いっしょにいられない。そしてもうその時間だ。わたしがほかの誰かと親しくしたり、「わたしの世界」を思うまま分かちあったりするのを見たことがなかったイアンは、落ち着かないようすだった。しんぼう強く寛大そうにすわったまま、わたしになんのプレッシャーもかけてはこないが、それでもその疎外感が冷たく伝わってくる。ふり返らなくても、彼の孤独と見捨てられたような気持ちが迫ってくる。

わたしは鉛のように重い罪悪感を感じ、いつのまにかイアンの見捨てられ感に強く感情移入して――他人の感覚なのに、自分を失ってしまうほど強くなるのだ――けっきょくプレッシャーを感じていた。

「もう行かなきゃ」わたしはトムに言った。

「え、そんな。どうしても？」トムはがっかりしていた。だが答えはわかっている。イアンの顔を見なくても。

「うん、どうしても」わたしは言った。

「愛してる、ねえさん」トムはわたしを見つめて言った。わたしは目をそらした。

「どうして？」わたしは訊いた。

「ずっと愛してたさ。ねえさんがぼくのコートに枕を突っこんだり、階段からぼくをまっさかさまに突き落としたりしたころから、ずっと」トムは瞳を躍らせながら、そう言い足した。お互い同じ世界にいたころの楽しかった思い出に、子どものような笑顔になって。もしあのころに戻れるならと、わたしも思わずにいられなかった。

わたしたちがトレーラーハウスに乗りこみ、走り去るときも、トムはまだつぶやいていた。

「信じられないな、ねえさんだよ」

わたしにも、今やわかった。トムとともに、彼のねえさんとしてなら、わたしらしく生きることができるのかもしれないと。わたしが彼を愛しているかどうかはわからないとしても、わたしは、弟であるこの人がまちがいなく好きだと。そして少なくともそれは、とてもいい出発点になるだろうと。

道を走りだすと、砂ぼこりが窓まで舞いあがって、雲のようにわたしたちをつつんだ。なんだか、許可された訪問を終えて車で刑務所に戻る囚人のような気分だった。

わたしはイアンを見た。イアンはわたしになにも強制しない。わたしの味方だ。この世界での、わたしの特別な人だ。けっしてわたしを傷つけないし、わたしがしたいと思うことを止めることもない。わたしを気にかけてくれる。

それでもそのとき、わたしはイアンとなにも分かちあうことができず、ただ自分とトムのこと、トムと自分のこと、そしてトムとトム自身のことを、考えることしかできなかった。

わたしの感情は行き場を失った。まるで涙が心のなかでセメントに変わって、流れ出てこられなくなったかのようだった。考えに対する感情というものは、溺れかけている人に対する何本もの棒きれのようなものだ。トムのもとへ舞い戻りたい理由の数々が、心のなかにあふれ、罪悪感や、わたしのなかの看守と取り引きする。看守は、わたしたちが「安全」であるために――真空状態、孤立状態の安全だ――、わたしたちの暮らしにほかの人間を入れないという誓いと、そのうえでの閉ざされた関係を守るように見張っている。

車がおよそ一・六キロほど行き、トムとわたしのあいだの物理的な距離が、メーター上でカチカチ音をたてたとき、とうとうわたしは棒きれの一本をつかんだ。

「戻れる？」おずおずとわたしはイアンに訊いた。罪悪感で、喉もとが締めつけられている。「トムにわたさなきゃいけないものがあった」

「ほんとに？」イアンは、わたしが不安や服従心のようなものから言っているのではないことを確認しようと、注意深く訊いた。ここでの正しい答えは「やっぱりいい」、または「ああ、あなたの言うとおり、ほんとじゃなかった」「もう気が変わった」といったものだっただろうが、かぼそい小声で現れたのは、そうではない答えだった。「うん、ほんとに」

イアンは砂ぼこりのたつ土の道を引きかえし、ふたたび門を通って私道を進んだ。トムはガールフレンドと家の外にすわって、輝きを強めながら沈んでいく太陽と、金色の野原に囲まれていた。

トレーラーハウスが近づいていくと、トムは立ちあがった。ぶるぶる震えて泣いている。

「彼にはぜんぶ、ちょっと刺激が強すぎたのね」ガールフレンドがやさしく言った。

「信じられないよ」とトム。「一日に二度もねえさんが来てくれるなんて。信じられないよ」

「これをあげたかったの、わたしたち」ことばにイアンの存在も含めるのを忘れないようにしながら、わたしはトムに、自分の特製メガネのスペアをわたした。

トムにぴったりのレンズの色は、おそらくわたしのものとはちがうだろうが、さきほどのようすから、彼にも多少なりとも効果があったようだった。だいいち、彼には自分用のレンズを買うお金も社会保障もない。トムはメガネを受けとると、わたしを見つめ、メガネをかけた。わたしはトムを見つめた。「今度こそほんとに行くね」わたしはトムに言った。別れぎわ、わたしは彼の手首を取ると、手をわたしの前にあげさせた。それからわたしも手をあげて、彼の手に合わせ、いっしょに「鏡の手」をした。

＊1　原文は「AWOL」。もとは軍隊用語で、無許可離隊、無許可外出といった意味。

＊2　『自閉症だったわたしへⅡ』（新潮文庫。原題〝*Somebody Somewhere*〟。現在絶版）7章「レッスン」に、当時のことがくわしく書かれている。

＊3　『自閉症だったわたしへ』（新潮文庫刊。原題〝*Nobody Nowhere*〟）のこと。

3　父

わたしは落ち着かない気持ちになっていた。トムはなにも言わないと約束したけれど、ひょっとしたら父、ジャッキー・ペーパーに、わたしが来ていると、もう言ってしまったかもしれない。

トムと同じく、わたしもジャッキー・ペーパーにはこの五年会っていなかった。電話もかけなかったし、手紙も書かなかった。わたしの本の出版代理人《エージェント》から、父が病院でがんと診断されたと聞いたのは、一年前のことだ。ショックではなかった。「がん」はわたしが九歳か十歳のころ、すでに耳にしていた単語だったから。取りつかれたようにくりかえし発せられていた、浮かれた調子のことばが今も頭にこびりついている――「ほらごらんよ、あいつ、やせてきただろ。今じゃ尻から血が出るんだ。医者に行ったんだよ。もう長くないね。がんなんだから」でもそれは昔の話で、「状況変化、家族全員無事」と書かれたファイルにきれいにしまわれたはずだった。

ところが代理人によると、父は緊急手術を受けて、化学療法を受けているという。わたしは、それをはじめて知ったようにふるまった。ほんとうはそうではなかったと示しているのは、何年か前に書いた詩だけだ。父親のお皿のなかのグレービーソースをかきまわす女の子についての詩なのだが、わたしはどうしてもそれを父に送ることができなかった。自分でそっと見るのがやっとだった。いずれにしても、そのころわたしは「きちがい」だったではないか？　「きちがい」だった者が書いたことなど、誰が信じるだろう。

　かわりにわたしは手紙を書いた。父が病院や医者や針や死におびえているのを知っていたので、死神を恐れないで、と書いた。もし死と向きあわなくてはならないとしても、それはまだ行ってみたことのないところへの旅です、とも書いた。それができたのは、*1「曝露《ばくろ》不安」の性質《ルール》がわかっていたからだ。曝露不安は、なにかを自分のために、自分らしく、自分ひとりでは、できなくなる。そこでわたしは、これは父のためと、自分に言い聞かせたのだった。

　わたしは父に二度と会えなくなる場合を考えて、手紙を書いた。父がわたしにとってどういう人であり、どういう人でなかったか、整理するためにも書いた。父はジャッキー・ペーパー、大切な人、おどけ者《コメディアン》、誇大妄想で女好きで躁《そう》うつ病で失読症《ディスレクシア》で、みんなの友だちであろうとし、たまたま生物学上わたしの父となったイカレた男。

　体はおとなでも中身はいつまでも五歳児だったから、子どもを支えるという意味での父親にはなれなかった。でも、たとえば、彼らしいなかばめちゃくちゃなやりかたで投げてくれたパンくずひとつにしても、わたしにとっては、黄金に等しかったのだ。わたしたちふたりともが現実をわかっていたから、わたしもだまされたと感じたり混乱したりしなかったし、すべて完全に父が意図したとおりになった。

　トムがわたしのことを話してしまうより早く、もし母が待ちぶせするならそれよりも早く、父のところに着こうと、イアンは父が女友だちと住んでいる田舎の家に向かって、三十分、車を飛ばした。町を抜けると、ふたたび未舗装の道路と金色の野原が広がった。イアンは父の家を見つけると車を止め、駐車した。

　わたしの胃は、急に石ころだらけになったみたいに痛んだが、気を張って家を見つめ、誰かが出てくるのを待った。だが誰も出てこない。そこでわたしたちは車を降りて、玄関まで歩いていったが、家が今にもこちらに向かって「ブー」と不満の声をあげそうだった。ガラスの両開き戸をノックしたときには、地面にしっかり足がついているものの、心はさかんに体にけしかけた。「逃げろ」「戻れ」と。

　家には誰もおらず、わたしの頭には、なにかの映画で覚えていたことばがよぎった。「執行猶予」。わたしはこのことばを表面的、分析的に受けとった——ではわたしは死刑囚なのだ。それにしても、この不安はなに？

「留守」

　落胆もなく、わたしはイアンに言った。不安にわしづかみにされていた喉も、ほんとうのわたし自身に返ってきていた。わたしの内部では、この体をなんとかコントロールしようとする化学作用が猛烈な勢いで起きている。その一方で、感情のうえでは、欲求にかられた麻薬中毒者のように、逃げて逃げて逃げまくりたいという激しい衝動がわいてくる。頭は父に会うためにここへ来たとわかっていて、揺るぎなく動じなかったが、それがプレッシャーにもなって、内部の手のつけられない部分が、跳びはねたり、逆にかたまったりする。そしてそれにつれて、手足がさかんに動いてしまう。食事療法の効果で、少なくともある程度自分をコントロールできるようにはなったが、化学作用の影響は、やはりまだどうしようもない。

「これからどうしたい？」イアンが訊いた。このひとことが、あたかも雄牛に向けられた赤い旗のようになって、今度はわたしの内部の化学作用が舌と取っ組み合いを始めた。わたしはその舌を噛んで、落ち着かせた。

「待っていたい」わたしは、心のなかの非常口のドアをしっかりと閉めて、答えた。

不安には不安の「欲求」があって、それを荒々しく「求めていた」わけだが、わたしは自分が誰で、なにを求めているかという意識をはっきりさせるようにしてきたから、不安によるそうした強制的で衝動的な命令にも屈しなかったというわけだ。不安もまた自らを「自己」と呼び、隙《すき》あらばわたしになりかわって、わたしの人生を支配しようとする。その防衛的な操作や規則や、手練手管や戦略を、わたしのほんとうの意思や、自己表現とすりかえて。でもわたしは、もうだまされなかった。

一台の車が角を曲がって現れ、砂ぼこりを舞いあげながらこちらへやってくる。まちがいない、ジャッキー・ペーパーだ。ロビン・ウィリアムスとジーン・ワイルダーとスパイク・ミリガンを足して三で割ったようなジャッキー・ペーパーが、車を降り、気取ったセールスマンのようなはずむ足どりで、わたしたちのほうに向かってくる。日の光をまぶしそうにして、トムと同じようにちょっと目を細めている。笑っているような、半分つぶっているような目。

「ミス・ポリー」あたたかくてハスキーで、でもコントロールのきいた声で、彼が言った。わたしは自分の内側へ逃げこんだ。そして外のほうを向くことができなかった。ほんとうは悲鳴をあげて、攻撃してしまいたかった。でも、こらえた。

「イアンです」わたしは自分のなかに、自分ではない者が侵入してくるのを鋭く感じながら、紹介した。

「やあ、はじめまして」パターン化されたセールスマンのあいさつで、ジャッキー・ペーパーは言うと、クイズ番組の司会者みたいな手を、機械的に差し出した。通学路の横断歩道で、ポンと上がる安全バーのようでもあった。

イアンはこの不意打ちに、見るからに気おくれして、両手を引っこめた。

「握手は好きじゃありません」なかば窒息したような小声。

「かまわないよ」ジャッキー・ペーパーはそう言って、出会いのページを次へめくると、わたしたちを家のほうへ向かわせた。そのあいだじゅう、女友だちが耳ざわりなおしゃべりで騒ぎたてた。まるで首を締められかけて、跳びまわったり駆けまわったりしているめんどりみたいなやかましさ。わたしの耳は許容範囲を超えてしまい、言っていることの意味が入ってこなくなった。耳が曝露不安にとらえられて、閉じてしまったのだ。

わたしたちはキッチンに入った。ジャッキー・ペーパーは、はしゃぎすぎの子犬みたいに動きまわり、退職したがん患者だというのに、超多忙でどうにも大変な人のようにふるまった。

わたしは言ってあげたかった。その不安も恥ずかしさも、状況が手に余る感じも自己表出のむきだしな感覚も、ぜんぶわかる、と。とりわけ父が何回もの手術や化学療法で、尊厳が傷つくような経験をしたあとの今は。「あるがままでいて《シンプリー・ビー》」と言ってあげたかった。どう感じているのかわかる。だってわたしはあなたに似てるんだから。つまりあなたのなかにあるものは、わたしのなかにもあるんだから。今あなたは自分のコントロールがまったくきかなくなっているけれど、わたしはほんとうのあなたをちゃんと知っているから。

もっともっと、いろんなことを言ってあげたかった。でも、ひとつも言えなかった。わたしはただ、とらわれの身のようにそこにすわり、父の女友だちとの「会話」で、「はい」と「いいえ」の糸しかないあやつり人形のようになっていた。そして骨と皮ばかりになったわたしの父、ジャッキー・ペーパーは、バリバリ仕事を進める大物気取りで、はてしなく電話をかけつづけた。

わたしはリビングの端まで歩いていった。そこには女友だちの子どもたちの写真や、スポーツで勝ちとったトロフィーが、派手で俗っぽい装飾品に混じって置かれている。感覚に訴えるがらくたに目のない父が、巣のまわりを飾るニワシドリ[*2]みたいに買い集めたものだ。いろいろなネコの置き物、オルゴール付きのガラス半球に入ったシルクフラワーのアレンジメント、トントンと軽くたたくだけで灯《とも》るランプ、光ファイバーの明かりが色とりどりにつくランプ、金色のスパンコールと赤と黒のベルベットで飾られて客を待っている時計。

ドレッサーの上には、りっぱな装丁で出版されたわたしの本の数々が、書店でのようにきれいに立てかけられていて、どの表紙からもわたしの写真が目に飛びこんできた。本は父にとって輝かしい記念品《トロフィー》であると同時に、三人の子どもたちのうちのひとりの、写真のかわりもしているのだ。そしてこの家には、そのひとりの写真しかない。

イアンがうんざりしたようすになり、それが風のように流れてきて、整理できていないわたしの感情を巻きこんだ。わたしは父の孤独を深く感じて、悲しくなっていたのだった。子ども、つまりわたしが、長いあいだ本物の写真を送るという気づかいさえせず、娘らしいこともしなかったから、そのかわりに父はわたしの本を飾ってきたのだ。わたしは強烈な罪悪感を覚えた。わたしは父を、わたしの本の無数のファンたちと同じところに押しやっていたわけだ。父なのに、そういったファンに対するのとほとんど変わらない程度の認識しかもっていなかった。そもそもファンたちに、わたしは求められるままに返事を書いていた。ひとりひとりの場合ごとに。けっしてわたしの場合ではなくて。

父にしなかったこと、してあげられなかったことを、わたしは悲しく思った。現在の父の余命では、その埋めあわせをする時も場もないことを、くやしく思った。父はこうして本を飾って、娘としてのわたしへの親密な思いを表している。でもそれはわたしには値しないのだ。その思いをきちんと認めることも、それに答えることもできないのだから。そう理解して、感情がわきあがってくると、わたしは自分がなまなましくむきだしになっているのを感じた。

　わたしは、ここにいるイアンにも罪悪感を覚えた。イアンは自分のお父さんと疎遠になっているのだ。それなのにわたしには、明るく恥じることもなくわたしという人間と関わり、そのわたしになにかを感じてきた父がいる。そしてわたしも、機能不全障害《ディスファンクショナル》というレシピの一部である、不安と怒りのスパイスを混ぜあわせながらも、父になにかを感じている。

　わたしはイアンを見つめ、強迫感にとらわれて、彼が今どんなことばを聞けばいちばん居心地がよくなるのか考えた。お互いの、でもはっきり感じているわけではない嫌悪感についても考えた。イアンのほうは、父が娘の栄誉を飾りたてていることに気づいての嫌悪感だ。一方わたしは、自分自身に対してのみの嫌悪感。あとは、わたしを傷つきやすくし、むきだしにしてしまう感情の強さへの反感。だがけっきょく、わたしはイアンに、思いたいように思わせておくことにした。

　ジャッキー・ペーパーが、「仕事仕事」モードを終えて、わたしたちのほうへやってきた。そしてぎこちない、でも妙にいきいきした人形みたいな身ぶりで、熱心にわたしの本を話題にした。

「みんなにおまえの本のことを言ったんだ」彼がにこやかに笑う。「そしたら、みんな買うってさ」

　イアンとはちがって、わたしはその声になんのうぬぼれも感じなかった。父はみんなに本の話をすることで、自分を偉く見せようとしたのではない。父は誇りを感じたのだ。熱い誇りを。父は娘のわたしを誇りに思ったのだ。

　わたしはイアンの嫌悪感を感じとった。わたしは自分の内側へくるりと向いて、なにも言わず、なにも反応しなかった。父のことばは、壁に当たってむなしく返ってきたボールのように、受けとる人もなく、ただはね返った。わたしは、そんな自分がいやだった。

リビングに入って二十分が過ぎ、イアンの不快さが、表には出さないものの鉛のように重くなっているのを、わたしは強く感じた。

「もう行かなきゃ」わたしはあやつり人形になってしまったみたいなことばを、風に向かって言うかのように、つぶやいた。

「まだ来たばかりじゃないか」とジャッキー・ペーパー。「飲みものでもどう？　紅茶をいれるよ」

罪悪感と恥辱感がわきあがってきた。でも涙は出なかった。わたしは涙にも値しないのだ。

「ううん、ほんとに行かなきゃいけないから」わたしは無表情に言った。

その場でわたしは、自分を殺したいほどだった。こんな執行猶予にはふさわしくないと感じていた。わたしが存在していることの責任を負っている人、つまり父の前で、なぜわたしは自分の存在を主張することができないのか？　いまいましい曝露不安、いまいましいそのいくつもの顔。いまいましいその罠、自分が存在していないかのようにする、いまいましいそのたやすい道。

ジャッキー・ペーパーは、わたしたちを外まで送ってくれた。

「会えてよかった」死にゆく五十八歳の肉体の父が、五歳児の純真無垢さでイアンに言った。

イアンは静かに、やさしく、自分の内側を向いたまま、そのことばを受けいれたが、なにも答えなかった。

「会えてよかったよ、ミス・ポリー」父の声は、素朴であたたかかった。

「またね、ジャッキー・ペーパー」イアンがトレーラーハウスのエンジンをかけるなか、助手席のわたしは、開いた窓からそう言った。

父の顔を見るのは、これが最後だとわかっていた。会えたのは五年ぶり。なのに二十分しかいっしょにいられなかった。わたしは偽善者だ。自らの感情と向きあい、自分として自分を表現し、人ともそれを分かちあい、世界を広げてきた勇敢な女性として海外でもあちこちで喝采を受けてきたというのに、ここでこうして自分自身を、父を、いろいろな点でわたしが似ている父を、裏切ってすわっている。

車が走りだし、父の家から遠ざかるにつれて、わたしは見えない牢獄の扉が音をたてて閉まったのを感じていた。

わたしのなかでは、感情の急な動きや、自己というものへの本能的、防衛的な不安が、自己否認を始めようとしていた。まず喉がつかまれた。それから舌。それでもわたしは自分の感情と考えを保っていた。たとえ曝露不安が、わたしの体から表現の手がかりを奪おうとも、わたしは自分自身の真実を、ほんとうのことを知っている。

助手席にすわっているわたしのなかで、内部の自己と、外部の機能や見かけとが戦って、分裂していた。そんななかで、現在という時空から去っていくジャッキー・ペーパーの姿が、ちらりと見えた。

今やわたしは生き埋めにされて、イアンになんの仲間意識も感じていなかった。イアンは、わたしが魂を売ってしまった男――わたしは、ただ怒りと恨みと束縛を感じていた。

＊1　原語は「Exposure Anxiety」。

＊2　漢字では庭師鳥。豪州・ニューギニア産で、巣を作るとき周囲に小石や骨、木の実、貝がら、ガラス片などを置くことから、がらくたを集める人という意味もある。

4　兄

　イアンとわたしは、今回の旅で最後の行き先となる海辺のトレーラーハウスキャンプ場に入っていった。藪《やぶ》から聞こえるオーストラリアらしい野生動物の鳴き声に混じって、鳥たちのさえずりが響いている。ユーカリの木々の葉の、紙みたいに乾燥したサラサラいう音や、すーっとさわやかなにおいにもつつまれて、わたしは故郷にいるのだと実感する。イアンもここが故郷であるように、くつろいでいる。この土地がとても気に入ったようだ。だがわたしは、そういったことを口に出せなかった。ふたりで住んでいるところから一万六千キロも離れた外国で、故郷を実感するなどと言ったら、裏切り者のように思われるかもしれないから。そして鎖は、次の鎖につながっていくのだ。

　わたしたちは散歩に出た。鳥たちを眺め、カサカサ砕ける落ち葉の音やにおいをともに味わい、花々の複雑な構造に見とれた。

　セオ・マレクと奥さんのジュディが、わたしたちに会いにキャンプ場にやってきた。いつもおだやかで落ち着いているこの人たちに、わたしは家族のような感情をもっていたし、ふたりもまたわたしにそのような思いを抱いている。

　イアンはわたしたち四人分の夕食を作った。ジュディは、いつものあたたかさとやさしさでトレーラーハウスに残ったが、イアンがそれをありがたくない侵入のように不快に感じるのだとは、気づきもしなかったことだろう。彼女がどんなに心からのやさしさで接しても、イアンはそこにはなんのやすらぎも共感もあたたかみも見いだすことができず、自分のひよこ——つまり、わたし——を見張っているめんどりのうるささで「ぼくを品定めしている」ように感じてしまうのだ。

セオ・マレクとわたしは外に出て、これまでの変化や父のことや、思いつくことをなんでも、イアン抜きで大きな声で話した。セオ・マレクは堅実で安定した人なので、いっしょにいるとわたしも安心で、ことばがしどろもどろになることもなかった。足も浜辺の砂の上でリズムを刻んでいて、「曝露不安」の干渉を寄せつけなかった。

夕食が終わると、わたしたちはみんなで散歩をし、貝がらや棒きれや石を拾ったり、それらの形やもようを楽しんだりした。

あっという間に四週間が過ぎ、イアンはオーストラリアが大好きになった。変わった植物やにおいや音や動物たちも、大好きになった。そしてここで会わなくてはならない人は、あとひとりとなった。辛《しん》辣《らつ》すぎ、形式的すぎ、防衛的すぎ、すばやすぎて、わたしをいつも不安にさせてきた兄、ジェームズだ。

ジェームズの言動は軽々しく、わたしにはいつも不意打ちのようで、対応することもついていくこともできた試しがない。言われたことを文字どおりに単純に受けとめるわたしには、彼の言うことは、踏みこみすぎか混乱させられるかのどちらかだったし、動作は急すぎて予測がつかず、驚かされてしまう。思いきってわたしから彼と話をしたのは、去年、電話を通して一度か二度だけだったし、面と向かって、わたし自身として話をしたこととなると、まだ一度もないのだ。

でも、もうあともどりはできない。弟にも父にも会ったのだから、ジェームズにも会わなくては不公平になる。わたしは公衆電話に硬貨を入れた。呼び出し音が、およそ百キロむこうで鳴る。ジェームズが出た。

「会いたい？」わたしは訊いた。

「どこに行けばいい？」ジェームズが言った。

わたしたちは、町からはるかに離れたところで会うことにし、どんな車に乗っているかをお互い知らせあった。イアンとわたしはトレーラーハウスで昼食を作りながら、ジェームズが到着するのを待った。

彼の車が来た。日に焼けたそばかすだらけの、きれいとは言えない顔が、わたしたちに向かって大きくほほえんだ。すでに禿《は》げかけているぼさぼさの黄色っぽい金髪は、乾燥していて綿菓子のようだ。わたしは兄のリアルさに打たれた。自分でも恐竜みたいだと言っている兄は、生まれながらのおとなで、子どもであったことは一度もなかったが、それにしても今現れた彼は、わたしより十六か月早く生まれてまだ三十二歳だというのに、すでにすり切れたタイヤのようだった。

「やあ、どうも」彼は「みんなと仲良し」のセールスマンみたいな口ぶりで言った。「会えてほんとにうれしいよ」

これが、わたしの思いきりのよさのようなものをずっときらってきて、わたしのほうでも好きではなかった兄なのだ。わたしもほほえんだ。すると、自己表現を監視している門のすきまから自我《セルフフッド》がそっと顔を出し、おどおどと「こんにちは」と言った。

「きみ、イアンだね」彼は西部劇のカウボーイみたいに片手をつき出した。「はじめまして」

イアンはいつものように静かに、無関心に、言いたいこともなければ、この相手を知りたいとかいっしょになにかをしたいという気持ちもなく、そこに立っていた。

「すみません」とイアン。「人にさわるのは好きじゃないんです」

「そうかそうか、かまわないよ」少しも腹を立てなかったようすで、ジェームズは言った。「きみはおれの妹と結婚したわけだろ。ってことは、きみはおれの義理の弟なんだよな」

わたしたちは、あらかじめ決めていた場所までさらに車を走らせた。ジェームズはわたしたちのあとから、砂ぼこりのあがるキャンプ場の道をついてきた。それから自分の車を降りると、トレーラーハウスのうしろの部分に入ってきた。

そしてはじめは、ただ立っていた。古いぼろぼろの人形のように、どちらかというとぐったりした格好で、少し首をかしげ、小さい男の子のような内気な表情を浮かべて。それはたぶん、当惑というものだったにちがいない。それからしっかり、どっしりした足どりで歩いてくると、両腕を大きく広げてわたしをつつみこみ、きつく抱きしめた。

そのときわたしはまだ彼の足どりをはかっており、つづいて彼が体を離したときに、今度は抱きしめられているのをはかりはじめていた。わたしは、あ然としたままそこに立ちつくし、そこから彼がなにを得たのか、なぜそんなことをしたのか、よくわからずにいた。昔、まだよちよち歩きのころは彼もわたしの「友だち」だったが、わたしがぼんやりしていることが彼にわかって以来、子どものときもおとなになってからも、わたしたちはいつも、他人どうしか敵どうしだったのだ。

ジェームズはすわると、にっこり笑った。明らかにうれしいようだ。それは一連の、関連しあったうれしさのようで、わたしには理解できなかった。

「おまえに話したいことが山ほどあってさ」と、彼。「わかったことが山ほどあるんだよ」

わたしたちは外に出て、バラ園のなかを歩いた。イアンとわたしは、ベルベットのようなバラの花びらをなでたり、香りをかいだりした。わたしは無言でジェームズを呼び、バラの花の香りをかいでみてと合図した。それから言ってみた。

「ちょっとバラの香りをかいでごらん」これは覚えた言いまわしだが、わたし自身の声で、よどみなく彼に言えた。

　わたしたちは三人とも、バラの花に囲まれてすわった。それからジェームズは、二時間しゃべった。わたしはできるかぎりがんばって聞いていたが、わたしのために、そして彼自身のためにも、もう少しゆっくり話してと何度か言った。というのも、彼は傷の入ったレコードみたいに同じことをくりかえししゃべり、しかも毎回、そのときがはじめてだと思っていたから。

「悪いな、ひとりでどんどんしゃべっちまって」ジェームズは言った。「でもぜんぶ話しちまいたいんだよ。もう五年ぐらい、こういう話をしたくてたまらなかったんだけど、わかってくれるって思える人間が誰もいなくてさ。手紙を書こうともしたんだけど、そうするとほとんどことばが出てこなくなっちまううえに、ぜんぶごっちゃになって、なにを書いてるのかわからなくなる」

　それからしばらく口をつぐむと、頭を振り、自分に向かって言うように、大きな声で言った。

「なあ、どうよ。ずっとおれは、おれのことをほんとに理解できるやつを探してきたんだ。そしたらそれが、おれのきちがい妹にたどり着いたんだぜ」

　ジェームズは、例の二十分という門限をものともせずに、わたしたちと三時間過ごした。わたしたちは、さすがに出発しなくてはならない時間になった。三時間のあいだ、イアンはほんの少ししか話さなかった。彼はわたしの兄が好きだったが、それでも、できることならわたしとふたりだけか、もしくはひとりだけでいたかったことだろう。「もしくは」と言っても、このふたつは、ときにまったく同じことになるのだが。

「さてと、どうだった?」ジェームズは、楽しかったお誕生日のパーティが終わって、玄関に立った子どものようだった。

昔は乱暴でエネルギッシュで、わたしを苦しめた人間が、今は四歳の子どもみたいに、うれしそうで、はにかんでいて、むきだしで、傷つきやすそうだ。

「会えてよかったよ、ほんとによかった」車に乗りこみながらも、ジェームズは言いつづけた。

「またな、イアン」車の窓から手を振って、ジェームズは大声で言った。

走り去るジェームズを見送りながら、わたしは感じていた。破れてばらばらになっていた五枚の紙きれも、もう風に散らばって取りかえしがつかないわけではなくなったようだ、と。母親に会ったり話したりするのはやはり危険だと思うし、ジェームズとトムはやはり遠くに住んでいるし、子どもみたいな父にはやはりどぎまぎさせられたが——もっとも、それはもう長く続かないわけだが——、それでもわたしたちは、もはや生物学上血縁関係のある他人どうしのひとつの統一体が、手足をもがれてばらばらにされたような存在ではなくなったのだ、と。

地球を一万六千キロまわって、わたしたちは冬のウェールズに帰ってきた。時は十二月。ふたりで迎える三回目のクリスマスだ。

人々にとってのクリスマスがどうであれ、わたしにはいつもわたしなりのクリスマスがあった。十代のころは、お菓子を持って町に行き、駅の階段にいるホームレスの人たちに配った。ちょうどクリスマスの日まで毎日、サンタクロースの格好をした人が買い物客たちにそうするように。その後は、手づくりミニ・クリスマスツリーを、家々の上がり段に置いてくるようになった。小枝をお菓子のつつみ紙やアルミホイルで飾りつけて作ったものだ。からの瓶に、水たまりに浮いている松葉を拾って入れ、カラーホイルをこまかく切ったようなもの《ティンセル》で飾って「ボトル・クリスマス」を作り、それを、見つけてくれた人へのプレゼントとして置いておいたりしたこともあった。

　イアンといっしょになってからのクリスマスは、またちがった。彼は誕生日やクリスマスが大きらいなのだ。一度ふたりで「あるがまま《シンプリー・ビー》」のクリスマスピクニックをしたことがある。それは遊園地の落下アトラクション《フリーフォール》みたいな思い出のひとつで、自由で気ままで、自己を保ちつづけながらも制限を設けず、思いきり好きなことをした。イアンは、クリスマスぎらいから脱しようとしはじめていた。とはいえ、クリスマスの浮かれ騒ぎはよく学んでいたものの、自分の感情から、自分として、自発的に「クリスマスをする」にはどうしたらいいか、わからずにいた。

　そこでわたしたちは、まずサンタクロースの衣装を買いにいくことにした。電話でそういう店を探し、見つけて出かけ、買った。そしてイアンはサンタクロースの格好、わたしはサンタ・ガールの格好をして、おもちゃ屋に向かった。

　まずわたしが店内を見まわし、イアンが気に入りそうなものを選んだ。そのあいだ、イアンはわたしのほうを見ないことになっていた。わたしはレジに品物を持っていき、くちびるに人差し指を当てて、お店の人になにも言わないでと合図した。お店の人は黙ってお金を受けとり、包装紙で品物をつつんで、紙袋に入れた。それからイアンの番になった。

　帰り道では、子どもたちにじっと見つめられた。お年寄りたちはほほえんでいた。わたしはむきだしになってしまった気分で、レモンをかじったみたいな酸っぱさが体じゅうに広がり、喉は不安で締めつけられるようで、思わず手を当てていた。イアンも、いっそう傷つきやすそうなようすで歩いていた。サンタの格好はしているけれど、特製の色つきレンズのメガネをかけているし、サンタらしいあたたかな感情はまるでわいてこないようだ。彼は、わたしがこれまで見たなかでいちばん無愛想なサンタクロースだった。

家に着くと、わたしたちは夕食を並べてプレゼントを出し、包みをあけた。イアンは動揺しているようだった。

とにかく論理的で非常に実際的《プラクティカル》な彼にとって、クリスマスはおそらく、どうしても足に合わない靴のようなものなのだろう。

5　子ヒツジたち

一月になると、雨がよく降って寒さもきびしくなり、地面には氷が張った。そして農場では、早くも子ヒツジが生まれだした。お産は一匹一匹大変で、母親のヒツジはあおむけになったまま、ころがって、自分ではもとの体勢に戻れない。何度もぎりぎりのところでわたしたちが助けにいき、母ヒツジをひっくり返してやった。外の牧草地であおむけになったまま死んでしまうのもいて、駆けつけてみると、母ヒツジのふくらんだお腹の上で、子ヒツジがさびしく鳴きつづけていたこともあった。

生まれてくる子ヒツジたちが少しでも寒くないように、妊娠しているヒツジたちは、やがて納屋に運ばれるようになった。わたしたちはそこでじっと見守っていた。生まれたての子ヒツジたちが、はじめて歩くのを。母ヒツジが子ヒツジたちの世話を始め、子ヒツジたちに生きることを教えはじめるのを。

ある母ヒツジが、子ヒツジを三匹産んだ。一匹は、荒い息をしながら小枝のように華奢《きゃしゃ》な脚で立った。体はよごれた白いベルベットのようで、たるんでシワだらけの老人の皮膚みたいだ。もう一匹は、壁のほうをじっと見つめて、胸郭《きょうかく》を上下させながら立っていた。

「一匹どうだい？」農場の人が言った。イアンとわたしは顔を見あわせた。感情が大きくわきあがり、ほほえみになって「ほしい」という気持ちが表れた。イアンは、壁のほうをじっと見ていた子を選んだ。

母ヒツジはミルクの出がよくなくて、子どもを三匹とも育てることはできず、一匹分がやっとだったのだ。というわけで、わたしたちが一匹選んだとたん、もう一匹どうだとすすめられた。わたしたちは、母ヒツジにいちばんまとわりつかないのを選んだ。あとで、選んだ二匹とも女の子だとわかった。

わたしたちは、まず藁《わら》と緩衝材のようなプラスチックをかかえて家に向かった。これから二匹は、二階にあるわたしたちの寝室のとなりの、小さな納戸《なんど》で暮らすのだ。そこに藁とプラスチックを敷きつめると、今度は子ヒツジたちを受けとりにいった。

イアンが一匹を抱き、もう一匹をわたしが抱いた。子ヒツジの体は小さな袋ほどしかなく、ほんとうにちっちゃくて、鼻先からしっぽまで三十センチあるかないかだ。たるんだ皮膚に、灰色がかったフェルトみたいな短い毛。二匹はわたしたちの腕のなかで鳴いた。あたたかくて抑揚のない単調な鳴き声で、神経をさいなむような人間の赤んぼうの泣き叫びかたとはまるでちがう。遠くから母ヒツジも鳴きかえし、母と子どもたちは鳴きかわしつづけた。ふたつの場所で命が呼びあうのを聞くのは悲しく、それでいて幸福な感じもした。

家に入り、ドアを閉めてずいぶんたったあとも、子ヒツジたちは虚空《こくう》に向かって鳴きつづけた。わたしたちは「メエエエエエ」とヒツジのことばで答えてみた。やがて二匹は互いに答えて鳴くようになり、互いに体をさぐりはじめ、互いに小さく骨ばった華奢な体をつついて乳首を探しだした。そして何度も、互いに前脚のくぼみを乱暴に吸った。

イアンが、ヒツジの粉ミルクを哺乳びん二本分作り、わたしたちは階段をのぼって納戸に戻った。こうして子ヒツジたちには栄養を与えてやることができるのに、自分が栄養をとれるよう軌道に乗せるには、まる一日かかってしまうとは、皮肉な話だ。

「この子たちのこと、なんて呼ぶ?」イアンが考えこむように言った。「ヒツジって、フランス語でなんていうの？」

「ブルビ」わたしは答えた。

「じゃあドイツ語では？」とイアン。

「シャーフ」とわたし。

そしてそのふたつが、子ヒツジたちの名前になった。ブルビとシャーフ。

わたしたちは納戸のドアのところで、仕切りごしに二匹を見つめた。仕切りは、二匹が部屋から出てしまわないように立てたのだ。二匹は、ともに排泄物のなかで相手のにおいをかぎ、体のあちこちをさぐりあい、すっかり疲れて今はいっしょにまるまっている。藁で満たされた小さな部屋の、本棚のいちばん下のすみっこで、体を寄せあって寝ている。そのようすは、わたしがこれまで見た最も美しいもののひとつだった。イアンとわたしは、生まれたばかりのふたごの赤ちゃんを見守る両親のように、お互い見つめあった。

イアンはまったく子どもをほしがらず、わたしもそんなイアンとのあいだに子どもがほしいとは思っていなかった。イアンは子どもの騒がしさやにおいに耐えられず、列車で同じ車両になると、その車両から出ていくほどだ。わたしは子どもをおもしろいと思うし、生きているすてきな芸術作品《アート》だとも思う。子どもにじっと見られていることも、よくある。まるで子どもたちは、外見はおとなのわたしが、中身は三歳か四歳か五歳ぐらいでしかないと知っているかのようだ。わたしは子どもに関心があるし、子どもなりのがんばりや苦労もよくわかる。でも責任をもつということを考えると、こわくなる。わたしは自分に責任をもつだけでやっとなのだ。子どもがあれこれうるさく、どうしても言うことを聞かなかったりしたら、わたしはクロゼットに閉じこもったり逃げ出したりするような母親になってしまうにちがいない。それに「曝露不安」に伴う知覚感覚過敏や感情の極端な揺れ動き、頭の混乱、不本意な忌避、迂回《うかい》、報復反応を、次の世代に伝える特権などもありはしない。もし子どもがわたしと同じ困難をかかえたら、食事制限という車いすが必要な人生を運命づけられるのだ。

　そんなわけで、わたしたちはふたりとも、子どもはいらないということで一致していた。ただしわたしは、しぶしぶと。イアンは喜んで。

　それが今こうして、わたしたちのところに二匹の赤ちゃんがやってきた。二匹はどこまでもわたしたちのあとをついてきて、いっしょにいてほしい、ミルクがほしいと容赦なく鳴く。寄り添う母ヒツジがいないから、かわりに手編みのコートで、震える小さな体を毎晩くるんでやることも必要だ。だが二匹はまさしく*1「単一《モノ》回路型」で生きていて、「すべてが自己で他者がなく」、自分だけの世界に没頭しているので、わたしに「闘争か逃走かの反応」を起こさせることもない。この反応は、わたしのなかでほんのわずかな「社会的侵入」が感知されただけで起こるよう、高度にプログラミングされてしまっている。

　二匹はいたるところでトイレをしてしまったが、驚いたことに、わたしたちが抱いているときにはしなかった。シャーフはやさしく素直な性格で、それが目の表情にも、機嫌よく笑っているような顔にも表れている。わたしたちにぴったり身を寄せてくるのが好きで、世の中を知りたがって騒ぐこともない。特にイアンになつき、寝るときには彼の上に子犬のようによじのぼってくる。ブルビは大きな目でまじめな顔をしているが、落ち着きがない。もし注意欠陥障害（ＡＤＤ）のヒツジというものがいるなら、彼女はまさにそうだ。好奇心旺盛で、豆の袋の中身を雪のなかにぶちまけたり、跳ねまわったり、ひとときもじっとしていられないらしい。それでもわたしになついて、まるで「メリーさんのヒツジ」みたいに、どこへでもわたしのあとをついてくる。

イアンとわたしは日に四回、朝から夜遅くまで、いっしょにえさをやった。わたしには、このルーティンはたやすいものだった。自分のためというより二匹のためにするからだ。わたしたちはラジコンのおもちゃの車で二匹を追いかけたり、二匹がその変わった生きものを調べるのを好きにさせておいたりもした。二匹がにおいをかいだり、噛んだり、さわったりできるものをあれこれ与えたり、体を高く持ちあげて、見たことのなかった位置から世界を見せてやったり、雪のなかを走らせてやったりもした。おかげで二匹はすばしこくなり、たいていのヒツジより賢くなった。子犬のように、わたしたちとかくれんぼをして遊べたし、家の端までわたしたちを追いかけてきたあと、そこでわたしたちの帰りを待っていることもできた。二匹で遊びを発展させ、いつもの小道を全力疾走してから、急な曲がり角を思いきり、出たとこ勝負で（はしゃぎながら）ヤギのように斜めに脚をけりあげて曲がる競走もした。ブルビは、ボールをわたしに向かって頭突きするという遊びもするようになった。二匹のあいだでのことばも豊かになっていき、なにか関わるのがよさそうなことが起こると、音や姿勢で互いに合図を送るようになった。毎日は、もはやイアンとわたしだけのものではなくなった。イアンとわたしとヒツジの赤ちゃんたちのものになったのだ。

そんな赤ちゃんたちもしだいに大きくなって、納戸では狭くなり、つづいて、移してやった小屋でも狭くなった。二匹はそろそろヒツジの子ども時代に入ろうとしていて、家のまわりをメエメエ鳴きながらわたしたちを探し、わたしたちが出ていくと、今度はひづめを鳴らして跳びはねながら、また家のまわりをぐるぐるまわる。それから二匹で楽しげに競走して、扉の開けてあるガレージまで、急な坂を勢いよく駆けおりていく。二匹の笑い声が聞こえるかのようだった。

二匹が裏口のドアを頭突きするようになり、それがひどくなったことから、わたしはイアンと、木でヒツジたちの家を作った。二、三か所でバラの茂みの葉がなくなって以来、二匹の遊び場は野原になったので、野原に囲いも作ってやった。家はスイスの山小屋風《シャレー》で、ドアのほかに天窓と合成樹脂製《パースペックス》の窓もふたつあって、外をのぞけるようになっている。位置はわたしたちの家の真正面だ。

わたしたちが野原から家に帰ると、二匹は毎晩わたしたちを大声で呼んだ。ドアの前に立っている二匹、そしてときには、窓からわたしたちのほうを見つめている二匹が見えた。子ヒツジたちのおかげで、イアンの注意はわたしから逸《そ》れた。わたしたちには一体感が生まれ、農場への帰属意識と家族としての感覚が、少しずつ広がっていった。

ヒツジたちが来てから、六週間が過ぎた。わたしが一週間、両手両足をついて草をかじってみせたところ、子ヒツジたちも草を食べるようになり、哺乳びんからミルクを飲む回数はどんどん減って、とうとう哺乳びんはいらなくなった。週ごとに二匹は太っていき、毛も豊かになっていった。脂肪がついて体重も増えたが、それでもうれしそうに跳ねたりけったりしながら駆けよってくる。まるまると太った二匹は、こちらにとってはどんどんこわい存在にもなっていった。胴まわりが六十センチ以上になり、まだまだ大きくなっていくというのに、その大きさでわたしのほうに向かってくるのだから。

わたしたちは二匹を、ほかのヒツジたちに会わせてみた。別の牧草地にいる農夫のヒツジや子ヒツジたちだ。だが二匹はこれがまったく気に入らず、わたしたちのそばにぴったり身を寄せたまま、見知らぬ生きものたちのなかには入っていこうとしなかった。二匹は明らかに、自分たちを人間だと思っている。わたしたちもヒツジの鳴き声をまねして話しかけていたから、わたしたちがなんなのか、誰なのか、混乱することもなかったようだ。わたしたちは「彼らみたい」なのだ。

わたしの本のプロモーショナルツアーが近づいていた。三月に、二冊目の本『自閉症だったわたしへⅡ』（原題 *"Somebody Somewhere"*）のプロモーションでノルウェーに行くことになっていたのだ。子ヒツジたちと離れるのがつらかった。わたしたちは、離れることにお互いを少しずつ慣らしていこうとし、二匹がわたしたちを待ってじっと家を見つめているときも、カーテンの陰からただそのようすを見るだけにした。一日、二日とそうやって過ごしたが、ときどき耐えられない気持ちにもなった。シャーフはこちらを見つめたまま、声がかれるまで鳴きつづけた。イアンの気持ちは彼女に向かった。

「ぼくが出ていってやらないと、あの子は自分を傷つけちゃうよ」それが彼の理屈だった。

「あなたが出ていったら、次は二倍自分を傷つけるわよ」わたしは答えた。

わたしたちは「メエエエ」と二匹にあいさつしながら、家を出た。二匹からの答えが聞こえた。そしてわたしたちは、ノルウェーの雪と氷に向かって旅に出た。

＊1　「単一回路型」「すべてが自己で他者がない」「闘争か逃走かの反応」などは、著者が自閉症を分析・解説するときによく使う表現。くわしくは『ドナ・ウィリアムズの自閉症の豊かな世界』（明石書店）をご参照のこと。

6　はじめての講演

ノルウェーに到着した週、現地ではちょうどわたしたちの番組が放映されていた。ノルウェーのテレビ局が、あらかじめウェールズに撮影に来ていたのだ。

わたしたちはまず観光することになって、昔の丸太小屋をたくさん見られる場所に行った。凍った道を歩くため、靴にすべり止めをつけなくてはならなかったが、灰色の雲のあいだから差す光が路面の厚い氷に反射して、歩きながら、建築物にもその左右対称《シンメトリー》の美にも魅了された。

しばらく行くと、女の人がひとり、突然イアンの腕をつかんでノルウェー語でしゃべりだした。イアンがその手を振りほどくと、女の人は興奮しすぎたことをまた騒がしくあやまった。わたしはつかまれたのが自分じゃなくてよかったと思っただけだったが、ホテルに戻ってエレベーターに乗ったとたん、けっきょく同じような目にあった。また別の女の人が、エレベーターの扉を押しとどめるようにしながら乗ってきて、すっかり高ぶった声で、テレビでわたしを見たとまくしたてたのだ。

これまでわたしは世界じゅうの国々で八十回以上の取材を受け、ファンレターも毎週受けとってきたが、著者として一般には顔を知られていなかったので、こうしたできごとに遭遇するのははじめてだった。この仕事さえ終われば、あまり顔を知られていない英国に帰れるのがうれしかった。

「いつかまたノルウェーにいらしていただけますか？」版元の社長は言った。「今度はトークショーがいいかもしれません」

イアンは無表情に立っている。

「かもしれませんね」わたしは答えた。

「次のツアーはいつ？」ホテルの部屋に戻ると、イアンはおびえるように訊いた。英国に帰っても、またプロモーショナルツアーの予定がある。二、三週間後にロンドンでトークショーがひとつ、そのあとは四月にアメリカで講演がふたつ。さらに二か月後の六月に、日本のドキュメンタリーの撮影がひとつ。「今年はそれで終わりだ」どことなく自棄《やけ》になったような口ぶりで、イアンが言った。「それ以上はもう引き受けるな」

「わかった」わたしは答えた。

だが、だからといってそれで依頼がこなくなるわけでもなく、ウェールズの農場に帰ると、ポストにはつぎつぎ封書が届いた。八月にここウェールズで撮影するカナダのドキュメンタリーの依頼、九月にアメリカでまた別の講演の依頼。それを受けるとなると、今年は一年で三回アメリカを旅することになる。

イアンには、「そうしたくない」という感情が表れなかったので、引き受けることに同意した。ふたりで点検《チェック》したが、イアンにはっきりした「そうしたくない」がなかったので、引き受けることに決まったのだ。

「でもそれで終わりだ」イアンは言った。

頭のなかではもうたくさんだと思いながらも、別のどこかで、彼は取材やツアーを望んでいたのかもしれない。あるいは、わたしがひとりで出かけるのを見て、取り残されたように感じるのが、いやだったのかもしれない。

四月はあっという間にやってきて、予定表にはコネチカットとシラキュースでの講演日程が現れた。これまで四年間、何度も講演をたのまれたものの、そのたびに断わってきたから、これがはじめての講演だ。わたしは本のなかでは語ってきたが、実際に人前で話をするのはいつも代理の人たちだったため、講演についてはまったくの初心者だ。いったい自分に講演などできるのか、できるとしたらそれがわたしになにをもたらすのか、知りたかった。

アメリカに着くと、コネチカットでの滞在先はドールハウスのようなところだった。壁紙のもようが目の前に飛び出してくるみたいで、ベッドカバーのもようもおそろいだ。

キッチンの蛇口はあらゆる方向にまわった。それで遊んでいるうちに、あたりの景色がしだいにゆがみはじめて、なにもかもがふつうの位置からずれ、ダリのシュールレアリズムの彫刻みたいになっていった。その刺激が強すぎて、わたしはめちゃくちゃにくすぐられているような感じになり、しかもくすぐりは一回ずつきつくなっていって、とうとう許容量を超え、笑ったり叫んだりする自分を抑えようがなくなって、息もできなくなりだした。

躁病のようにわけがわからなくなり、感情も激しく高ぶって、ますますひどくなる苦痛のなかで耳鳴りも始まった。アドレナリンとともに、血液がどっと流れだしたのだ。怪物が攻撃をやめてくれるように、わたしは背を向けるが、向きなおったとたんにからかわれて、いっそう高く放り投げられる。もうわたしは、地球からはるか宇宙にまで飛びあがった気分だ。目に入ったイアンが、まるでドイツ人将校みたいに、部屋から出ろと命令している。わたしは怪物を失《う》せさせようと、ふきん《ティータオル》を投げつけ、笑いすぎで痛みだした胃のあたりをつかむ。

「出ろ、出ろ！」イアンが命令している。

わたしは床にくずおれ、壁に身をもたせかけて、怪物のくすぐりが消え去り、息ができるようになるのを待った。

翌日が、講演の日だった。わたしたちは迎えにきたリムジンに乗って、ドールハウスが建ちならぶ一画を抜け、大きなビルに着いた。わたしは一時間以上前からトイレに行きたかったが、イアンは行こうというそぶりも見せない。

「トイレ大丈夫？」わたしは訊いてもみた。

「大丈夫」イアンはそう言った。

それでわたしも行けなくなったのだ。

ホールのほうでは、何百人もの聴衆が席につこうとする足音や物音が、しだいに静まってくる。イアンはペットボトルの水を持っており、わたしは飲みたくてたまらないのだが、それ以上にまずトイレに行きたい。なのに、曝露不安のせいで、水を飲んでしまった。イアンが飲んだ。だからわたしも飲んだ。

飲み終わって、さっき前を通ってきたトイレのほうへやっと行きかけたとき、「だめ」という声がどこからか聞こえた。「だめ、時間がない」わたしはかっとした。もうまる一日かと思うほど、さんざん待ったのだ。まったく、もしイアンがトイレに行きたくなってさえいれば。

そのときホールで、わたしを紹介するアナウンスが響いた。トイレに行くのはほぼ絶望的。ところが突然、曝露不安がどこかに消えた。これでトイレに行ける。行く必要がある。行かなくちゃならない。今度はわたしの名前がアナウンスされている。聴衆も待っている。でも知ったことか。わたしはまわれ右をすると、トイレへ走っていこうとした。

「時間がないから」イアンの手がのびてきた。

わたしは従い、講演者の席に向かって、扉をいくつも通っていった。

通り終わると舞台への階段をのぼり、イアンとともに、木張りの床に置かれた席にすわった。イアンがクリップ式のマイクをわたしにつけ、わたしは親しげな顔でいっぱいの海を見あげた。すると急に涙がこみあげてきて、数分のあいだ、わたしは泣いた。聴衆は、静かに待っていてくれた。

わたしは涙をふくと、ゆっくり原稿を読みはじめた。紙の上の無表情な文字の連なりに、やがて意味が宿りはじめると、わたしはふたたび顔の海を見あげて、水の具合を試した。わたしを認めるこの人たちに、対処できるのか。こんなに面と向かって、わたしは自分を表現できるのか。

この講演は、わたし自身が話すということに、とりわけ意味があるもので、集まった人たちはわたしに会いにきたのであり、わたしもそんな人たちのために話そうとしていた。どの顔にもあたたかさとやさしさが浮かんでいて、どの目もわたしを知りたがっているようにこちらへ向けられている。このまま、こうして差し出されているとおりにこの人たちのなかに入っていくのか、それとも、そうしたつながりへの不安が差し出している逃げ道のほうに、駆けこむのか。わたしの気持ちは揺れた。

目の前に広がっているのは、社会や社交という名の海。わたしはその潮流にもまれて、浮き沈みした。三列目の人がひとり、泣いていた。わたしが彼女の気持ちを傷つけてしまったのだろうか？　最前列には、興奮して声をあげたり音をたてたり、いすから跳びあがったりする女の人がいたが、そのうちまっすぐ舞台のほうへやってきて、わたしの顔の真正面で両手を動かした。それは、刺激が強すぎると勝手に出てしまうチックのようなものだが、じつは自閉症者のあいだでの私的言語《プライベート・ランゲージ》でもあるのだ。

わたしは話し終えた。聴衆には、拍手しないようにとあらかじめたのんであった。講演をするというだけで、曝露不安はすでに耐えられないほどのレベルになっているのだから、そこへ拍手という大音量が加わったら、わたしにとってそれは称賛というより、大勢の人間からの最も残酷な罰となってしまう。

わたしのことばが終わると、あたりはしんと静まった。そして会場全体が、敬意の静寂につつまれた。畏怖《いふ》の念さえ感じられるような静寂だった。会場の何百人もの人たちの思いやり、これまでの人生でわたしにはほとんど縁がなかった思いやりに、わたしはあまりにも胸を打たれて、またも涙があふれた。そして泣きながら、退場の通路にできあがった人垣のあいだを歩いていった。

かつて自分自身であることも、自分自身として触れられることも恐れ、あいさつも賛辞も、直接的個人的な表現もこわがっていた女の子が、今、和解した敵たちの列のあいだをまっすぐに歩いていく――。

だが最後の扉から出たとたん、体は大波におそわれて、わたしはついに粉々になった。曝露不安によるアドレナリンの噴出と、情報量の過負荷《オーバーロード》が、すでに危険なレベルにまで達していたのだ。アドレナリンにその他の化学現象が加わって、血液が猛然と体を駆けめぐりだし、耳ががんがん鳴りはじめる。まるで麻薬の切れた常用患者のように体が震え、荒々しい肉体的カオスのなかで、あらゆる神経の末端が悲鳴をあげている。どこもかしこも過負荷で締めつけられたようになり、喉は窒息しかけているように苦しくて、口からパニックのうめきがもれだす。

手もチック症状のようにバタバタ動き、わたしは思わず跳びはねだした。そうやって、アドレナリンをめちゃくちゃにしている悪霊を、なんとか自分のなかから追い出したかったのだ。するとイアンが両手を握ってくれて、跳びはねるのを支えてくれた。

こうした激しい肉体的苦痛におそわれながらも、なおわたしは講演を引き受けた理由を見失わなかった。それが曝露不安の原因になったのであれ、苦痛をもたらした感情の過負荷を起こしたのであれ。そして見失っていないもののことを思うと、体が内側からあたたかくなって、ほかのどんな人からも与えられることのない安心感でつつみこまれた。わたしは、これが誰の人生なのか教えてやると思いながら、不安という敵に逆襲しようとした。はた目には、まるで自分に取りついているノミに反撃する犬みたいだったかもしれないが。

敵は、わたしから二十五年の人生を奪い、つかめるものならその手で人生をつかんでみろとわたしに挑んでいる。やつには、強烈な化学現象を起こしてわたしの体を攻撃することはできるかもしれない。でも、この体でこの人生を生きているのは、このわたしだ。わたしが、体も人生もコントロールするのだ。

体を傷つけるように仕向けるのは、不安という敵だ。だからわたしは、体を愛して大事にできるように、不安と戦った。こうしたアドレナリン中毒の状態で、あらゆる神経を攻撃してわたしを震えさせ、乱暴にさせるのも、不安という敵だ。そしてそれがおさまったとき、体にリズムを与えて落ち着かせ、抱きしめるようにしてやったのは、このわたしだ。とうとうアドレナリンが鎮まり、曝露不安もどこかへ行った。

そしてわたしは、ようやく、ずっとがまんしていたトイレへ行ったのだった。

次に向かったのは、ニューヨーク州シラキュース。また一から同じことをする。これはわたしの個人的リハビリ計画の一環であり、自由への道でもあるから。そうして曝露不安をたたき出すことができれば、そこからくるいろいろな問題も克服することができるだろう。つまり命令系統の上から下へ、トップダウンで克服してやろうというわけだ。

飛行機が着陸すると、毛むくじゃらの男の人とヒッピー風の女の人が迎えにきて、わたしたちを夜のなかへ、森のなかへと連れていった。

森のなかの家に着くと、イアンのようすがおかしくなりだした。どうやら抑うつ状態におちいったようだ。それでわたしも不安になった。イアンにはなにも起きてほしくない。なにか起きると、彼は防衛意識が高まって身がまえ、支配的権威的になってよそよそしくなり、自分の相対的個人的な意義といったものへの手がかりをすべて失って、アスペルガー症候群の人に特有な、一語一句を字義どおりにとらえることや、「論理」へのこだわりがひどくなる。そんな彼は好きではない。

家は、意図してもなかなかここまではというほど、知覚感覚にとって最悪の壊滅《かいめつ》状態だった。室内は何か月もずっと閉めきられたままで、中古品の店みたいに、ありとあらゆるがらくたが散乱している。

そこへ案内のふたりも入ってきて、わたしがあいさつするのを待っている。わたしはまだほとんど口を開いていなかった。ふと、わたしはそばにあったクッションを手に取ってみた。すると手いっぱいにふにゃふにゃした感触が広がった。詰めものがやわらかすぎて、中に泥でも入っているようだ。それがいけなかった。

すでに出口を求めて暴れだしていたアドレナリンが噴き出して、わたしは突然、また躁病の発作のようなものにおそわれたのだ。あっという間にむずむずする感じにとらえられ、三十秒のあいだに何度もそれが絶頂に達して、はじめはもっともらしいゲストに見えていたはずのわたしも、マンガのハチャメチャなキャラクターみたいになってしまった。自分でもコントロールがきかず、強くくすぐられているような感じが内側からもわきあがって、わたしはたてつづけに叫んだり呟きこんだり笑ったりした。まるでいくつもの楽器をひとりで演奏するワンマン・バンドみたいに。

わたしはそのクッションを、料理中に火が入って燃えあがったフライパンを投げ捨てるように、両開きのガラス戸のむこうへ、思いきり投げた。そしてすわって自分を落ち着かせようとしたが、むずむず感はなおも絶頂を求めている。この化学物質中毒と戦うには、ほんとうにがんばらないといけないのだ。

「すみません」ようやくわたしは言った。もう少し早く口をきいておけばよかったと後悔しながら。そうしたら、案内の人たちは少なくとも先に人間を見ておけただろう。ハチャメチャなキャラクターのあとにではなくて。

イアンの不快感も取りのぞかなくてはと思いつづけて、翌朝、わたしは早起きをした。そして知覚感覚[*1]を刺激しすぎるがらくたをすべて一か所に積みあげると、空き部屋に持っていき、ドアを閉めた。シャワーカーテンからは、分厚くこびりついていた灰色がかった緑色のカビを、バスタブからは、うろこ状になった湯あかをこすり落とした。そしてぜんぶの部屋の窓を開けて空気を通し、荷物からわたしたちの物を少し出した。イアンが起きてきたときには、室内はまるで真新しい家のようになっていた。

イアンは、自分の新しい環境を調べようと、外へ行った。すぐそばに湖があるとわかり、それならいかだを作りたいと言いだした。わたしは材料になりそうな枝木を拾い集め、それらで空気を切ったりしながら歩きまわった。それから家に入るとテレビでトーク番組をいくつか観たが、騒々しいだけだった――ピシャッ、ベラベラベラ、ピシャッ、ベラベラベラ、ピシャッ。

イアンがいかだを組み立て、ひもでもやい綱のようなものも作って水に浮かべ、いかだが遠くに行きすぎるとそれで引きもどしたり、また湖に送りだしたりするのを、わたしは窓から見ていた。

毛むくじゃらの男の人は、あたたかな雰囲気で物柔らかに話すアメリカ人で、わたしたちをナイアガラの滝への三時間の旅に連れていった。

激しくほとばしる大量の水が、音ではなく動きの交響曲《シンフォニー》のようにさまざまに踊り、巨大な馬蹄《ホースシュー》型の崖の上で、そしてそこから下へ、うなりをあげ、しぶきをまき散らしながら流れ落ちていく。水が、吸いこまれそうなほどはるかな深みへ落ちていく崖の上には、空が広がり、白いカモメが何羽も飛びかっている。それは脳裏に焼きついてしまうほど美しく、身の毛がよだつほど深遠な光景だった。

この光景を、わたしは昔、まだ三歳ぐらいだったころ、くりかえし夢で見たことがある。下へ下へとはるかに落ちていくアクアブルーの水を、のぞきこんでいる夢。

わたしはジャンプしたくなった。飛びたいという子どものころの衝動が久しぶりによみがえると、アドレナリン量も上昇してわたしを誘い、恍惚感を約束して手招きする。

飛べる。わたしもカモメのように飛べる。崖の上を、映画のシーンのように。そもそもドナ・ウィリアムズって、誰？

キャロルとウィリーという想像上のふたりの友だちの存在をあらわにし、そのままふたりと別れて以来、彼らに自分の行動を託すという戦略が使えなくなって、わたしは昼も夜も、背後から曝露不安におびやかされるようになった。だが、もし崖の上に身を躍らせて完ぺきなアクアブルーと一体になれるのなら、そうやってずっと戦って手に入れてきたものも、すべて捨てていいと思った。

とはいえ、案内の人を困らせたくなかった。だいいちイアンと約束していたのだ。したいがまま、思うがままにしすぎないようにする、恍惚感を求めてハイになりすぎないようにする、と。

＊1　著者はこうしたものを「ボグルディー・ブー（boggledee-boo）」という造語で呼んでいる。

7　日本からの撮影隊

ウェールズの農場に帰ると、ナイアガラの滝も、もはや思い出のひとコマになっていった。五月のカレンダーが終われば、六月はまる一か月、わたしたちといっしょにいるという日本のドキュメンタリー撮影隊にささげることになる。とはいえ、二、三日に一日は休みを取ることになっていて、カレンダーには太いマジックで「日本の」日と「わたしたちの」日が書きこまれていた。

ドキュメンタリー番組やテレビのスポット撮影をしないかという話は、これまで何度も持ちこまれていたが、企画や構成がいつも外側からアプローチするもので、わたしたちにはまったく合わないように感じていた。ところがわたしは、ふと気づいたのだ。インタビューの構成だけでなく、番組全体の構成もわたしが決めればいいじゃないか、と。それで日本のドキュメンタリー撮影の依頼に対して、わたしの構成でわたしが完全に仕切って内側からアプローチする方法なら応じる、と答えた。日本側は同意した。

撮影隊は、大きなワンボックスカーで、農場の長い私道をやってきた。到着すると、それぞれが車から降りてくる。そのうちふたりには、すでに会っていた。放浪者風でかぼそい声で、ほとんど英語を話さない女性ディレクターと、日本人だけれど流暢《りゅうちょう》に英語を話し、きっぱりしているがいつもこちらを喜ばせようとする如才ないコーディネーター。だがふたりとも神経をとがらせ、わたしを不安定で不可解な「ちっちゃなドナ」と思っているのが伝わってきた。あとは、小さなテリア犬みたいで、スタッカートでもついているかのような動きをする小柄な日本人カメラマンと、黒い髪でずんぐりしたアイルランド人のフリー技術者だ。彼はミックという名で、ほかの三人に比べてむきだしのままのリアルな雰囲気を漂わせながら、玄関の上がり段のところに立っていた。

撮影スタッフはカメラをまわしながら、まるでわたしたちがはじめて会うかのように入ってきた。実際には、少なくともそのうちふたりに二回も会っているのだ。こんなのはばかげているし、ほんとうのことじゃないと思った。彼らのうそに協力しろということなのか。それとも彼らは、現実をゆがめるほうがいいのか。始まりとして、これはよくない。

リアルであれば、自分の立っている位置がよくわかり、自分で自分の記憶や価値や、心を信頼することができる。だがうそのもとでは、どこへでも吹き飛ばされかねないうえ、誰も信頼できない。そのうえその理由がわからずに、行動の気配やきっかけもつかめないと、どこでほんとうのことが終わってどこからうそが始まるのかまったくわからないので、なにも信じられなくなる。

「あなたたちのこと、知ってる」わたしはさえぎろうとした。思いきって、うその共謀者にはならないと意思表示するつもりで。

スタッフが全員部屋に入ってきて、わたしは突然、とても強くて直接的で個人的な注目を一身に浴びた。イアンも攻撃を受けたように感じたらしく、猿まねのような表情を顔に張りつけ、口は見せかけの笑いの形に固定している。でも目が少しも笑っていない。

スタッフは、日本のしきたりということでプレゼントを持ってきていた。中身は、日本の漢字についての本。だが間《ま》が悪かった。悪すぎた。まだ好きになれるかどうかもわからない人たちから、こんなにダイレクトに与えられ、目の前に突きつけられては。この人たちは、まだ手に入れていないわたしたちの好意を、あらかじめ保証してもらいたがっているかのようだ。だがわたしたちにしてみれば、それはそうとうなプレッシャーで、侵略され、有無を言わさず押しつけられている感じになる。ちょうど見も知らぬ人に、勝手に親しげにされ、親しいと思いこまれ、そうふるまわれるのに似ている。「友好的」であるのと「友だち」であるのはちがう。

コーディネーターとディレクターは、まるでガラスの上をつま先だって歩くようにこわごわと、申し訳なさそうなめそめそしたトーンで、あふれんばかりの感情や感謝の気持ちを表した。

小柄なカメラマンは、アメリカ西部のカウボーイみたいにめまぐるしく動きまわり、はらはらさせられるような走りかたで、わたしたちを撮影してまわる。肩の上のカメラはなんとかバランスを保っているが、危なっかしい。ミックは大きな両手をじっと動かさず、くちびるをなかば噛んで、サーカスで演技させられている動物たちを見ている動物好きの人のような表情だ。ことばのないその会話を、わたしはただ受けとり、返事はせずに、そ知らぬふりをした。撮影隊のほかのメンバーは、善意ではあれ、ここを無意識のうちに「ドナ・ウィリアムズ動物園」のような感覚でとらえている。

すでにわたしには、周囲の状況やことばの意味を理解する力がなくなっていた。わたしはリビングのほうへぶらぶら歩いていき、気がつくと、子どものころからの親しい友だちである電気のスイッチと遊んでいた。そしてそのまま、全員がいなくなるのを待った。それから長い手紙を書いた。

翌日はドアを閉ざしたまま、ドアに、カメラを止めるようにという張り紙をしておいた。カメラをまわしながらやってくるのでは、わたしたちはまるで侵略され、攻撃されるように感じるし、こちらになんの敬意も表していないではないかと書いたのだ。そしてイアンとわたしは家のなかから、撮影隊のワンボックスカーがやってきて、思っていたとおり、カメラをまわしながらスタッフが降りてくるのを見ていた。カーテンのあいだから、英語を話さない熱血カメラマンがきびきびとドアまでやってきて張り紙を撮るのも、見ていた。それからミックが張り紙の内容を理解して、カメラを止めるように合図した。

　わたしたちは、そうやって彼らが武装解除してからようやくドアを開けたが、コーディネーターに手紙をわたすと、家のそばに止めてあるトレーラーハウスのほうで会うと告げて、ふたたび背を向け、ドアを閉めた。

　手紙は次のとおり。

撮影隊へ

　きのう、取材者とコーディネーターとカメラマンと技術者は、わたしたちができることの範囲について配慮もなく、玄関に着いたとたんに撮影を始めました。出会って「おみやげ」をわたすという典型的な場面を想定しながら来たわけです。でもそれはこちらにとってはなじみのない押しつけでしかなく、善意だったとしても、いろいろな仮定や期待でふくらんだ行為です。わたしにしてみれば、そこからは意図されたあたたかさや親しみはけっして生まれず、かわりに強い疎外感と侵略された感じにおそわれるのです。すべてがそちらのタイミング、そちらのやりかたでおこなわれたので、こちらにはどうすることもできない大津波が起きて、わたしは一行を締め出して自分自身にしがみつこうとするので精いっぱいでした。イアンはもっとついてなくて、自分を失い、彼らが求めていたとおりの「お会いできてうれしいです」モードの役へ押し流されていきました。その役になれば、自分が言ったりしたりしていることがわからなくなっていても、期待されているいわゆる「ふつう」《ノーマリティ》を表面上装うことはできるのです。スタッフの配慮が足りなかったのは、わたしたち自身はどうしたくて、なにがいいかということを、時間の面でも空間の面でも、わたしたちが考えられる猶予なしですまそうとしたことです。あなたがたがわたしたちの聖域《サンクチュアリ》に入ってきたいなら、こちらのやりかたに基づくようにと、わたしたちはよく考えたうえで告げたのです。わたしたちの世界に入ってくるという特別なことをたのんできたのは、あなたがたのほうなのですから。どんなときに扉を閉ざすのか、わたしたちはすでに決めているのです。

ドナ

わたしはトレーラーハウスに行くと、ミックに、家のほうへ来てレコーディングをしてもいい、ただしひとりで来て、と言った。

ミックはハチャメチャな柄《ボグルディーブーがら》の、ふわふわしたトップスで玄関に現れた。大きくて陽気な青年だが、そうした外見から一歩退《ひ》いたところで自分自身を保っている感じがあって、二十代という実際の年齢よりだいぶ上に見える。また、子どもがおとなの体のなかに入ってしまったかのように、そこから世の中を見つめているだけで、世の中とじかに関わっているのではないといった、つかみどころのなさもある。くちびるを噛んで立ち、怒っているような表情で、今にもどこかへ消えてしまいそうだ。彼はおずおずと、大きな手の甲でノックした。

わたしはドアを開けにいくと、彼がついてくるものと思ってすぐにまわれ右をし、中に戻った。ところがミックは許可をもらうのを待っているように、その場に立ったままだった。わたしは「入って」と身ぶりで示し、彼をリビングに通した。

ミックは真剣な面持ちで、床に機械類を設置した。それからわたしを見あげた。わたしも見つめかえした。すると彼の目にもわたしの目にも本物のほほえみが広がって、わたしたちはあたたかな気持ちで見つめあった。けれどその個人的な触れあいに気づいたとたん、わたしは目をそらした。こんなときに、いったいどうやってガドゥードゥルボーガー[*1]が入りこんできたんだ？

ガドゥードゥルボーガーとは、昔の「わたしの世界」で社会的、認識的、感情的、知覚的現実を感じとっていたシステムと、「世の中の人たち」のやりかたを解釈していたシステムのあいだに架けられた橋の番人であり、警備員だ。珍しい生きもので、「彼ら自身の世界」だけにいるのでもなければ「世の中」だけにいるのでもなく、両方を行き来できる。

そのときイアンが入ってきて、部屋のすみのいすにすわり、わたしを監視しはじめた。わたしは自分で書いた原稿を読みだそうとしたが、さきほどのミックとの個人的な触れあいのせいで、声に出して読むという曝露状態に入るのが大変になっていた。おかげできちんと始められるようになるまでに、少しつっかえたりまちがえたりした。

ようやくすべて読み終わり、目を上げると、そこにはミックのまなざしがあった。わたしはあたたかなそよ風につつまれた気持ちになった。けれど、それがやすらぎだという思いを無視して、わたしは目をそむけ、顔に広がりそうになるほほえみを消した。

それから部屋のすみにいるイアンを、忠実に見た。わたしの特別な人は誰なのか、レコーディングがまずい出来ではなかったか、自分で確かめようとするみたいに。

だがいくら見つめても、あたたかなそよ風は吹いてこなかった。自分がただ、すべてオーケーだと認めてもらいたがっているのを感じただけだった。制御《コントロール》の範囲外に出ていきかけているものも、イアンが許さないものも、なにもないのだ、と。

　わたしは、翌日の撮影でミックがまた来るのを楽しみにしている自分に気がついた。でもそれはオーケー、と心のなかでつぶやいた。ミックは「弟みたい」なもの。そして、午前中は彼と仕事をするというルーティンが始まっただけのことで、安全なのだ。いずれにしても、ミックは「わたしの友だち」ではなく「わたしたちの友だち」だし、この家に来てほしいと思うのも、わたしだけでなくイアンもなのだ。

　イアンが眠っているあいだに、わたしは手紙を書いた。そして彼が起きると、手わたした。

　イアン、こんにちは

あなたに手紙を書くのは久しぶりです。べつに問題はなにもなくて、ただわたしが感じ、考えていることが壁を越えられないので、書くことでしか言ったり話しあったりできないことを書こうと思ったのです。

わたしはミックを好きだと気がつき、あなたもそうだとわかっているのですが、おそらくどちらもそういった「好き」をうまく表現してやっていくことはできないでしょう。わたしたちがミックと「友だち」になることについて、あなたはオーケーだと感じるかな、どうでしょうか。あの人は自分に正直で、信頼できるしっかりした人だと「感じられる」のだけど。

もしわたしたちのどちらかになにか起きた場合、あの人は弟のように、わたしたちのどちらともいっしょにいてくれるのではないかと思います。わたしたちはすでに、あなたが犬を飼うことについて、わたしが家の管理兼世話人を雇うことについて、同意しています。

彼がわたしたちの友だちになれるとあなたが思うなら、わたしは手紙を書いて、彼にはわたしたちがなにか共感するものがあり、わたしたちを同等《イコール》の人間と感じている「印象」があると伝えます。彼に「あなたは喜んで迎え入れたい人です」とわたしがずっと言いたかったこと、どんなふうに暮らしているのか知りたいと思っていること、まったくちがう生きかたをしているような人が、なぜわたしたちを内側から感じるようなやりかたで理解できるのか（外側から調べるようなやりかたの理解ではなく）知りたいと思っていることも書こうと思います。彼がわたしたちのような人間をほかにも知っているかどうかも訊きたいし、今回の撮影がぜんぶ終わったあとも、わたしたちとつきあいつづけて平気かということも訊きたいです。平気なら、連絡先のわかる名刺を置いていってかまわないと伝えたい。もしわたしたちに「友だち」が必要で、あなたもそう望むなら、たまにわたしたちふたりでは居心地悪くなるような夕食時に、あなたは彼を招待できるようになるわけです。彼のほうも、ほかの人たちから一時間ほど離れたいと思っているかもしれないし、もしかしたらわたしたちといっしょにいたいとさえ思っているかもしれません。

もし彼が夕食に来たら、家のことやどこに住んでいるかということ、友だちのこと、自分の暮らしや人生に満足しているのか、人々に理解されていると感じているのかということを訊いてみたいです。わたしには彼が、この世の中でとても孤立した孤独な人に感じられるのです。まるでこの世の中を映画——それも自分の出ていない映画——のようにしか観ていない人みたいに。

それから、手紙は書いたりするのか、本は読むのか、試作車《モデルカー》に乗ったり凧《たこ》をあげたりするのは好きかということも訊いてみたい。そしてもしあなたが賛成してくれるなら、彼が帰るときには色つき粘土《プレイドー》をあげたいです。

以上です。

ドナより

翌日の撮影で、ミックがワンボックスカーから降りてくると、わたしは玄関に向かって駆けだした。彼はまたあのふわふわのトップスを着ていたが、その手ざわりがこちらにも伝わってくるようで、思わずわたしはじっと見つめた。

「ハチャメチャ《ボグル》、だね《ディー》?」わたしのことばを使い、トップスを引っぱってみせながら、ミックが言った。わたしは黙ったまま、うなずくことしかできず、さっと室内に戻った。

それからは、仕事に来るミックを朝いちばんに迎えることが、わたしの儀式になった。その間《かん》撮影隊のほかのメンバーは、トレーラーハウスのほうに残って拒絶感をかかえながら、自分たちが日本人であることがいけないのかと考えたことだろう。彼らにとって、それは不公平に思えたにちがいない。ディレクターもコーディネーターも、わたしの本をぜんぶきちんと読み、自閉症についても調べ、こちらを理解して親しくなることにあらゆる努力をしてきたのだ。それなのにそんな自分たちが外に追いやられ、ミックは受けいれられている。

その後、イアンとわたしはさらに点検《チェッキング》をおこなって、ミックを夕食に招待した。

ミック、こんにちは、

今日の撮影後、もしよかったら、撮影隊のほかの人たちを車で送ったあと、あなただけちょっと戻ってきませんか。わたしたちは、あなたが個人として（仕事のスタッフとしてではなく）わたしたちを訪ねてほしいと思っています。そのことはわたしたちのあいだで確認もしました。

もしそうしてもいいということなら、あなたももう見たと思うのですが、イアンはモデルカーやトラックを何台か持っているので、運転したければ、イアンも快く運転させてくれるという確認もしてあります。わたしも運転したことがあって、おもしろく、とても楽しかったです。また、イアンは料理が得意で、もしあなたが夕食もいっしょにしたいなら、三人分を快く作ります。

わたしたちは、社交的に話すということはあまりしません――わたしたちにとっての「社交」は、一般的にほかの物やことを通してです。イアンは読書をするので、もしあなたもするなら、イアンは本の話をするかもしれません。よその場所の話を聞くのも好きなので、もしよかったら、わたしたちはあなたがどこに住んでいるのか知りたいです。あなたがわたしたちのことについていろいろ訊くのも、もしよかったらあなたの生活やあなた自身についてのあれこれを話すのも、どちらも歓迎です。どんなおしゃべりも耐えられないわけではなく、あなたが話すペースやイントネーション、声の大きさや話しかたの型《フォーマット》は、わたしたちにちょうどいいのです。

さらに、イアンとわたしが互いの感情を確認したところ、あなたがギターを弾いてもいいと思っていることがわかりました。もしあなたがわたしたちを訪ねてくれて、なにかをさわったり試したりしたいと思ったら、どうぞご遠慮なく。わたしたちはあなたを、（ここに来てほしいという要求に従わせるのではなく）わたしたちの家に招待するのですから、あなたも自由にあなたらしくして、興味をもったものについてはなんでも恐れずに、その興味を表してほしいです。なにかをさわったり試したりしたいとわたしたちに言うとき、二十秒待ってくれたら、わたしたちがそれに対してどう感じているか分析《プロセス》して（ほとんどの人は一秒でわかって答えるのでしょうが）、あなたへの追従《ついじゅう》ではなく、わたしたちの心からの気持ちとして答えます。

わたしたちのような人間の周囲にいるには、「同類」のようになるか、コミュニケーションの仕組み《メカニクス》のちょっとしたことを合わせるかが必要です——ただ「同類」はめったにいないし、ちょっとしたことを合わせるのが大変な人たちもいます。でもあなたは、そういったことも大丈夫ではないかとわたしたちは思っています。

以上です。

ドナより（そしてイアンより）

＊1　原語はGadoodleborger。これもドナの造語。ちなみに「gad」には「出歩く、ぶらつく」といった意味が、「doodle」には「だます、ペテンにかける」といった意味がある。

8　心のなかに入ってきた人

ミックがやってきて、わたしたちは三人とも外に出た。イアンは菜園で忙しげにしはじめた。わたしは、子ヒツジたちが寄ってくる柵のそばに立った。ミックはそこから一メートルほど離れた柵にもたれて、タバコを吸った。わたしたちは大きな声で、なにか言ったり答えたりしながら、ときおり柵に沿って相手のほうをうかがった。ふと、わたしたちの目が合った。するとあまりに心が惹かれて、互いにまだほとんどなにも知らないというのが信じられないほどだった。

暗くなってくると、わたしたちは室内に戻り、イアンが夕食を作った。やがて食卓の一方の側に、イアンとわたしが並んですわり、離れたもう一方の側にミックがすわった。

わたしは落ち着かなかった。テーブルのむこうにはミックがいて、食べるという行為をともにしているのだ。わたしはその場のありとあらゆる刺激で火がついたようになり、自分の体も、自分がたてる音も、コントロールできなくなっていった。ミックの一挙一動とその物音で、彼がどういう人なのか、強烈に感知してしまう。しかもそれがわたしの心に触れ、共鳴するので、感情のうえではさらにハードなことになっていた。もう何年も前の、あのウェールズのひと以外、こんなふうにわたしの心のなかに入ってくる人がいようとは、夢にも思っていなかった。それにあのときは事情がちがった。わたしはあのひとに恋をしていたけれど、どちらにも親密とか接近ということは無理だったから、どこにも行き場のない不可能な状況でしかなかった。

「それはなに？」わたしは、ミックが毎日ジャケットのえりにつけている、ギネスのピンバッジのことを訊いた。

「ギネスだよ」ミックが答えた。「よくできてる」

「ええ、でもなんのためのバッジ？」わたしはなおも訊いた。「クラブかなにか？」

ミックはえりもとに目をやりながら、ちょっと困ったように笑った。

「そんなふうに考えてみたことなかったな。気に入ってるってだけなんだけど」

食事が終わると、わたしたちは三人ともキッチンに行った。わたしはリビングの天井から下げてあるブランコにすわり、ミックとイアンがいるキッチンのほうへ、それからまたリビングのほうへ、キッチンのほうへ……とこぎながら、ミックへの質問リストに従って、ひとつずつ訊いていった。


これまでわたしたちみたいな人に会ったことはある？

住んでいるのは一軒家、それとも集合住宅《フラット》？

誰かといっしょに住んでるの、それともひとり？

動物を飼ってる？

きょうだいはいる、それともいない？

両親とは仲がいいの、そうでもないの？

仕事以外にはどんなことをしてる？

映画を観たり本を読んだりする、しない？

これまで手紙やはがきを書いたことはある？

ウェールズは好き？　また来たい？

作曲する？　楽器を弾く？


ミックはニューキャッスルのシェアハウスに友人たちと住んでいて、故郷のアイルランドには二匹の犬がいるという。女きょうだいが三人で、男きょうだいはなし。お母さんを愛している。お父さんも愛していたが、数年前に亡くなった。体が大きくて酒飲みのお父さんだった。余暇はパブやクラブで友人たちと過ごしている。失読症《ディスレクシア》で、学校では国語《イングリッシュ》で苦労し、手紙やはがきもこれまでほとんど送ったことがなく、電車で拾うタブロイド紙のコラム以外あまりなにも読まない。ウェールズはすばらしい。アイルランドを思い出す。子ども時代はずっとダブリンにいたが、仕事を求めて英国へ来て、ロンドンより物価の安いニューキャッスルに落ち着いた。楽器はギターを弾くが、下手《へた》。ヴァイオリンのフォークミュージックも少し知っているけれど、ヴァイオリンは持っていない。

わたしはミックに、いいにおいだと思うものやさわって気持ちのいいもの、いい音を出すもの、いい食べもの、好きな色やもようのものを挙げてもらい、自分がそう思うものも挙げた。イアンも少し挙げた。そうやってあれこれ思い浮かべるうちに、わたしは感覚的にわーっと目がまわりそうになったり、じんじんしびれる感じになったりした。

自分がネコで、ミックは暖炉の火のようだった。これはオーケー、とわたしは自分に言い聞かせた。兄か弟といるみたいで、わたしの経歴《バックグラウンド》になにも複雑なことはもたらさないのだし、だいいちイアンもミックが好きだ。

それでも、なにかが引っかかる。イアンといても、わたしはそういうふうには感じないのだ。そしてミックとわたしのあいだには、ガドゥードゥルボーガー的な、ことばのいらない静かで直感的な会話がある。さらにミックとイアンを見ていると、どちらも友だちらしくしているものの、けっきょくそれだけだとわかる。引きあう力も、あたたかな炎もない。

わたしはイアンをじっと見た。すると罪悪感にとらわれた。だがときどきミックと目が合うと、そのあたたかさで罪悪感が溶けていく。わたしはもっとイアンと目を合わせようとし、イアンの手を握り、イアンのにおいをかいだ。お気に入りのクッションのところに行ってくつろごうとする、ネコのように。

撮影が終わってミックがいなくなったら、わたしはさびしくなるだろう。きっと耐えられないほど、さびしくなるだろう。この世界のどこかで続いていく彼の毎日は、どんなふうなのだろうとわたしは考えた。バーのカウンターで、ギネスを飲んでる彼のとなりのスツールにすわったら、どんな気持ちになるだろう。ミックが近くに住んでいればよかったのに。そうしたらいつでも遊びにいって、いっしょにお茶を飲めるのに。

翌日は、外での撮影だった。ミックは前の晩、このあたりのパブでビールを何杯か飲み、ベッドに入ってからも、ほんとうの自分《リアル》と偽りの自分についての悪夢に、一晩じゅう、うなされたという。だが仕事をしているときの彼は、集中した真剣な面持ちで、夢中で曲を作ったり本を書いたりしているときのわたしとよく似ていた。

わたしが彼を見つめていると、彼もこちらを向いた。するとその顔からだけでなく、全身からあたたかな人間味があふれ出た。それから彼は、わたしを見つめながら、くちびるを噛《か》んだ。ほんとうの世界と偽りの世界のあいだで、引き裂かれているように。

わたしはミックがいると安心で、ほかの撮影スタッフの前でもそれほど緊張しなかったし、自分で考えたドキュメンタリーの番組構成のなかでも、より自然でいられた。スタッフの指示にも応じやすく、いつもの自分流の決まりごとに対するこだわりも薄らいで、比較的柔軟でいられた。撮影隊は、ミックという食券を持って、わたしという食堂にやってきているかのようだった。

わたしは中庭に立つと、地面に散らばっている小石の上にほかの小石を落として、カチーンという音に耳をすました。そして、硬く質感を感じさせる申し分のない音を求めて、楽器で全音符でも弾いているように、何度も、いくつも落とした。ミックも近くに来て、同じことを始めた。

「これ、どうかな」ひとりごとを言うように、彼が言った。だが、すごくいい石を見つけたと感じているのが、わたしにはわかった。

わたしは直接的《ダイレクト》なコンタクトを避けずにいられなかったが、その石をなんとかミックからもらうと、地面に向かって落とした。カチーンといい響きがした。わたしはにっこりして石を拾いあげると、ミックに返した。そのあとは、今度は家のなかへ駆け戻らずにいられなかった。

しばらくしてふたたび外へ出ようとすると、玄関ポーチを少しだけ入ったところに、その石があった。わたしが見つけやすいように、でも直接的にはならないように、ミックが置いていったのだろう。昔、父が「わたしの世界」によく物を置いていったのと同じように。

翌日の撮影では、海辺のリゾートタウンに出かけた。夕暮れどきに、ディレクターとコーディネーターの希望で出かけたのだ。だがわたしの現実《リアリティ》の生活という点では、そんなのは場あたり的だし、なじめないし、まちがっている。

要求と期待のカオスのなかで、カメラマンの熱意はこれまで以上だった。ミックは友だちらしい親しげな表情を浮かべているが、どこか緊張している。イアンは、わたしと同じくどうしていいかわからないまま、けっきょく彼らの言いなりになっている。

やがてわたしは、これほど自分自身を裏切っているようすのミックは見たことがない、と思った。そしてそんなミックに共鳴して、傷つくような気持ちになった。彼はその場にしばりつけられているようだ。解放してあげなくてはと、わたしはいてても立ってもいられなくなった。彼の「ノー」がはっきり伝わってくることで、わたしの「イエス」が呼びさまされて、その瞬間、わたしは曝露不安も感じず、ほかの誰も気にならなくなって、まっすぐ彼のところまで歩いていくと単刀直入《ダイレクト》に訊いた。

「怒ってる？」

「いや、ぜんぜん」

彼はそう答えた。でもなにかにとらわれたような目をしており、顔にも体にも、苦痛を抑えこんで友好的な者の役を演じている気配が表れている。だからわたしは、怒っているというとらえかたがまちがいだったにちがいないと考えて、もう一度訊いた。

「どうしていいかわからなくなってる？」

「いや、疲れてるだけ」ミックの答えかたは、少しとげとげしかった。

その目はわたしに助けを求めながらも、こんなにはっきりした個人的な好意は、撮影スタッフ全員が見ているのだから、勘弁してくれと訴えていた。そうした好意は、これまでほかの誰も受けることができずにいるのだ。ミックの心のなかの「ノー」が、わたしのなかで叫びのように響いて、わたしは「イエス」で応戦した。だがけっきょく、ここはわたしが引きさがらなくてはと思い、心の声をあげるのをやめた。

夕暮れがひっそり夜に変わっていくひととき、イアンとわたしは通りを歩きつづけた。わたしは走りだしたくてたまらなかった。ミックはほんとうの自分を隠している。でもそれがなぜだかわからない。わたしから身を隠しているのだろうか？　だとしたら、そんな不信を招くようなことを、わたしがしてしまったのだろうか？　わたしはなにをしたのだろうか？

イアンとわたしは撮影スタッフから離れた。ミックも彼らから離れると、わたしたちのほうへ来た。そしてわたしたち三人は、夜の海の縁に建つ柵にもたれた。下のほうでは、黒い海がやさしいうなりをあげながら、堤防に砕けている。まるで巨大なグラスから、ギネスをそそいでいるみたいだ。

ミックは、さきほどのことを明かしてくれた。ほんとうはわたしが言ったとおりで、どうしていいかわからなくなっていたのだ、と。でもほかのスタッフが見ている前では、それを表すこともできなかった、と。彼は、あのように重い期待とともにわたしたちが投げこまれたカオスと、わたしたちへのプレッシャーに、とても心を痛めてくれていたのだ。


一か月後、わたしが書いた十二ページの撮影スケジュールも、終わりを迎えようとしていた。終わればミックも行ってしまう。あたりの空気には、深い悲しみが漂っているようだった。

「いっしょに仕事をするのも、今日が最後だ」安堵の気配もなく、ミックが言った。

彼がどんな気持ちでいるのか、わたしにはわかった。

最後の収録は「別れについて」という題で、わたしの気持ちも多少表しながら書いたものだった。

人は誰かとしばらく過ごしたら、親しい関係ができあがると思っています。その人をきらいでないかぎり、なんらかのつきあいが進展すると考えるのです。感性というより解釈のシステムを通して知りあう人たちは、そういうものなのでしょう。そういう人たちは、会うたびに相手の新たな面を知るわけです。

わたしは、親しい関係を築くのに解釈のシステムは使いません。時が過ぎても、わたしのなかでは事実の蓄積が増えていき、その人がいることを含むルーティンができあがるだけです。またその人が去っても、その人個人には関わらない事実としての情報が、その後も、何年もわたしのなかに残るのです。選別ということをしないわたしの脳が拾い集める、その他のちぐはぐな情報とともに。人が立ち去るのは、ルーティンが終わることを意味するので、ちょっとしたショックになる場合もあります。わたしはその人がいなくなるまでに、できあがっていたルーティンをぜんぶもとに戻してしまえば、ふつうはなんともありません。

ただ、たまに誰かがわたしの人生に入ってきて、わたしもその人と深く結びつくことがあります。わたしにとって、それはおいしいディナーや好きな絵と同じなので、そういったすてきなものがなくなってしまうことには無関心でいられません。これは感性の領域の事がらです。自分がその人といっしょにいて大丈夫かどうか、わたしはほんの数秒でわかります。逆に言うなら、数秒でそう感じなければ、あとは一週間たとうが一か月たとうが一年たとうが、その感じかたが変わることはありません。

わたしはやっとのことで、ミックに名刺がほしいとたのんだ。いつかまた別のドキュメンタリーで、いっしょに仕事ができるように。彼は、喜んでまた仕事に来ると言った。わたしはイアンのうしろに隠れたまま、最後にもう一度ディナーに来ないかと訊いた。いいね、と彼が言った。

撮影が終わり、スタッフは全員引きあげていった。わたしは彼らが気の毒だった。彼らにとっては、わたしが個人的にあの人たちを好きになって興味をもつようになることが、ほんとうに重要だったのだ。でもあの人たちは「他者との関係での自己」で動くし、わたしは基本的に「自己との関係での自己」だ。こうしたパターンの集団、つまりひとりの変わり者をはじき出せば、あとはみんな均一のタイプといった集団は、たくさんあるにちがいない。わたしたちはまるで犬やネコのように、あの人たちとはちがっていたし、わたしのほうでも、あの人たちと同じになりたいとは思わなかった。あの人たちは、どんなにわたしを好きであったとしても、自分のやりかたや考えかたを脇に置いて、わたしという人間をただ感じてみることが一度もできなかったし、蓄積した知識やコンクリートで固めたような柔軟性のなさを打ち破って、ほんとうの自己を自由に、表現豊かに、野性的に出してやるのがどんなことかも、そう簡単にはわからないだろう。「いい人たち」は、礼儀と友人らしさは得たが、ほんとうの親密さは得られなかったわけだ。

ミックは翌朝もやってきた。彼とわたしは、悲嘆に暮れているカップルのようだったにちがいない。イアンはぜんぶが終わったことにほっとしていて、彼が打ちたてたとおりに「ぼくらの暮らしを取りもどす」のを楽しみにしていた。

立ち去るときのミックは、その場から無理やり体を引きはがしていくようだった。彼はここで、心のやすらぎを見いだしていたのだ。

わたしたちは、ただ「やあ《ハーイ》」と言うだけの電話をお互いにしようと決めた。これまでわたしはそういう電話はしなかったが、ドキュメンタリー撮影で自分を曝露しつづけた今ならできるかもしれない、と思った。ミックは、なにも言うことがなくても電話してきていいし、電話をしてからなにも言えなくなってもかまわない、と言った。いずれにしても、うれしい、と。

9　暗雲

わたしは父のことが気にかかっていた。あの五年ぶりの、二十分程度でしかなかった短い訪問から、七か月がすぎていた。わたしは表面上公《おおやけ》に向けてふるまっているようなときでさえ、ほんとうは私的な部分が中心の人間だが、それにしても、わたしの現在《いま》について父にすぐ知らせなくてはという思いが、なぜか頭から離れなかった。わたしがどんなところでどんなふうに暮らしているのか、父にはっきりわかるように知らせておきたかった。わたしは大丈夫だと、伝えておきたかった。

イアンはなぜそんなことをしなくてはならないのかわからないと言い、わたしが「父を今の暮らしに招き入れる」ことに警戒感を示したが、どう言われようと、胃に感じているわたしの切迫感はおさまらなかった。父が心にとどめておけるように、写真を送らなくてはならないと思った。わたしは手紙を書いた。

ジャッキー・ペーパー、こんにちは、

写真を同封します。一枚はわたしたちが住んでいる家、もう一枚はうちの牧場にいる農場主のヒツジたち、最後の一枚は家の庭の写真です。

家は大きな石でできていて、築五百年——このあたりでは、わりとふつうのことなのです。伝統的なつくりで、近所の家々とも似通っていて、みな「ウェールズの農場主邸宅《ウェルシュ・ファームハウス》」と呼ばれています。基本的に大きなレゴ・ブロックみたいで、そのなかに部屋がたくさんあり、まんなかに階段があります。周囲は農場で、一年のうちのほとんどは緑におおわれていますが、夏に干し草が作られると、ちょっとオーストラリアに似た感じになります。

道路沿いにも柵や塀はなくて、ヒツジが逃げないように生け垣があるだけですが、車を運転していると、農場のなかはあまり見えません。ウサギもたくさんいます。きのうは、はじめてキツネを見かけました。優雅で、ネコと犬を合わせたみたいな感じでした。

木々はナラやカエデのように大きくて太いものが多く、ユーカリノキのように細いものはありません。冬になるとみんな葉が落ち、裸になった枝の上に雪が積もります。そうして冬のあいだは眠っているのですが、春になるとまためざめて、若葉が育ち、つぼみがふくらんでいきます。

鳥たちはきれいでよくさえずり、けたたましく鳴いたりはしません。カササギはほとんどいないし、いてもオーストラリアのカササギとはちがうしゃべりかたをしています。カラスや小さいコクマルガラスもいます。ツバメはそこらじゅうを矢のように飛んでいるし、野生のフィンチもいます。フィンチにはイアンがえさをまいています。

庭にはわたしたちが耕した菜園があり、温室でも野菜を作っています。くだもののなる木もいろいろあって、まだ赤ちゃんの木もあります。今はわたしたちのレタス、ジャガイモ、エンドウマメ、ホウレンソウを食べています。

以上です。

ドナ（とイアン）より

ジャッキー・ペーパーは飛行機がこわくて、一度も乗ったことがない。手紙を書くのも大変なことなのだが、それでもすぐに返事が来た。ぜんぶ大文字で書かれていて句読点がなく、綴りや文章を判読するのに、だいぶ手間どった。

娘へ、*1

カードありがとう。きのう受けとった。バラや庭園きれいだね。政府がちょうど三つの州について干ばつの被害を発表したところだ。うちのヒツジも今やほとんどいなくなり商売のほうも金がなくなってきたので終わりにしなければならなくなった。こないだはサプライズの訪問ありがとう。でも前もって手紙か電話をくれればよかったのに。イアンはオーストラリアを気に入ったかな？　休暇中にふたりで遠くまで行った？　西オーストラリア州やアリススプリングスには行った？　手紙にやさしいことを書いてくれてありがとう。おれはこの人生においてあんなやさしいことばに値しないときもよくあった。でも年とともにまるくなってきたと言われることもあるから少しはましになってきてるのかもしれない。ドナこの世で人はみな平等で平和に暮らせることになってるはずだがおれはそれをとりちがえてねたんだり恨んだりしてしまったからおまえは自分を大事にしろそうしたらおまえは生き残った人《サバイバー》になれる敗北者ではなくて。おれもよくすばらしく頭がいいと言われたし自分でもそうにちがいないと信じてる。土曜の夜にはおれの新しい女性と踊りにいっていてそうするとほかのどこでも得られなかった愛と思いやりを感じる。彼女の娘のひとりもおまえと似たところがあるそうだから気にするな。おまえはひとりじゃない。むかし家がひどいことになってたころおれが孤独だったんじゃないかとおまえも胸を痛めてくれてるようだがおれはひとりじゃなかったと知っておいてほしい。そのころも女性の友人がいた、いっしょに寝てた人じゃなくてソーシャルワーカーのような人。行かなきゃならないところへ週に一度こっそり出かけていたがそれがほぼ十年続いた。つまりおれの面倒を見てくれる心やさしい人たちもいたってことだ。おまえも外国で楽しくやっていくよう祈ってる。自分自身で楽しむんだ、他人を信頼しすぎて人生をむだにしないように。人を信頼してもうまくいかないことがあるから。おまえがいないのはさびしいし帰ってくればいいのにと願っている。今は化学療法も終わったからがんについての本を書くのもいいかもしれない。このあたりじゃがんについての知識も乏しくて驚くばかりだ。そういえば前に、おまえの本を友人たちに貸したよ、ほとんどが病院でだったが。みんなとても感心してくれておれはおおいに鼻が高かった。

ここ数か月おれに手紙を書いたり連絡をとったりしてくれてありがとう。家族への気持ちはこうあるべきだしさびしさやストレスを取りのぞいてくれた夜もあったし返事を書けば自然と笑顔になれる。おれの気が変になったとは思わないでくれ。これがおれなんだ。

字も文もまずくてすまないが手紙を書くなんてほんとうに久しぶりだしおれにとってこれはなにかすごく特別なことだ。

おまえたちとヒツジたちが幸せであるように。イースターにはもう遅いが小切手を同封するからイースターエッグでも買うといい。

愛をこめてジャッキー・ペーパーより

カナダのドキュメンタリー撮影が始まるまで、あと六週間になっていた。ひと月以上に及んだ日本の撮影スタッフとの濃い関わりあいで、わたしのなかにはいろいろなものがもたらされており、あの人生の教室みたいな経験をまたしたいという思いで待ちきれないほどになっていた。

夜にはこれまでどおり、イアンとソファに寝そべって映画を観ていたが、イアンにとって、わたしを呼んでとなりに寝かせることはしだいにむずかしくなっていた。「ぼくと触れあうことで、きみの問題を克服する手助けをさせて」と言う相手をありがたく思う段階は、わたしにとって、もう終わってしまったのだ。そしてわたしにその依存がなくなったら、わたしたちをカップルとして結びつけておく本能的な親密さはないとわかったし、わたしのなかには彼の身体的なものに惹かれる感覚もまるでなかった。自分でも驚いたのだが、そういった感覚が、ついに、少しずつ、わたしにもできあがっていたわけだ。でもそれは、イアンに対してではなかった。

イアンは領収書を前に、わたしの本の売り上げと、本を原作にした映画の制作で、これからどれぐらいお金が入ってくるかについて話す。家を買い家具類を買い、車やいろいろな遊び道具も買った今、彼は投資に興味を向けていた。わたしは彼のアドバイスに従って不動産を買い、不動産屋に賃貸をまかせた。これで、年月とともに本の印税が徐々になくなっていっても、多少の生活資金は入ってくるだろう。

わたしはイアンに、弟の暮らしを援助したいと申し出た。だが、そんな余裕はないし、いずれにしても事務弁護士や会計士といった高額な出費を含めて、あらゆる出費を払えるだけの投資をおこなってからだと、くりかえし言われた。だがそのうちに、そうした費用も払えたようだったので、同じことをもう一度申し出てみたが、やはり待てとのことだった。お金にはいわゆる「ジェットコースターみたいに上がり下がりする」ものもあるから、しょっちゅう行き来するオーストラリアへの旅費や、病気になった場合のことも考えての、じゅうぶんな投資が必要だということだった。

イアンは、わたしたちの家と土地が自慢だった。車の運転でも、力と安全を感じていた。それは構造的に安全な車だからということではなく、彼のなかでのステイタスのためで、非常に高価な車は、ある意味、人々を恐れさせるからだった。それによって彼は、より尊敬されていると感じ、そこに力を見いだす。多くの人々と同様に。

さらに、不動産に投資してからというもの、イアンのなかでなにかが変わった。わたしがちょっとしたものを買うたびに、金の使いかたに気をつけろと、急に口うるさく言うようになったのだ。わたしが買うのは、思わずにっこり、うっとりするような安いヘアリボンとか、すてきな音をたてるクリップがいっぱい入った小さなプラスチックケースとか、ネコの雑誌といったものでしかないのだが。お金ならもっと入ってくるからと言っても、大部分はすでに入ってきてしまったから、あとは取るに足りない程度だし、映画はちゃんと完成するかどうかわからないのが常だと言う。

「手にしていない金をあてにするな」いつもそう言う。でも彼は五百ポンドもするような模型飛行機を買いつづけ、墜落してばらばらになるとまた新しいのを買うし、乗って運転するタイプの芝刈り機や何台ものリモコンカーや、建築設計士用の製図板を買ったりするのだ。

まるで厚紙を切りぬいただけみたいな、形ばかりになってしまった結婚生活のぎくしゃくした空気のなかでも、ミックがいたあの何週間かは、彼が希望の象徴となり、わたしに秘密の同志ができたようだった。

その後、わたしはイアンの同意を得て、ニューキャッスルのシェアハウスに電話をかけた。ニューキャッスルは、世界の果てほども遠く感じられたが。

ミックは、作りものの声で電話に出た。自然な「彼」が感じられない声だった。ほんの二秒ほどのあいだに、彼の内なる自己の声はおおわれてしまったのがわかった。かわりに「ぼくは期待されてるクールな印象を与えてるかな」といった調子の、よどみないことばが流れてきた。体裁《ていさい》を気にしたこのような態度は、「他者との関係での自己」があからさまで、わたしは、爪で黒板を引っかく音でも聞かされるのと同じ気分になってしまう。感覚が支配している世界に住むわたしにとって、こういう表面的な話しかたは、「世の中の人たち」がすることにしか思えない。「世の中の人たち」は、人に与える印象を気にし、人の反応を支配しようとする。

わたしは一瞬、口ごもった。なんと言えばいいのかわからなかった。ミックはわたしが思っていたとおりの人だろうか。わたしはまたやってしまったのではないか――一部分だけを見つめて全体を見失うということを。

楽しくやってる？　とわたしは訊いた。ミックは、同居人たちがぼくの部屋を占領して、人のワインを飲んだあげくに酔っぱらってバーのスツールから落ちてさ、と話した。「こんなことほんとに知りたい？」といった口調で、わたしに同居人たちを裁かれるかもしれないというような話しかただった。でもわたしはほんとうに知りたかったし、彼のほうも、わたしにひととおり距離を置いたあとはやさしくなって、ついにはふたりで笑いあった。キッチンのほうから、イアンの視線を感じた。

ここでの撮影経験は、ミックのあれこれも揺るがしたそうで、以来いろんなことが大変になってしまったという。ウェールズでの「あるがまま《シンプリー・ビー》」の感覚から、「世の中」での役割や期待に戻るのはきつかったし、とりわけ以前は疑うこともなかった社会的《ソーシャル》ゲームをおこなうのは、今では胃が痛むんだと、ミックはわずかに震える声で言った。

申し訳なかった、とわたしが言うと、ミックは、そんなことはない、あれはすばらしい経験だったし、たとえ今、人生が前より大変になったとしても、経験できてよかったと言った。

カナダのドキュメンタリー撮影が近づいていた。ミックをスタッフに加えてもらえないかとわたしがたのんだところ、オーケーとなった。イアンは懐疑的で、今回はちがう人と仕事をしたほうがいいんじゃないかと言った。だがわたしは彼にまた来てほしいとずっと思っていたので、なぜちがう人がいいのかと訊く必要もなかったし、イアンと点検《チェック》もしなかった。

ミックはスタッフに加わることを喜んだ。わたしもうれしかった。まるで何年も離れていた親友に、ようやく会えるという知らせを受けとったみたいだった。イアンはすべてが早く終わればいいと思っており、そんな彼は、このうれしさを最も分かちあえそうにない相手に見えた。わたしは自分の気持ちを心にしまった。「楽しみだな」という態度もいっしょに。

撮影開始の前日、スティーヴという名前のカナダ人ディレクターが、わたしたちに会いにきた。ひょろりと背の高いすてきな人だった。物静かで控えめで、感情表現もささやくかのようだ。とにかく印象がよくて、現れたとたん、なにかなじみ深いものを感じた。足どりも動作も声の調子も、どことなく形式ばっていて、ちょっとアスペルガー症候群の人を思わせる。

イアンも同じことを感じて、即座にこの男性をやさしくもてなし、ドキュメンタリーについても新たな興味を示しだした。訪問客にイアンが関心を示したり、早く帰ってほしいと思ったりしないのは、はじめてのことだった。この男性は明らかに同類の仲間なのだ。イアンは見たことがないほどいきいきと、笑いながら彼についてまわった。

翌日、スティーヴとミックが撮影の用意をして現れた。わたしたちは全員、磁石のS極とN極のように引かれあい、わたしがミックへの親しみで引かれるのと同じぐらい強く、イアンはスティーヴに引かれた。

わたしはなじみのやりかたを再開し、すべてがわたしの原稿どおりに進んだ。こうしたやりかたにはすでに慣れていたし、スティーヴもミックもわたしと同じく、ことばではなくふるまいで語る言語を使う「あるがまま《シンプリー・ビー》」のスタッフだったので、わたしはほんとうにリラックスしていられた。

気持ちのいい日々だった。太陽は輝き、蝶々が飛んで、長い草のカーブの上をテントウムシが移動していく。撮影の合い間の休憩時間、ミックとスティーヴは日の光に輝く草に寝ころんで、コーヒーを飲んだり、ミックはタバコを巻いたりもした。わたしは話をしようとふたりを「訪問」するのだが、けっきょく草でなにかの形を作ったり、きれいな形の草やいい音のする石を集めたりしながら、ちょっとした事実をいくつか述べてみるだけになる。でもそれは、直接的にではなく向きあって、わたしなりに最大限に話をしているということだったし、このふたりといると、自分がほんとうにとても「ふつう《ノーマル》」に感じられる。あるがままのふたりがなにかをしているそばで、わたしも気ままにしていると、それだけで「家族」といるような感じがした。いっしょにいると安心で、わたしを対等《イコール》な存在として受けいれてくれる人の家の、庭にでもいる心地だった。

だがわたしのなかでは、暗雲がわきあがりはじめていた。なにかが意識の扉をたたいて、わたしに迫るようになったのだ。イアンとともに暮らしている屋内にいるよりも、休憩時間に外でミックといるほうが、なごんでいられることに気がつけ、と。いや、それ以上だった。わたしはしだいに、イアンがいないときのほうが、いるときよりも自由や安心を感じられるようになっていた。

わたしの保護者のような役割を失ったイアンは、撮影への関わりもしだいに適当になっていった。「このパートにぼくは入ってる?」と訊いて、入っていないときにはぶらりとどこかへ行ってしまい、彼が撮影よりおもしろいと思うことをしているらしかった。

意識も感覚も、わたしはイアンに向けつづけていたが、それ以上に深く、自分の内部に向けていた。わたしが自由でいるとイアンは窒息するという感覚もどんどん強くなって、毎日のようにけんかが起きた。けんかはあらゆることが原因になった。だがどれも、どうということもないことばかりでもあった。わたしはけんかとさえ思っておらず、イアンの「防御心からの攻撃」だと感じていた。わたしのなにがそんなに悪いのか、どの行動がまちがいだったのか、まるでわからなかった。そういう防御心や些細《ささい》なことでの攻撃で、わたしはかっとして混乱するし、息が詰まるし、そのためイアンの言いなりになったり気に入るようにふるまったりしてしまう。わたしはそう指摘しようとした。イアンがなぜそのような力や支配を欲するのか、なぜわたしを標的にするのか、わからなかった。彼が防御心を前面に出すつもりではないのはわかるのだが、それにしても彼はやさしい感情につながる部分をなくしていて、わたしへの共感も、わたしとの生活で自分のどの「面」を選ぶかという能力も、失っていた。

そうこうするうちに、向きあいたくなかった感情がわたしにしのび寄ってきた。イアンは投資のすべてを自分名義にしていた。税制上そのほうがいいと言って。そしてそこからなんらかの力を得ていた。

わたしは点検《チェック》してみた。

「どうしてそうしたの？」

「なんの話？」とイアン。

「イアンは投資をぜんぶ自分で受けとりたいから、そうした」わたしは反応を待った。

すると、輝く視線が返ってきた。口もとにはあつかましい表情が広がりだし、それをイアンはなんとか消そうとしている。くそっ、とわたしは思った。やられた。

撮影スタッフがやってくれば、イアンは笑顔になって防御心を引っこめ、なにもかもがなごやかに見えるようになるだろう。わたしは頭にきた。唯一わたしにできることは、みんなの前でその怒りを弁解なしに表し、イアンが個人的に責任を取るように仕向けて、自分の困難と戦うのか屈するのかも決めさせることだ。

わたしは、イアンとけんか中であるのをスタッフに隠すことも、なにごともなかったようにふるまうことも、拒否した。頭のなかも心のなかも、何時間もにわたって過負荷《オーバーロード》に苦しんだあとに、調子のいいふりをして撮影に向かえ、と期待されても、とてもほほえむことなどできない。

わたしは眠れぬままに、朝の六時を迎えた。頭のなかがいっぱいだった。自分の考えをしっかりさせ、それがどこに向かおうとしているのかさらに考えるには、プラスチック製のおもちゃの牛たちを動かしてみなくてはと思った。

わたしは階下におりていくと、牛たちをイアンとわたしに見立てて、プラスの面とマイナスの面を考えた。四時間が過ぎた。二回目の結婚記念日まであと一週間ちょっとという今、わたしは自分の結婚についても、そうやって整理しておきたかった。考えを整理するには、わたしの場合、一度頭の外に出してみなくてはならないが、それにしてもまずは頭のなかでやってみたかったのだ。そしてそれが終わると、わたしはパソコンのところへ行って、すべてを文字にした。イアンに手わたすために。

《夫婦としてのわたしたちのプラス面》

わたしたちは仕事においてのチームです――ツアーにおいても、ビジネスの面でも。

　わたしたちは同居人としてとてもうまく生活しているし、お互いお決まりの手順《ルーティン》などもよくわかっていて、プライベートな空間もそれぞれ大切にしています。安全で、「世の中」にいるのとはちがう生活を送りたいという希望をともにもっているのは、ありがたいことです。

わたしたちは、なにがあろうと互いに理解し支えあうため、最大限の努力をする友だちです。

わたしたちは互いに深く関わりあっています。

《夫婦としてのわたしたちのマイナス面》

わたしたちはともに、情報処理についての問題をかかえています――そしてその結果、海のように広い相手のなかで迷子になってしまいますが、それもわたしたちの戦いの半分にすぎません。あとの半分は、わたしたちが非常にちがっていることから起こります——あなたのあと半分は、「準備ができている」「コントロールできている」「適切である」ことにこだわり、わたしのあと半分は、どんなときにもほんとう《リアルネス》であることにこだわります。これらの半分どうしが、容赦なく衝突するのです。

わたしのなかにも準備したいという欲求や、つねに「準備ができている」状態でいたい、きちんと「コントロール」して「適切で」ありたいという気持ちが多少はありますが、それはわたしのなかでも遠い部分で、中心に据えて生きていくことはできないし、そうしようとするなら窒息しそうになります。というわけで、わたしは自分のコントロールを失いそうになる恐怖を抑えこむよう、戦っているのです。

「ほんとう《リアル》」であることはあなたにも可能だけれど、あなたは感情面であまり感覚過敏なほうではないから、周囲がリアルでないときに、逆にリアルになってしまうことがあります。一方周囲がリアルであることをあなたが察知できるときでも、そのなかで切実に動かなくてはならないわけではないから、その状況が消えると自分がリアルであったことさえ忘れて、また同じ状況になるまで思い出すこともできません。

その「リアルであること」は、わたしにとっては空気のようなもので、わたしの血のなかに流れており、逃れようのないわたしの「あと半分」です。あなたの「あと半分」は、コントロールを保ったり完ぺきを期したりするのをどこまでも求めることで、それがあなたのなにもかもを支配しています。模型やスケッチの類から、顔や体の洗いかたに至るまで。

その結果、わたしたちはひどいけんかをしてきたし、その過程では、互いに隠れている部分も顔を出しました――わたしのなかには完ぺき主義者が、あなたのなかにはリアルな人物が。また、互いに深く自己嫌悪を感じました――あなたは準備し、コントロールし、完ぺきさを維持したいという防御的欲求への嫌悪を、わたしは容赦ない現実《リアルネス》や単純な認識とともにあるむこうみずな自由への嫌悪を。

そしてこれらの部分は、単に受けいれられたいというだけでなく、同じものを持っている人を求めているのです――信頼が「努力」でもたらされるのではなく、自然にわき起こるような。あなたがスティーヴに見いだしているのが、これです。わたしがミックに見いだしているのも、これです。

あなたがスティーヴのような人とふたりで過ごしたいのと同じように、わたしもミックとふたりで過ごしたいのです。いつか、もしわたしがミックと社交的な時間を過ごしたくなったら、彼に会いたいですが、それはあなたがスティーヴと過ごしたくなったのかもしれないのと同じです。ミックとわたしはどこかで会うかもしれませんが、わたしがそのように自由に行動するにしても、心配はいりません。これからもわたしの友であり、きょうだいであり、仕事上のパートナーで同居人でもあるあなたと、ここで暮らしていきますから。ミックは「世の中の人たち」と暮らしていて、それはわたしにはぜったいできないことです。わたしの家は、あなたとともにあります。

わたしたちは互いに扉を開けて、どちらにも居場所があることと、孤独ではない安全な場所をつくることができるのを示しあいました。それはとてもいいことでした。ただ、わたしはあなたと結婚してからも、誰かの妻だというふうに感じたことは一度もないし、わたし自身の名前を旧姓のまま使うのがいいとも感じてきました。それを言ったり示したりしようと思ったこともあったけれど、あなたは望んでいないことだったので、そうはしませんでしたが。あなたも、わたしとの結婚を揺るぎないものと感じてはいるけれど、夫の感覚はないでしょう。べつにそれでいいのです。

パソコンにたとえるなら、ミックとわたしはIBM、あなたはMACです。わたしたちはもともと居場所のない迷子です（または「迷子でした」と言ったほうがいいのかもしれません）。そしてお互いを見つけ、子どもが友だちに持つような愛情を感じました。アムストラッド[*2]のパソコンばかりの世界で出会ったIBMとMACみたいに。

どちらかに、同種のパソコンと旅立つことのできる宇宙船を与えて（IBMならIBMと、MACならMACと）、こう訊いてみたらどうでしょう？　お互いのことを忘れられますか？　別の惑星からやってきたとはいえ、同じ宇宙人《エイリアン》としてこの世界でやってきた絆を忘れてしまえますか？と。どちらもお互いのことを忘れないでしょう。でも心の奥深くでは、同種の仲間と旅立てるその宇宙船を、解体したり見捨てたりすることもないでしょう。アムストラッドの世界が、どんなに声高に叫んだとしても――もっと重要な法律がある、と。

そういうことです……

ドナ

朝食後、撮影スタッフが来るまでのあいだに、イアンは郵便物を取りに門まで行った。敷地は二エーカー[*3]あって、往復には十分ほどかかる。わたしは落ち着いていた。だがキッチンの窓からイアンの姿が見えなくなると、電話に飛びついた。そして会計士にかけて、急いでお願いしたいことがありますと小声で言い、緊急事態であることを早口で伝えて、これまでの投資すべてをわたしひとりの名前に戻してほしいとたのんだ。そして、これからなにかを送ってきたり、電話をかけなおしてきたりはしないようにとも言った。

「それでよろしいんですか？」会計士は訊いた。

「これ以上、話していられないんです」わたしは答えた。「彼は郵便を取りに行っただけで、わたしが電話してることは知りませんから」

会計士は事態を理解した。これで、たのんだとおりにしてくれるだろう。

＊1　句読点等、原文のまま。

＊2　英国のエレクトロニクス企業。一九八〇年代後半には、ヨーロッパのコンピューター市場で二十五パーセントのシェアを誇った。現在は「BスカイB（ブリティッシュ・スカイ・ブロードキャスティング）」傘下に入っている。

＊3　一エーカーは約四千四十六・八平方メートル。

10　父の死

カレンダーは七月から八月へと変わり、カナダのドキュメンタリー撮影も最初の一週間が終わろうとしていた。

わたしは外で、ミックとスティーヴといっしょに草の上にすわっていた。そこへイアンがやってきた。わたしの出版代理人《エージェント》から電話があったという。兄が代理人に連絡してきたとのこと。父の件だろうか。父はすい臓と肝臓の末期がんで入院していて、あと数日から二週間程度の命なのだ。

わたしは兄に電話した。兄は父が誰よりも――兄自身よりも弟よりも――わたしの父だと知っていた。またわたしと母のこともよくわかっていたので、わたしが母の影響や口出しにおびえることなく、父との最後の時間を持てるようにと考えてくれたのだった。父が死んだら、誰よりも喪失感が大きいのはわたしだと、兄は知っていた。

「なにを思っても動揺しないで」わたしは兄に言った。

兄は意味がよくわからないようだった。

「あの人が死ぬと思ってほっとしても、自分を責めないで」わたしは続けた。「家族のなかで、ずっとあの人が揉めごとの原因だった。その人がいなくなれば、揉めごとはもう起きない」

両親のうちのひとりはアルコール中毒で、容赦のないきつい性格、打算的で広場恐怖症《アゴラフォビア》*1と強迫神経症があって、アスペルガー症候群。もうひとりは派手で躁うつ病、大酒飲みだがいきいきとおもしろく、失読症《ディスレクシア》で注意欠陥障害（ＡＤＤ）。そしてどちらも暴力的で、それなりに魅力的でもあり、実際よりも自分を大きく見せたがる。そんなふたりを中心とした家では、この三十二年というもの、母と兄と弟から、父とわたしへの攻撃ラインのようなものができていた。

だが父が死去すれば、父は母からの集中攻撃を受けることもなくなるわけだ。わたしたちきょうだいも、父と母の子どもじみた戦いに巻きこまれて、感情的な恐喝や互いに上手《うわて》に出ようとするたくらみ、身体的虐待のあとのことばによる虐待――これをおこなったのは一方だけだが――などを受けて、チェスの駒みたいに扱われることもなくなる。標的にした者を抑えきれなかったモンスターが、もう一方から嘲《あざけ》られることも、そのモンスターが、強迫的で暗く危険な防衛心のために、犠牲者が出るのを正当化することもなくなる。

わたしは父に電話した。

「やあ、ポリー」その声は、ささやくようにかすかだった。がんという物言わぬ敵に、体力を奪われてしまっている。ポリーというのは、子どものころからのわたしの愛称だ。

「こんにちは、ジャッキー・ペーパー」わたしは、自分のなかですでになにかが爆発しそうになるのをこらえながら、口を開いた。これが父との最後のひとときになる。しかも電話なんかで。

「死ぬのはこわくないから、ジャッキー・ペーパー」わたしは言った。「それは、飛びたつこと」

「もうこわがっちゃいないよ、ミス・ポリー」力をふりしぼるような声だ。「おれにもわかってるさ。飛びたつのを楽しみにしてる」

「ジャッキー・ペーパーのためにピアノを弾きたい」わたしは言った。

そして受話器をひざに置くとピアノに向かい、自作の「星空」という曲を弾いた。曝露不安にとらえられて両手が震えたが、それでも弾きつづけた。はかなく繊細でありながら、同時に力強く、胸を打つ音楽――。終わると、わたしはふたたび受話器を手に取った。

「この老いぼれが、泣かされちまった」六十歳に手が届かず、五十八歳という若さのまま逝ってしまう父が、そう言った。

父は泣いていた。わたしは父が泣くのをはじめて見た。というか、聞いた。

「愛してるよ、ドナ」

わたしはそのことばをよく考えてから、押しつけではなく、こう答えた。

「わたしも愛してる、父さん」

わたしは涙をぬぐった。父に、はじめて愛していると言った。

「お葬式には行かないけど、いい？」

「おまえの来るところじゃないさ。おれとしても、おまえが来るのには反対だ」

わたしは知っていた。父はわたしのことをよくわかっていると。

わたしは、母とは連絡を取らないとも言った。

「それもわかってるよ、ポリー。おまえはよけいなことまで感じちまうだろうからな。自分のことを、ちゃんと守れ」

彼はとうとう、ジャッキー・ペーパーである以上の気持ちをわたしに送ってくれた。わたしに、父親として話しかけてくれた。死ぬときは近く、その魂は飛びたとうとしている。でもわたしは、それを喜ばしく思おう。彼は自由になるのだ。

わたしはさようならを告げ、こうして別れのことばとともに、やすらかな気持ちにさせてくれる死という贈りものを、神に感謝した。

それから花屋さんに電話して、ジャッキー・ペーパーに見てもらえるように、花たばを送る手配をした。彼の本質を思わせる、明るくあざやかな色あいの花たばをたのんだ。カードもつけてもらうことにした。「飛びたつのを祝って」と記して。


それは、しだいに話すのも息をするのも苦しそうになっていた父との、美しくあたたかかったつかのまの電話でのおしゃべりから、ちょうど一週間が過ぎたころだった。イアンがまた電話をとったのだ。わたしは外にいて、出てきたイアンに、すわるようにと言われた。

父、ジャッキー・ペーパーが、飛びたったとのことだった。旅立ちに向けて、兄は父の手に、わたしの花たばから何本かの花を握らせたそうだ。

ジャッキー・ペーパーと、ようやくほんとうの自分として、感情とともにちゃんと対話できたというのに、これでもう二度と話せなくなってしまった。打ち明けたかったことも、言えずじまいになった。だが彼に献辞を書いた本で、詩にはしていた。わたしの子ども時代という十五年の刑のなかで、戦友として支えてくれたことを詩にしたのだ。

その本を、わたしはジャッキー・ペーパーに郵送したところだった。真実を詩の形で明らかにしたことと、彼にどんな暗黒面があったのであれ、わたしにとっては力を与えて激励してくれる存在だったのだということを、どうしても知ってもらいたかったのである。だが本が届いたのは、彼が飛びたって一週間もしてからだった。詩は、がんということばがはじめて家に飛びかいだした数十年も昔、ジャッキー・ペーパーがまだ三十代だったころのことを書いたのだが、けっきょく本人には読んでもらうことができなかった。

　がんは、ジャッキー・ペーパーが驚くほどやせはじめて腸に問題が出はじめたあのころから、ほんとうに進行していたのだろうか。家では当時、いい気味だというようなあのもうひとりのおとなの声が、さかんにその話をしていたが、実際のところはわからないままになった。

　それから、あのころわたしは毎晩、彼の食事にかけるグレービーソースを指でかきまわしていたのだが、あんなことをしてよかったのだろうか。彼は、信頼している娘がかきまわしたグレービーソースを食べてはいたが、わたしを許してくれていたのかどうか、それもわからないままになった。

　今、わたしの前の緑の草地には、ミックとスティーヴがいる。だが涙が静かに、とめどなく流れだし、まわりじゅうがかすんで、まるで夢のなかにいるようだった。

　わたしは立ちあがると、持っていたコップの水を、空に向かって思いきり高く放りあげた。水は青空に飛び散り、太陽の光を受けてクリスタルのように輝いた。わたしは渾身の力で、風に向かって叫んだ。

「さよなら、ジャッキー・ペーパー！」

　イアンはお母さんを亡くしている。だがお母さんは子どものころのイアンをうまく理解できず、彼に無関心になったため、彼もお母さんを失ったことについて無関心だった。一方、ミックのお父さんはパブでミックとよく過ごしており、ミックのほうもお父さんを尊敬し、愛していた。それでもお父さんをがんで亡くしたとき、もっと多くの時間をいっしょに過ごすべきだったのではないかと悔やんだ。

　だから、イアンにはわかっていた。自分がわたしの悲しみを感じることはできても、それを分かちあうことはできない、と。一方、ミックのまなざしは、大丈夫かとわたしに訊いてくれていた。

ミックとわたしは語りあった。死について、死の意味について。不完全だけれど愛していた人を失うことや、それがどんな感じのすることとか、ジャッキー・ペーパーはどこに行ったのか、そんなことについても。

それから三日というもの、わたしはなにかにつけて父を思い出し、涙があふれて、撮影はしょっちゅう中断された。自分の考えをまとめたり伝えたりするために物を使うと、そこに父がいた。曝露不安にとらえられながらでも、トイレに行くのは忘れないようにと靴に、なにかを飲むのはコップに、食べるのはフォークに、はおるのはジャケットにたのむと、やはり父の姿が現れた。音やもようや、どこかに映った明かりに引きこまれていると、そこにも父が現れた。笑うと、父の笑い声が重なった。ほほえむと、くるくる踊る父の瞳が見えた。

哀惜の思いと同時に、わたしはこれで長年望んでいたとおり、とうとう家族との接触から解放されたという安堵感にもつつまれた。わたしの世界で、わたしのやりかたで、自由に父をしのんでいいのだという安堵感もあった。父はその肉体から去っていったが、わたしのなかでは今やいっそう強く、いっそう祝福された存在になったのだ。

ほかの人にはどうだったのであれ、父は動物や物にしゃべらせるふりをして、人と直接話ができなかったわたしに、それらを通し、それらになりかわり、それらに対して話ができるようにしてくれた。上機嫌でワイルドで奇人、変人で、目を輝かせながら、おれはエルヴィスだ、ジーザスだと宣言したり、ネコに催眠術をかけられるぞ、がんだって治せるぞと言ったりした。笑いながら、物干しロープにわたしと弟をぶらさげてぐるぐるまわしたり、網で池からすくってきた魚を、塩素消毒してあるきれいなプールに放して、わたしを魚といっしょに泳がせてくれたりもした。犬にキットカットを与えて、ジャーマンシェパードは噛まずになめるんだと言い張ったものの、鼻水を流した犬にさんざん追いかけられたり、五歳の子どもにしかできないようなやりかたで、おもちゃの家を建ててくれたりもした。

むこうみずで危ない酔っぱらいでもあった。車を急に道からそらせ、わたしたちが悲鳴をあげるなか、緑の公園に突っこんで、木々のまわりをまわりながら運転席を開けて体をなかば出し、飛んでいるみたいな格好で陶然と運転していたこともあった。どうなるか考えもせずに、片足でアクセルをいっぱいに踏みこみ、片手でハンドルをまわして。

突然車から飛びおりると金網をよじのぼり、よその家の車庫に入って車のボンネットの上でダンスしてみせたりするイカレた人でもあった。うちに来た女性客たちに、さっと下腹部を出してみせ、それからすぐにホラー映画「シャイニング」のジャック・ニコルソンみたいになっていく露出狂でもあった。テーブルに飛びのり、歌手のあらゆる歌いかたをまねしながら、すっかり自分の世界に浸って歌うかと思えば、わたしが少し大きくなってからは、レコードプレーヤーのそばにわたしひとりを残し、勝手にいじらせてくれて、わたしが子ども部屋という独房で、歌手たちのあらゆる歌いかたを身につけるきっかけを作ってくれた人でもあった。わたしの歌と歌声を心から愛し、地元のパブでステージに上がっていってバンドのメンバーたちに「おれの娘が歌ってるんだ」とわたしの歌のテープをわたしてくれたりもした。

部屋に油絵の具と絵筆とキャンバスを置いておき、わたしにはじめての油絵を描かせた人でもあった。わたしはその絵を天井裏に隠し、一度も見せなかったが、それでもほんとうのわたしはいきいきと表現豊かだと父に知られているのは、わかっていた。部屋にタイプライターが現れたのは、九歳のときだった。おかげで、面と向かって人と話せないわたしでも、タイプを打てば自分自身に話しかけられると気づくことができた。

わたしの本を飾り棚の最上段に飾ったり、病院では看護師さんたちに貸してあげたりして、ほんとうに誇らしく思ってくれてもいた。わたしが書いた子どものための本も読んでくれた。地面から抜かれた雑草が、冒険をしながらふたたび居場所を見つけるお話だが、とても気に入って、この話はいつかたくさんの人々に幸せをもたらすと信じてくれた。わたしが詩を見せたときには、美しい詩だと言ってくれた。

家での戦争状態にもかかわらず、いや、もしかしたらそういう状態だったからこそ、父の笑い声や大胆さや現実離れしているところ、それにわたしにしてくれたお話の数々には、心の広さがにじみ出ていて、それがわたしのなかに沁《し》みとおった。

わたしは父の躁うつ病的傾向や、注意に対する脳のギアがすべりがちな傾向、いらいらするような失読症を、遺伝的に持っていて、それらと戦っている。でも悔いはない。また父が、わたしにはモンスターのような母に対して、同様にモンスターのような夫だったのだとしても、わたしはやはり彼の娘だ。

死で父の生涯は終わり、わたしは胸が張り裂けそうだけれど、これは変化という新しい冒険への招待にちがいない。そして父は、いつまでもわたしとともにいてくれるだろう。わたしが、わたしのなかの父を想いつづけるかぎり。

＊1　「もしなにか起きたら」「不安発作が起きたら」と恐れたり、そこに人だかりができることを恐れたりする恐怖症。広場だけでなく、そもそも家の外に出ることや、旅行なども恐怖の対象となる。

11　奇妙な一日

恐ろしい夢を見て、わたしは飛び起きた。夢のなかで、わたしは見知らぬ家の室内に立っており、床には小さな火の玉のようなものがあって、光りながらまわっていた。それを拾いあげて床のまんなかに置きなおし、手でまわすと、光はまたくるくるまわりながら火の粉を飛び散らせはじめ、しだいに大きくなって花火のようにはじけだした。と、そのとき、どこからか竜巻か地震でもやってくるみたいな轟音が響いた。となりの部屋の窓まで走っていくと、遠くで、まるで原子爆弾かと思うような巨大な爆発が起きている。地平線にはみるみる火の手が上がって、その火がまっすぐ家のほうに向かってくる。わたしは窓を離れて全速力でもとの部屋に逃げ戻ったが、そこにはわたしを待っていたように、ミックとイアンがいた。わたしがそれぞれの手を握ると、三人で魔法円《マジックサークル》*1を形づくるみたいな格好になった。

「さよなら」

差し迫った最後の瞬間、わたしは言った。そしてすべてが消えた。

翌日は、オフの予定だった。わたしとイアンの二回目の結婚記念日なのだ。前日の仕事を終える前に、イアンは予備のビデオカメラを貸してほしいとスティーヴにたのんでいた。予備のビデオカメラは、わたしがなにか撮りたくなったときのためにあらかじめ用意されていたのだが、それをイアンは結婚記念日に使おうと考えたわけだ。

結婚記念日に、人がふつうなにをするのか、わたしたちは知らなかった。結婚式に呼んだのは三人だけだったし、その三人は同じ家族の面々だった。だから、わたしが世間でどれほど知られていようと、結婚記念日については、基本的にわたしたち以外、誰にも知られていないも同然だ。

わたしたちは記念日に、結婚式のときの衣装をまた着ようと決めた。去年もそうしようとしていたのだが、あれやこれやでけっきょく実現しなかった。

記念日の当日は、どこかさびしく、心細かった。まるで広い穀物畑のなかの、二本の穀物の殻か皮にでもなったみたいで、少し強い風が吹けば、またたく間に吹き飛ばされてしまいそうな感じがした。

イアンがビデオをまわしはじめた。家じゅうの部屋すべて、部屋にある物すべてを撮っている。つづいて、彼の作った朝食を食べているわたしを撮り、農場に出てポニーやブタたち、ヒツジたちを撮る。まるで死にゆく人が、思い出を残すために撮っているホームビデオみたいだ。その人がいなくなったあとに、残された人たちが取り出して観られるようにと。

「これ、さよならのビデオ?」わたしは朝食の載ったテーブルから目を上げて、その妙な違和感を口にした。

ふたりで結婚式のときの衣装を着ると、イアンはわたしを外に連れ出し、降りそそぐ陽の光のなかで、わたしばかりを撮った。自分がカメラにおさまることには、まったく興味がない。そして言った。

「この姿を誰かに見てもらわなきゃ」

式に招いた三人以外、誰もわたしたちのウェディング姿は見ていなかったわけだが、このとき突如として、ほかの誰かが「見る」ことが重要になったのだ。イアンは、ミックが泊まっているホテルに行って、見せようと言いだした。どことなく妙な雰囲気のこの日、陽が差すなかを出かけていくのは、いい提案のように思われた。

わたしとイアンは、車にウェディングドレスの大きくふくらんだスカートを押しこみながら乗りこんで、ミックとスティーヴが泊まっているホテルへ、五分ほどの距離を行った。そして降りると、ミックの部屋のドアをノックした。出てきた彼は、当惑しきった表情で、わたしたちを中に入れた。

わたしは肩もあらわなオフショルダーのドレスに、頭には淡いサーモンピンクのシルクの花冠をのせていて、これまで生きてきたなかでいちばん女性っぽく無防備な気分だった。そのままスペアベッドに腰をおろすと、となりにイアンが腰かけた。

「で、これが結婚式のときの衣装なんだ」あわただしくタバコを取り出しながら、ミックが言った。でもほんとうは、この状況を、わたしたちふたりを、どうすればいいのかわからないのだ。

「これを着るのも最後だから」イアンが言った。

ミックは驚いたようで、ますます困ったようすになった。そしてためらいがちに、どうして？　と訊いた。イアンは言った。

「この先、もうサイズが合わなくなりそうだから。エイズかなにかにでもならないかぎり」

妙な答えだった。妙な日の、妙な答え。

わたしたちは長居しなかった。わたしは帰れるのがうれしかった。なんだか裸にされたみたいな気分だったし、こんなふうにあらためて人前に出されるのも居心地悪かった。まるで、夫である人がわたしを妻と紹介すればするほど、わたしは自分をそう見せたくないかのような気がして。

翌日は撮影の日だった。法の上では結婚生活も二年目に入った女性の撮影、ということになる。目がさめると、わたしは横にいるイアンにぴったり体を寄せた。撮影隊が来るまでまだ二時間ほどあり、わたしたちのあいだには、しばらくなかった身体的な親密さが戻ってきた。よかったとわたしは思った。

ベッドを出ると、わたしは階下に行き、自分で朝食を作ろうとした。そこへイアンもやってきた。

「出ていくことに決めた」だしぬけにイアンが言った。

信じられなかった。

これまでそうした気配はなかったし、わたしをこんなにも思ってくれているようだった人、わたしにとってはこの世界そのもののようだった人と、今のことばを結びつけられない。だいいち今も、目の前の彼には冷ややかさも敵意も感じられない。

わたしは胸のあたりが気持ち悪くなり、吐き気がしてきた。こんなことが起きるとは。それも父が死んだ四日後に。

「どうして？」わたしは訊いた。「わからない」

「リアルでいるのにもう疲れた」静かに、ほとんどなにげなさそうに、イアンは答えた。

そして五分たち、十分たち、十五分たったとき、イアンは資産の話を始めた。

ぼくたちは結婚して二年たっている。だからぼくにはあらゆるものについて半分の権利があるし、ぼくとしてもそれをもらいたい。

はっきりした単純なことばで、彼は資産の半分を要求し、もしわたしがすぐには応じたくないなら、わたしの本をもとにした映画が完成するまで待つとのことだった。そうすれば資産はさらに増えるわけだ。

わたしは理解しはじめた。イアンは前にこう言っていた。「でもぼくの防御心っていうのは、ぼくそのものだ。ぜんぶイアンなんだ」わたしはそのとき、彼とその行動は切り離されてしまっていると考え、こう思った。「ほんとうの彼、リアルな彼とちがうことは、したくないはずでは？」もしわたしのなかで同じことが起きたら、ほんとうのわたし、リアルなわたしは、自分自身から切り離されたことをするという自己否定に対して、戦い、叫んでいると感じるだろうから。わたしにとって、わたしの防御心はわたしではない。でもイアンの場合は、ちがうのだ。

　わたしが理解していなかったのは、肝心なのは本人の欲求だという点だった。つまり、人は自分のほんとうの気持ちに、ほんとうでいたくないという欲求をもつのかどうかという点。それはその人が、なにをもって自分とみなすかというアイデンティティの問題でもある。

　イアンの場合は、たぶんふたつの気持ちの流れがあるのだろう。ひとつは、わたしがほんとうの彼だと信じている流れ。そう思うのが、なによりしっくりくるからだ。だがもうひとつ、気分や雰囲気で揺れ動く彼がいるにちがいない。

　そしてこのとき、わたしには突然わかりはじめたのだ。イアンのことだけでなく、一万六千キロ以上離れた場所にいる永遠の敵、母のことが。

　自分のほんとうの気持ちとはちがうことをしなくてはならず、望んでもいなければ意図したわけでもない、自分への裏切りのような行動を、拒むことができないのがどういうことか、わたしにはよくわかっていた。だがここにきて、現実には人は意図的に、ほんとうの気持ちにさからいもするのだとわかった。そして、もっとつらいこともわかった。イアンは、ほんとうの自分に忠実であれとつねに強いられるわたしとの生活を通して、わたしたちの関係を、自由からはほど遠いと思ったのだということが。

　それは絶え間ない、しかもうんざりするような戦いだったにちがいない。戦うには、その対象に向かっていこうという熱い炎が内になければ、たとえその結果なにが得られるにせよ、非常に消耗することになる。

　わたしにとって自由は、ほんとうの自分を裏切ろうとするあらゆる強迫状態に挑み、どのような代償を支払おうとも、ほんとうの自分でいようとすることだ。だがイアンにとっての自由は、別の定義だったのだ。

　二時間後、その日の撮影を始めようと、ミックとスティーヴがやってきた。ふたりとも笑顔で、休みをはさんでまたわたしたちに会えたのを喜んでいる。だがわたしは、背筋に寒気を感じるばかりだった。わたしといっしょに、イアンもトレーラーハウスから出てきていたが、さきほどまでのことをまったく顔に出さず、まるでこれまでどおりなにも変わっていないかのように、ふたりとしゃべっている。そんなふうに――これまでどおりに物事が進んでいくなんて、わたしにはとても考えられなかった。「世界よ止まれ、わたしは降りたい」という感情がこみあげてくる。そしてそれを、わたしは伝えることにした。

「始める前に、話しておかなきゃならないことがある」その日の撮影計画をベラベラ述べていたスティーヴを、わたしはさえぎった。「うまく対処できなかったら、きっと体調がおかしくなる」

　そしてイアンに、スティーヴを連れていってわたしたちのことを話すように言った。わたしはミックと残って話す。

　ミックはタバコの本数を減らすことに成功していて、ごきげんだった。わたしは草の上にすわり、ミックはトレーラーハウスの上がり段《ステップ》にすわった。

「イアンがわたしと別れるって」わたしは話しはじめるなり、泣きだした。

　ミックは震える手でタバコを一本取り出し、口もとに持っていくと、深く吸いこんだ。

「なにもかも半分ほしいって」わたしは続け、さらに泣いた。

ミックは驚いている。

「もっと困るのは」わたしは続けた。「あと二、三週間したら、アメリカの既婚者のための討論会で、結婚について話をしなくちゃならないこと」

顔を上げると、両目から涙があふれ出た。だがその冗談みたいな状況に、思わずわたしもミックも笑いだした。

「アメリカに行きたくない？」わたしは内心無理だろうと思いながらも、訊いてみた。「誰かがいっしょに来てくれないと」

ミックは、考えてみると言った。そして、友だちならここにいるから、とも言った。誰かの肩が必要なら、ここにあるから。

イアンとスティーヴが戻ってきた。スティーヴは青ざめており、深い感情のこもった目でわたしを見た。わたしたちのあいだに起きたことをイアン版《バージョン》でさんざん聞かされたあげく、イアンから新しい生活を情熱的に持ちかけられたらしい。ロンドンのフラットで、テレビ向けのコマーシャルソングなどを書きながらスポーツカーのオーナーとして暮らすのはどうだろうかとか、カナダには自分にできそうなテレビの仕事があるだろうかとか。イアンの彼への思いが、わたしたちのあいだを決定的なことにしてしまったのではないかと、スティーヴは責任を感じていた。

スティーヴはわたしに「今の気持ち、察するよ」と言い、撮影は中断してもかまわないし、番組はこれまでに撮ったものでなんとかするとも言った。だがわたしは中断したくないと強く言った。中断など考えられない。今のわたしに残された唯一の生活の枠組みなのだ。なんでもいいからとにかくなにか、これまでどおりに続いていくものがほしい。とにかくなにかが、これまでどおりでなくてはならないのだ。スティーヴは、いずれにしても今日は撮影を休みにして、気分転換にみんなでどこかへ行かないかと言った。わたしは賛成し、全員で海に行くことになった。

海までのドライブは冷えびえとしていた。戸外も、そして車内も。ミックとスティーヴが同じ車に乗り、イアンとわたしがもう一台に乗っていった。

目的地に着いたとたん、わたしは車から飛び出して、浜までの曲がりくねった長い階段と、その下に広がる赤茶けてゴツゴツした岩を、ふりむきもせずに駆けおりた。この混乱した状況と、自分が棄てられるという胸の痛みのもとから一刻も早く逃げたかった。風に全身をつつまれ、そのままどこかに運び去られたいと思いながら、跳ねるように階段を駆けおりた。風といっしょに、きらめく自由に触れたかった。それから波に洗われている岩の上を、危険もかえりみず、走りに走った。やがていちばん端に着くと、下では、はてしなく続く深い緑の潮がとどろいていた。

その深みに向かって飛びこめば、わたしは人間としての今生《こんじょう》を忘れ、海の一部になることもできただろう。その広大さに身をまかせれば、取るに足りない争いや問題に巻きこまれたり汚染されたりするうつろいやすい人間世界とは、もう無縁になれただろう。死んだり見捨てたり変わったり、わたしという人間を一時的な物質的経済的意味に変換したりする、つまらない世界とは。

対照的に、風と海はわたしになにも要求しない。いつもわたしと響きあう。風も海も、わたしの内にあり、わたしを通りぬけ、そのときは一体にさえなっていた。これからも、わたしを見捨てることはけっしてなく、いつも心のふるさとでいてくれるだろう。そして岩も、保証の象徴のようにわたしの両足を支えて、ぐらつくことなく安定している。足もとを見ると、波が寄せてはかえし、リズムを、響きを、音楽を生みだしはじめる。それに合わせてわたしの魂も歌いだし、わたしたちはひとつになる。

あとの三人もわたしのほうにやってくる。それぞれが別々に歩いてくるが、星が星座のうちに集まるように、全員がこちらに向かってくる。そのひとりひとりを、わたしは見つめた。あたたかなミック、わたしへの共感で悲しみが荒々しく顔に出ているスティーヴ、そしてイアン。とても孤独そうで反抗的で、それでいて子どもっぽくて、不機嫌な七歳児のように見えるイアン。わたしは彼を、あまりによく知っている。あまりによく知っているから、憎むことができない。彼への感情移入はやめて自分の心配をすることも、できない。

三人が、わたしのそばに来た。わたしたちは大地の端に立った。奇妙な一日だった。わたしたちはみなそこに立ちつくし、海を、海が踊るのを、見つめていた。深く、でもそれぞれに異なるつながりで結ばれたわたしたち四人が、ともにそれぞれを想いながらも孤独に、ひとりひとりとても孤独に、立ちつくしていた。

そのとき突然、わたしたちのいる岩場からそう遠くないところに、イルカが弧を描いて水面に躍り出た。つづいてもう一頭、さらに一頭、また一頭。四頭のイルカが海から姿を現したのだ。

四頭のイルカと四人のわたしたち。見つめるうちに、わたしの胸には喜びがわいてきた。これはなにかいい前触れにちがいない。もし今わたしに起きていることが、見かけどおりのほんとうにひどいことなら、神だか運命だか守護天使だかは、こんな日にこんなにいい前触れを見せてくれるわけがない。

＊1　西洋の魔術で儀式の際に床などに描き、術をおこなう者を悪霊から守るとされた防護円。

12　さよならの日

イアンはパニックにおちいった。出ていく決意はしたものの、貯金もなければ家も仕事も、人のネットワークもない。撮影隊がホテルに帰ると、まるで溺れかけている人が藁でもつかもうとするかのように、自分のこれからをなんとか安定させようとし、特に経済面で自分の自由になるものを見つけ出そうとして、躍起になった。

わたしはそれに対応できなかった。彼の脳はそもそも論理的なタイプで、光速コンピューターみたいな速さであらゆる切り口から攻めてくる。そのひとつひとつに、わたしは映像やイメージ中心の小さな脳でなんとか答えようとしたが、やがて気がついた。もし彼の言うことに同意した場合、直接的間接的にどうなるのかと考える余地もなしに、ただせきたてられてそうするだけだと。

そこで、弁護士を通さずにはお金の話はしないことにした。「これは金の話じゃないんだけど」とイアンが言いだし、わたしが信じていると、はじめは新しい話題に移ったようでもけっきょくお金のことになり、言い争いになる。だから弁護士なしではお金の話はしないと、わたしはくりかえし言ったりたのんだりした。

イアンは、今ではわたしたちの友人のような存在になった会計士に電話をした。そして、わたしのすべての収入の五十パーセントは自分に権利があるはずだと主張した。会計士はあきれながらも、その要求は妥当ではないと落ち着いて説明した。イアンはわたしの本の出版代理人《エージェント》にも電話をした。出たのは奥さんで、彼女はソーシャルワーカーなのだが、その彼女にもイアンは同じことを強く、自信に満ちて話した。彼女の答えも会計士と同じだった。だが彼らやわたしがそう答えれば答えるほど、イアンは「自分にふさわしいもの」が受けとれるはずだと言い張った。

わたしは頭が混乱してきた。この状況にうまく対処できなかった。じっくり考える時間も、法律上のアドバイスもないまま答えなければならないという、強烈なプレッシャーに対してだけでなく、感情面でも、あまりにもはっきりと冷静な態度で自分の「権利」を主張するイアンの思いあがりに、耐えられなかった。

やがてわたしは、そういう人と同じベッドに、同じ部屋に、さらには同じ家にいるのも耐えられなくなってきた。わたしには自分のスペースが、考えることのできるスペース、楽に息のできるスペース、生きるためのスペースが、必要だった。

すでにわたしは自分の持ちものを、多少トレーラーハウスのほうに移していた。わたしが移るほうが、要求がましくて反抗的で、けんか腰になっている今のイアンにそうさせるよりも、楽だろうと思ったからだ。わたしは必要なものすべてを外に出し、トレーラーハウスに引っ越した。

トレーラーハウスのなかには、撮影隊の機材がそのまま残っていた。かたづけると言ってくれたが、「そのままにしておいて」とわたしがたのんだのだ。イアンとともに築いてきた安心や安全が、今やどちらがなにを取るかとか、それが何ポンドになるかといった論点に変わりはて、ふたりのつながりは今にも切れそうで、事務的すぎる冷たい空気が張りつめているときに、それらの機材は、撮影隊とのつながりをあたたかく感じさせてくれる。

トレーラーハウスにいると、そうした機材とともに、少し前の思い出や、ほかの人たちが持っていたものにも囲まれる。わたしが煙を吸ってしまわないようにと、外の上がり段《ステップ》に置かれたミックのまにあわせの灰皿の存在さえ、感じられる。

彼らはわたしを、傷つけはしなかった。世の中のどこか別の場所から、「世の中の人たち」の世界から、来た人たちだったのに。イアンとわたしだけの隔絶されたこの場所で、わたしが接しないですむようにと、イアンが遠ざけつづけてきた世界の人たちだったのに。

耳を傾けると、充電中の機械から、ハミングしているみたいなブーンという音が聞こえてくる。なんだかネコが喉を鳴らしているようだ。乱雑に広がる録音機材のあいだを歩けば、小物や装飾品が雑然と置かれたリビングみたいなぬくもりを感じる。

時刻は遅く、わたしはトレーラーハウスのベッドルームへ行った。すると部屋のドレッサーの上に、石ころがあった。手に取ると、それはひとつの石ではなく、ふたつの小石が完ぺきに合わさっているとわかった。ふたつを軽く打ちつけると、これまた完ぺきな音がした。

これは、まちがいなくわたしへの贈りものだ。こんなに象徴的で心のこもった贈りものを置いていってくれるなら、イアンも、じつはそんなにひどいやつになったのではないのかもしれない――わたしはそう思った。

スティーヴとミックが、新たなわたしの家になったトレーラーハウスにやってきた。わたしはふたりの戦友を歓迎して、コーヒーをふるまった。あたたかな空気が広がった。ひとりはやはり難局を切りぬけてきた人で、わたしを対等《イコール》な人間とみなして深い共感を示し、わたしに強さを与えてくれる。ミックはほんとうに共感してくれているようすで、もし必要なら一週間ほどわたしに、彼の心《ハート》を貸してさえくれたにちがいない。

イアンもやってきたので、わたしは小石のお礼を言った。だがイアンは「なんの話？」と言った。トレーラーハウスに来てもいないという。

あの小石のおかげで、昨晩から執行猶予になったみたいに気持ちがふくらんでいたのが、一気にしぼみ、甘いことを考えるなと、わたしのなかで冷ややかな声がした。小石を置いたのはイアンではなかった。ほかの誰か——ミックだったのだ。


イアンはしだいに撮影から抜けるようになった。スタッフに、自分もいたほうがいいかと訊いて、いなくてもよければ荷づくりをしにいく。引っ越しのトラックが来るまで、あと四日になっていた。

出ていくことは決めたが、その行き先がないと、イアンはわたしを責めた。この家にいつづけるのがいちばんいいと言うのだが、わたしのほうが出ていくいいわれはない。ふと、投資用に買ったままの家が一軒あるのを思い出した。はじめて買うのに手ごろな一ＬＤＫの小さな家で、車で六時間かかる郊外にある。

その家を使うことに、イアンは乗り気ではなかった。住まいとしてかなり格下げになるうえ、荷物も入りきらないに決まっている。もっと大きくて庭と駐車場のある静かな家がいいと言う。できることなら、隣近所に近すぎて脅威を感じたり、閉じ込められた気分になったりするテラスハウスや二戸建て住宅[*1]も避けたいそうだ。

だがこのときわたしは、すでに法律上のアドバイスを受けていた。そこできっぱりと正式なことばで、一LDKの家に決めるのかどうか、その日のうちに答えを出すよう申しわたした。そして答えを聞いたら、今度は法律上の代理人に電話をして、あとはわたしのかわりにその人が交渉をおこなうと告げた。

イアンはその日の終わりに、ほかの家が用意できるまで、その一LDKでがまんすると言った。「ほかの家が用意できる」とは、イアンが選んだもっと大きな家を、わたしが買うということだった。

イアンは、自分にはなんの収入もなければ、新しい家の電気やガスといった設備を整える金もないと言った。以前の仕事をやめてからこの二年半、彼は家の手入れや掃除を毎週することと、わたしのPA（医師助手）をつとめることで食べていた。わたしがふたりの名義で作った口座のカードと、何枚ものクレジットカードを自由に使いながら。

弁護士立ち会いのもとではなかったが、この先のいやがらせやつきまといを避けるためにと思い、わたしは彼に、なんでもいるものが買えるように合計一万ポンドを与え、ほとんどすべての家財道具を持っていくことも認め、例の一LDKの家はただで貸し、一年のあいだ、わたしが週給を支払うことにも同意した。彼は、財産分与がおこなわれるまではそれでかまわないといった態度で、「法律上のぼくの権利」なるものを手に入れる気満々だった。

イアンは車のことも言いだした。わたしたちが出会ったころ、わたしは車を持っていなかったし、必要としてもいなかった。その後、まともに運転することもできないひどい代物を買ってしまい、千ポンドもしない値段で売りはらう羽目になった。イアンも、自分の車を似たような値段で手ばなしていた。そしてそのかわりということで、新たにわたしがメルセデスの代金を支払ったのだ。

メルセデスについては、購入前にイアンがあれこれ調べ、大金が必要だとわかっていたが、本がどんどん売れていた当時のわたしの経済感覚では、二千ポンドも二万ポンドも同じようなものだった。それに最も安全できれいな車ということだったし、試乗したイアンも、安定感があって運転しやすいと言った。登録用の書類には、ひとりの名前を書くだけでよかった。そして今、売る段になって、車がわたしのものにはなっておらず、販売権はイアンにあることに、はじめてわたしは気がついた。

けっきょくそのメルセデスは、すみやかに値段をつけてもらってディーラーに売り、入ってくるお金はふたりで分けて、イアンもわたしもそれぞれまた車を持てるようにすることで合意した。

そのころ撮影は、ほとんどが戸外でおこなわれていた。撮影中でも、話しながら涙が出てくることもあった。するといったん休憩になり、それから再開となる。

イアンが荷づくりのための段ボール箱を取りに、車で行ったり来たりしていた。この二年半、わたしたちはいつもいっしょで、ここを離れて出かけるにしろ誰かが訪ねてくるにしろ、イアンはわたしが行動をともにするよう求めた。わたしが出かけたいなら、彼もついてくるのが当たりまえだった。それがもはや、この厄介な状況で、イアンはわたしについてくるとも、ついてこいとも言わなくなった。

スティーヴがちょっと屋内でも撮りたいとのことで、トレーラーハウスのなかで撮影した。それから家のなかでの撮影も必要になり、スティーヴとミックとわたしはお客のように家に入って、背景に段ボール箱が写らないところを探した。

家のなかはがらんとして、見知らぬ場所のようだった。わたしも撮影隊のふたりといっしょに、ここを去りたかった。彼らが帰ってしまったあとは、もうここにいたくない。いっしょに世の中に出ていきたい。だだっ広くてからっぽの農場の、だだっ広くてからっぽの部屋で、棄てられる恐ろしさだけをぼんやり相手にしながら、わたしはひとりでいたくない。

撮影も残すところあと二日、その後はふたりも帰ってしまうという日、スティーヴは地元の蝶の飼育場を少し撮らなくてはならないということで、ミックと車に乗りこんだ。

わたしは一メートルほど離れたところから、彼らが出発するのを見つめていた。と、急に激しい不安におそわれた。この二年半、わたしはただの一日もひとりで過ごしたことがない。ひとりで車を運転したことも、公共交通機関を使ったこともなければ、ひとりで買い物をしたこともご近所を訪ねたことも、ひとりで誰かに会ったことさえない。イアンのつき添いなしで、人の車に乗ったこともない。一日たりともイアンといっしょでなかったことはない。

スティーヴがエンジンをかけはじめたとき、わたしは思った。イアンのいなくなったあとの、いわゆる広場恐怖症《アゴラフォビア》を乗りこえるには、これが最後のチャンスだと。以前、わたしは広場恐怖症だったのだ。広場恐怖症は、わたしがずっと、そして今も戦っている曝露不安の延長だ。

わたしの全身に震えが走った。わたしは車のほうへ踏みだした。

「お願い」口を開けたとたん、どっと涙があふれ出た。「わたし、いっしょに連れていってもらわなきゃ。今イアンなしで出かける経験をしておかないと、ここから出ることができなくなる」

ふたりはわかってくれた。わたしが乗ると、車は出発した。家にイアンをひとり残したまま。

浜辺に着くと、車は止まった。今日はわたしたち三人だけだ。スティーヴはわたしとミックを降ろして、ひとりで蝶の飼育場に向かった。

ミックとわたしはしばらく草地にすわって、笑いあった。わたしはときどき泣いた。それからいっしょに岩場を歩いていった。彼といるのは、やさしいそよ風につつまれているみたいに自然だ。不安もなければ、依存する感じもない。彼がほほえむとわたしの気持ちはあたたかくなり、わたしがほほえむと彼の気持ちもあたたかくなり、そんなわたしたちの上に陽の光が降りそそぐ。あるがままの世界《シンプリー・ビー》だ。

わたしたちは岩の上にすわった。この海辺で、ミックがイアンの妻としてではないわたしとふたりだけでいるのは、はじめてだ。わたしたちはお互い、そのままの相手を見ることができた。ただのドナとしてのわたし、そして映画の撮影スタッフではないひとりの人としてのミックを。

スティーヴが戻ってくると、わたしたちはカフェに行った。スティーヴはホットチョコレートをたのんだ。わたしには乳製品過敏症と食物アレルギーがあるから、同じものは飲めない。ミックはソーセージロールをたのんだ。これもわたしには無理だ。わたしはミネラルウォーターをたのみ、思いつきで色のちがうストローを四本取って、ボトルに入れた。みんな笑った。

車が家に着くと、三人のあいだの空気は重くなった。このふたり、わたしの友だちのこのふたりは、わたしをとても思いやってくれているのに、ついに明日、ここを発つ。わたしは、ふたりがいつもの生活に戻っていくのをうれしく思うが、ふたりはそれをすまなく思っているのもわかる。

スティーヴとミックは、わたしに共感のまなざしを向けてくれた。わたしは愛や理解も感じた。わたしの強さに感心して、いつもわたしに気持ちを向けてくれていることが伝わってきた。わたしをつつみこむような思いやりがあった。それはわたしにとって、大きな支えだった。

だがわたしのほうも、ふたりを深く思いやっていた。わたしのことを心配しないですむように、ふたりを解放してあげたかった。それでわたしは手紙を書いた。

こんにちは、

明日、あなたがたは帰ります。ここでどれほど大騒《カオス》ぎに巻きこまれたにしろ、その騒ぎも変化もあなたがたのせいではありません――どんなにそうなってほしくないと思っても、道はときに分かれ、ときに急カーブになり――でこぼこ道や穴だらけの道、暗い道や見通せない道が現れたりもします。人生は、緑の芝生だけにおおわれているわけではありません。けわしそうな道や、足の下で動いてしまう浜辺の砂のような道を、たとえどれほど呪ったとしても。

わたしがあなたがたに伝えたいのは――重たい気持ちでいても、なんにもならないので――あなたがたのせいで変化が起きたのではなく、わたしたちの道が急に分岐したときに、あなたがたがちょうどわたしたちの生活に入ってきただけだということです。

（わたしの側からだけの感じかたではありますが）あなたがたはここでわたしの安全地帯になってくれました。おかげで、不安を感じなくていいわたしの安全地帯に、ちょっとしたモデルチェンジがおこなわれたのです。あなたがたは架け橋にもなってくれて、わたしはここで閉じこもりながらも、力を感じることができました。だから心配しないでください。わたしには信頼できる人たちとのネットワークがあります――たとえそれが、彼らには職業上のことであっても。彼らの連絡先を、また探し出さなくてはなりませんが。職業上からでなく、個人的に信頼できる人も二、三人います。

わたしがめざすのは、わたしの名前が書かれた今の道の分岐点にたどり着いたら、このエスカレーターを降りること――いつ降りればいいかは自然にわかるでしょう。「こちらへ」という案内板が出ていることでしょう。それまで、あなたがたのどちらにも連絡できるとわかっているのは、心強いです。

今回の騒ぎの最中にも、いっしょに笑ったりジョークを言ったり楽しく過ごしたりしたことは、けっしてうしろめたく思いません――意識をもちながらわたし自身を見つめて、厚い雲のなかにいるようだったときに、それは雲の切れ間から差してくる光のようでした――（わたしにとってのありがたい案内板のようでもありました――靴にたとえるなら、ぴったり足に合った感じ）。「自分勝手《セルフィッシュ》」と「自分《セルフ》」のちがいは、わかっています。

とにかく、要するに――ありがとう、そして心配しないで――ほんとうに。これは単に気持ちをなだめるためとか、不安からとかではなくて――物事は、なるようになると思うから言っているのです。ギブアンドテイクのバランスが、わたしのほうだけ重いとしたら、それはつらいです。あなたがたも、職業としてお金を払う人たちだったなら、もっと楽だったのに。また、お金を払って単にわたしを知りたがり、それをむだ使いではなかったと思う人たちもいます。ここでの日々は、あなたがたにも楽しかったと思うし、それならわたしは、おそらくあなたがたに借りがあることにはならないでしょう。

明るく前向きな気持ちとともに

ドナより

さよならの日の朝が明けた。あたりの大気はすがすがしく明るく、気持ちを前向きにしてくれる。わたしはトレーラーハウスのコンロで朝食を作り、牧場にいるヒツジたちを眺めた。撮影隊は、今日ここを去る。イアンも三日後にはいなくなる。引っ越しのトラックが予約してあり、荷づくりも終わっている。これからわたしの人生がいったいどうなるのか、見当もつかないが、なぜか少しもいやな気持ちがしない。

撮影隊のふたりが現れると、わたしは笑顔でトレーラーハウスに迎え入れた。イアンは大きな家のなかを歩きまわって、したくの続きをしている。家のなかは少しずつからになっていき、電話もおしゃれな料理道具もセントラルヒーティングも、部屋いっぱいに敷きつめていたカーペットもなくなった。

イアンは、いっしょに昼食を食べてほしいとわたしたち三人に言って、スープを作った。それを、みんなで家の正面の芝生にすわって食べた。誰もが牧場のむこうのほうを見つめて、お互いのことは見ようとしなかった。

イアンは、今度はどんな車を買うかという話ばかりした。ツードアのスポーツカーにするつもりらしい。うしろに人が乗れないのに。これからの自分の仕事やキャリアについても話していた。

わたしは、牧場の動物たちに新しい住みかを見つけてやらなくては、という話をした。牧場にはシェットランドポニーが一頭にベトナム産の小さなブタ二頭、それにヒツジが二頭いる。自分の今後のことも話した。もしかしたらオーストラリアに帰って、誰かいっしょに住む人を見つけ、この家は売って、どこかほかのところで新しい生活を始めるかもしれない、と。

夕闇が迫っていた。スティーヴとミックは、これから長時間運転しなければならない。わたしたちは芝生から立ちあがって、門のほうへ歩いていった。やがて全員が足を止め、見つめあった。わたしたちは円の形に立っていた。スティーヴの向かい側にイアンが、ミックの向かい側にわたしがいる。そのまま誰もなにも言わなかったが、不思議なエネルギーが満ちてくる。

「ここでは魔法のようなことが起きたと思う」わたしは声に出して言った。

撮影隊のふたりが、荷物を積みこみ、車に乗った。イアンは家に戻った。

「すぐに連絡くれるね」車の窓のむこうから、ミックが言った。

わたしは、ボンネットについていた露を人差し指ですくうと、空に放《はな》った。

車は走り去った。


「出ていく」と宣言してから、イアンはわずか十日で出ていった。

撮影隊が行ってしまうと、イアンとわたしは、彼が荷づくりしたものと倉庫に預けたもの、それによそで新生活を始めるための見積もりを、リストにした。車は売却し、そのお金はふたりで分けて、どちらも新しい車を持てるようにした。

いよいよ最後の日、わたしはトレーラーハウスから家に戻った。翌日の引っ越しに備えて、ベッドはすでに脚を取った形で分解されており、イアンはエアベッド[*2]を設置していた。わたしは歓迎され、エアベッドでとなりに寝ないかと言われた。ベッドはがらんとしたリビングの床に置かれている。わたしはトレーラーハウスから、自分の荷物も持って戻っていた。

イアンはふたり分の夕食を作った。わたしたちは、部屋にまだ残っていたテレビを見て過ごし、それからいっしょに横になった。そして出会ったころのように、互いに上になったり下になったりしながら髪のにおいをかぎ、手で顔の輪郭をなぞった。指を組みあわせて、影絵をするように蝶の形も作った。どちらの顔も、いつのまにか涙でぬれていた。どちらも、自分で、自分のために別れを決めたのに、なぜそうしなくてはならないのか、ほんとうはよくわからなかった。

翌朝トラックが来て、大量の段ボール箱とイアンを、この地方の反対側に運んでいった。トラックが行ってしまうと、わたしは、見捨てられたようにからっぽの部屋に立った。もうベッドもなければリビングセットもない。

二階もぐるりと見てまわった。広くて奥の深い元寝室は、なんだかジョークみたいで、片すみに――わたしのほうのコーナーに、ぽつんとたんす《ワードローブ》が残っているだけだ。もうひと部屋は、イアンの趣味のためのものだったが、こちらは完全になにもない。

下に戻ると、リビングも同じぐらい奇妙に見えた。あるのは本棚ひとつだけ。皮肉にもわたしの仕事部屋だけが、心地よくなじんだ生活感を残していた。

イアンは行ってしまう直前に、ベッドを――シングルベッドを買うわたしに、ついてきた。わたしはソファも買った。ひとりには大きすぎる家の、テレビの前に置く小さなソファだ。

ベッドが到着すると、ひとりで二階に持っていくのは無理なので、今や居心地よく感じられる唯一の部屋、仕事部屋に運んだ。そして新しく買った掛けぶとんをのせ、窓にカーテンもかけた。どちらも、わたしの祖母を思い出させるタータンチェックの柄にした。タータン[*3]チェックは祖母の背中の象徴で、そのときなによりわたしが求めていたものだったのだ。わたしは、かつて家と感じることのできた場所を思い起こさせるものに、なんでもいいからつつまれていたかった。

残っていた絵や写真も、家じゅうにかけた。むきだしになった壁が、寒ざむしくなりすぎないように。特に気に入っている三枚は、新たな寝室にかけた。

イアンには、わたしの家具を動かす時間などなかったし、わたしのほうも、イアンにつきあったり手を貸してとたのんだりする気分ではなかった。それでたんすは二階に残ったままだった。わたしはひとりでその重たい家具を倒して、とにかく廊下に出し、それから力ずくで押して階段をおりた。あまりひどく壁を傷つけないように、ばらばらに壊れたりせず、使える状態で階下にたどり着けるようにと願いながら。

夜になると、かつては家《ホーム》だった建造物《シェル》に、田舎のさびしさがしのびこんできた。あたりに明かりひとつない、まっ暗な田舎だ。たとえ叫んでも誰にも聞こえず、見わたすかぎり人家もなく、ただ緑だけが何エーカーも広がっている。よるべない外国の、よるべない場所――わたしは、自分がちっぽけな、とてつもなくちっぽけな存在に感じられてならなかった。

＊1　一方の仕切り壁を隣家と共有し、二軒でひと組になっている住宅。ロンドンなどでよく見かける。

＊2　空気でふくらませ分厚いマットレスのようにして使う簡易ベッド。コンパクトにたたむことができるので、アウトドアや来客用に使われる。

＊3　ドナは幼いころに一時期、祖母の家に預けられていたことがあった。『自閉症だったわたしへ』にそのエピソードが出てくる。

13　めざめ

ある日、郵便受けに小包が届いていた。葬儀の日の父の写真だった。棺《ひつぎ》に横たわるその姿は、灰色になってやせ衰え、骸骨のようだ。それでも背広に身をつつみ、わたしが送ったバラの花たばをかかえるようにして、そのうちの一輪を手にしている。

中には母からの手紙も入っていた――この写真は、おまえがひとりでささやかな葬儀をしたいと思ったときに、焼くものがいるだろうと思って私が撮ったものです。

写真から、わたしは祖父が死んだときのことを、祖父が強烈な心臓発作を起こし、ほとんど紫色の顔になって死んでいるのを見つけたときのことを、思い出した。わたしはまだほんの子どもだった。

わたしは、いたたまれない気持ちになった。特に、一万六千キロのかなたから海を越えて到着し、今わたしの手のなかにある母のことばとおこないに。わたしは強い不安におそわれた。ジャッキー・ペーパーに送ったあの詩の本は、どうなったのだろう？　わたしが書いた詩を、母は読んだだろうか？　その詩で、父に起きたことを全世界に曝露したことが、母にわかっただろうか？

父が生きていた最後の二週間に、母たちは自分たちに有利なように遺言を変えて、父の遺産を分けていた。そしてわたしに送られてきたのは、カフス三個と腕時計ひとつだけだった。カフスには見覚えがあった。わたしはカフスの赤い石をじっと見つめ、その色彩に身をゆだねてうっとりとなった。細密な絵が描かれているものにも見覚えがあった。あまりに小さな絵なので、かえってひとつのまとまりとしてよくわかる。たいていのものは、わたしにとってはばらばらの断片になってしまうのだが。

それからわたしは、父が腕時計をくれようとしたクリスマスのことを思い出した。あれはもう何年の前のこと、わたしが英国に旅立った年だ。父はプレゼントとして、母にTシャツを、わたしに腕時計を買っていたのだが、「そんなにゴージャスなもの」はほしくなかったので、Tシャツのほうがいいと間接的に伝えた。そしてわたしはなにも言わず、ただTシャツを取った。以来、目にしたことのなかったあの腕時計がここにあり、けっきょくわたしのものになったというわけだ。

腕にはめると、驚いたことに、時計はまだ動いていた。はめたまま玄関までの道を歩くと、文字盤のまわりの小さなラインストーンに陽があたって、きらきら輝いた。

わたしは手紙を破り捨てたが、父の写真は破れないと思った。たとえこんなにも痛ましく、心を動揺させるものであっても。わたしはアルバムを開いて、まだ元気なころの父が笑っている写真のとなりに、その写真を入れた。そしてカフスは宝箱のなかにしまった。それからピアノを弾いた。それは自然と、胸を打つ美しい歌になった。「彼は家にいる?」という歌に。

今夜、彼は家にいるかな
ひとりになると　いつも心に浮かぶ彼
なのにどうして　どうしていつも
電話に手をのばせないのかな
はるか遠く離れた場所に　わたしはひとりすわったまま

プライド？　不安？　わからない
もし彼がここにいたら　わたしを連れ出してくれるだろう
もしわたしがどこかへ行こうとしたら　止めてくれるだろう
今夜、彼は家にいるかな
ただ会いたいだけなら　ずっといっしょにいたいわけではないなら
電話するのがこんなにつらいわけがない
こんなに　こんなにつらいわけがない

築五百年にもなる、からっぽの大きな家にひとりでいるのは、奇妙な感じだ。わたしのなかの子どもの部分が、幽霊でも出そうだとおびえていた。逃げ出したかったが、逃げていく先はどこにもない。わたしの居場所はどこにもない。オーストラリアを出てきてからずいぶんたつので、故郷に帰っても居場所はないし、母の手から自分を守るためにも、わたしはここにいなくてはならない。

三年のあいだ、わたしはそばにいるイアンに合わせ、応じてきた。ところが久しぶりに、なにもかも自分で考えなくてはならず、しかも、急ぐ必要がない。おかげでわたしは、自分に怠惰と受け身の傾向があると思い知った。これまで自分をそのように思ったことは一度もなかったのだが、世話《ケア》をするという名目で日々誰かが「ひとりではできないだろ」とか「してはいけない」と接してくると、こちらは驚くほどなにも考えなくなる。高齢者のなかには、こうしたケアのためにどんどんなにもできなくなっていく場合があるし、特別支援が必要な子どもたちのなかにも、あまりにも早くから真綿《まわた》でくるまれるように過保護にされて、実際にはかなりいろいろなことができるのに、そうとは考えてもらえなければ、想像さえしてもらえない場合がある。

少なくともわたしは、情報を統合することがどんなに下手だったのであれ、とても自立した、人にたよらない子どもだった。三歳[*1]で家の窓辺を離れて、ひとりで公園に出かけるようになったし、八歳ではわたしの面倒を見てくれる新しい家族を見つけ、ドアチャイムのかわりに石を窓に投げて、中に入れてもらっていた。十五歳になると、いっしょに住もうと言う人が現れたので、家を出た。貧乏で、学校も途中で行かなくなり、なかばホームレスのような状態だったが、それでもその後、けっきょく復学して大学にも進学し、勉強を続けた。身をもって経験したことはたくさんあったものの、近視眼的でものを知らず、学習上の困難もかかえていたけれど。

いずれにしても、とにかくわたしは意志が強く、なにごとにつけ、立ちなおりも早く、適応力もあったのだ。

ただ、外出は大変だった。わたしの場合、なにも考えていないと、そこらじゅうのものがチラチラ、チカチカする。これからしようとしていることに意識を集中させようとすると、なにもかもがぎこちなくなり、ごちゃ混ぜになる。すると自己防衛反応が起きて、ますます大混乱になる。そしてうろうろすることになるのだが、けっきょくたいていのことはなんとかなる。

わたしは地図を出して、この二年、毎週行っていた町の中心部にどうやったら行けるのかを見つけた。そして、道をこまかく決めておけばいいのにそうはせずに車をスタートさせ、ものの十五分で迷子になった。

だがとうとう店に着くことができ、駐車して、買い物メモを持った。買うのはホワイトボードと新しい結婚指輪だ。ホワイトボードは、いろいろなことを覚えておいて今日を明日につなげるために。指輪は、イアンと結婚したときに自分で買ったものを捨てられるように。そのうえで、当時となんの関係もない指輪をして、いわば自分自身との結婚指輪にするのだ。それは周囲からあれこれ訊かれないようにし、私心のある人たちを避けるためでもあった。それで……ああしまった、駐車券を忘れた。

わたしは車に駆け戻ったが、そのときにはなぜ戻ってきたのか思い出せなかった。なにか車に忘れたんだっけ？　一度ホワイトボードを置きにきたんだっけ？　わたしは買い物メモを見つめる。買い物はまだ終わっていない。わたしはホワイトボードを車に積んで、そのままた店のほうに行く。

家に帰ると、誰とも口をききたくない気分だった。自分の背中に張り紙かなにかされたみたいな気がした。わたしは棄てられた残りものです、と。傷《いた》んだりまずくなったり飽きられたりして、お皿の片すみに寄せられた食べ残しのような。「いつも彼といっしょだったのに、どうして今日はひとりなの？」などと訊いてほしくなかった。

電話がしょっちゅう鳴って、取りついでくれるイアンがいないので、ぜんぶが留守番電話の応答になった。ファクスも届きつづけ、床に山ができた。ポストに来た郵便物は開けた。わたしはきちんと物事を把握していたかった。払い忘れた請求書や、気づかずに過ぎてしまった事がらなどで、混乱するのはごめんだった。頭のなかの真綿を払いのけ、糸の切れた無数の凧《たこ》か紙吹雪のように飛んでいく自分の考えを、しっかりひとつに保っていたかった。

牧場では、ブルビとシャーフがメエエエと鳴いていた。今回の騒動で、二匹はずっとほってておかれていたのだ。わたしは外に出て、彼らと遊ぶことにした。

ブルビはいつものようにわたしに寄ってくると、短いしっぽを、まるまるとした犬のようにさかんに振って喜び、かまってもらいたがった。シャーフはおもにイアンが世話をしていたので、なにかが変だと感じたらしく、これまで以上によそよそしかった。でもわたしはイアンではないし、これからそうなることもない。わたしはシャーフの「メエエエ」の対象ではないのだ。

姉妹であるブルビだけが大切な存在になったシャーフは、人間の世界に背を向けた。

起床、洗面、着がえ、朝食、郵便の確認。毎日がそうしたことで過ぎていった。というより、そうしたことで少なくとも毎日の半分が終わってしまう。無意識になにかを避けたり気が散ったり、反動のような反応があったりするからだ。あとは詩や文章を書いたり、作曲したりした。うつろな抜けがらのような家で、時計がカチコチいう音ばかりが重く響いていた。

壁で時計は時を刻む
クモが巣を張るように　わたしが落ちたときの安全ネットのような巣を
自分の息の音が聞こえ
部屋に満ちていく　忘れられた音楽のように
わたしたちが信じていたうそといっしょに　段ボール箱に入れられて
写真立てのなかの笑顔は
電話のそばでひとりぼっち　流行遅れの服みたいに色あせて
ドアのそばに掛けられたコートは　残されたメモのよう
壁にとめていったのは　いなくなった幽霊たち
わたしは決めた　もう時間をむだにしない

きのうの記憶を追いかけたりして
わたしは決めた　もう時間をむだにしない
影たちを追いかけたりして
わたしたちの影、あなたの影、
わたしたちが知っていた影たちを

ある日、車を運転しての帰りに、郵便受けとして使っているオーブントースターのふたを開けると、手紙がたくさん来ていた。ふたのガラスの部分には、イアンがステンシルで色をつけて描いた、ステンドグラス風のオウムの絵がついている。

手紙のなかの一通はファンレターで、わたしはイルカの魂の生まれ変わりだと書いてあった。それはどうもありがとう。ほかには、自閉症とアレルギーの関係を研究しているサポートグループからの手紙もあった。昔わたしはそのサポートグループが出している冊子を一年とっていて、それからようやく訪ねていったことがあったのだが、このところグループのことはすっかり忘れていた。

手紙にはいろいろな情報が書かれていて、フェノール[*2]という成分の入った食品への過敏症に関する部分もあった。以前わたしはふたつのアレルギークリニックから、フェノールとサリチル酸塩[*3]に対して重いアレルギーがあると診断されており、それまでかなり食べていたイチゴや桃、プラム、サクランボといった石果《ストーンフルーツ》もやめたつもりだった。

そのとき突然、目に飛びこんできた項目があった。さまざまなタイプのフェノールについて、含有濃度の高い食品をリストにしたものだ。異なるタイプのフェノールが作用しあってアレルギーが起きる場合についても、リストが掲げられていた。そして片頭痛、関節炎、ぜん息といった項目のほかに、てんかん、活動過多《ハイパーアクティビティ》、失読症《ディスレクシア》、自閉症という文字が見えた。わたしは食事療法という手綱をつかんで、握りしめた。

そもそもわたしは七年のあいだ、食事療法を続けてきた。あらゆる乳製品、砂糖、食品添加物を避け、小麦もほぼやめていた。ブドウやトマト、サクランボ、プラム、イチゴをはじめとするベリー類も、しばらくやめていた。筋肉痛や躁病のような興奮《ハイパー》しやすい状態、いわゆる酔っているみたいな状態を引き起こすからだ。

ところがリストをなくして、なにがだめでなにが大丈夫なのかを忘れ、いつのまにかまた食べてしまっていたものがずいぶんあった。七年のうちに、おそらく十回はパンを食べたが、甘いパン《ビスケット》やラザニア、ピザ、チョコレートなどは食べなかった。どれも食べはじめると止まらないほど好きなのだが、あとで目のまわりが腫れて黒ずんだり、関節炎やぜん息になったり、耳や胸の感染症をくりかえしたりすることになる。もちろん、わたしの頭のなかにも非常に影響が出る。

七年前にそういったことを知るまで、特に子ども時代はずっと、わたしは好きな食べものに対する中毒症状のようなものがあった。ハチミツは瓶から直接スプーンですくって食べていたし、サトウキビのシロップは缶から飲んでいた。まるごとのレモンやチョコレートケーキを朝食にし、昼にはチーズのかたまりをいくつも食べた。カフェでは角砂糖を必ず食べなくてはならないと思い、砂糖つぼをつかんで口に流しこみ、採石場の砂のように砂糖の粒を頬やあごにつけていた。セロリは束で、レタスやキュウリはまるごと食べ、トマトペーストとパスタがものすごく好きで、数週間リンゴだけ、ジャガイモだけを食べつづけるダイエットをしていたこともあった。ブドウもなしではいられず、ひと粒食べれば一気にひと房食べてしまう。イチゴやサクランボ、アプリコット、プラム も同様。それで「ようすが変」になっても「どっか行っちゃってる」みたいになっても、それがそもそもドナだったのだ。

そうしたことが、七年前に変わりはじめた。過食症のようなものがおさまり、好むと好まざるとにかかわらず、わたしは「わたしの世界」だったものを失いはじめた。暑さや寒さ、生理的欲求をふつうに感じるようになり、周囲から注意をそらすことはできなくなった。気分のむらが落ち着いてきて、物事はひと続きに理解できるようになり、知覚感覚的な舞いあがりかたも、躁病のような状態にまではならず、それほどたびたびでもなくなった。

気分は今でもあちこちに飛んだり上下したりするが、それでも七年前に比べるとおおいに改善した。パニック発作や感覚・認知機能の停止《シャットダウン》はなくならず、そうすると見聞きしたものやさわったものの意味がわからなくなるし、たまに、自分ではどうにもならないチックのような衝動から自傷行動をおこなうこともある。軽症にはなったものの「はてしない闇のような無」にとらわれることもあるし、低血糖症のほうは重症で、そのため手足の冷えやめまいの発作、いわゆるハイな状態、突然の強い不安が起きる。てんかんによく似た意識の消失は、今でも毎日起きている。それでも、どれも以前ほどの深刻さではなくなったし、起きる回数も減った。毎日の食事療法が、わたしを溺れずにいさせてくれるのだろう。

とにかく、以前よりわたしの調子がいいのは確かだ。父が死に、夫は去ったが、わたしはばらばらになってしまわずにすんでいる。ホワイトボードには、朝食とビタミン剤から始めて洗面と着がえ、郵便物を読むことまで書いておかなくてはならないし、各部屋にも、その日の予定を書いては留めておかなくてはならないけれど。

ただ、そこまでしていたのに、わたしが食べていたものはすべて、食べるべきではない食品リストに載っていたものだったのだ。

わたしは冷蔵庫を開けて、食べるものを探した。なんてことだ、あの食品リストに載っていないものがひとつもない。わたしの食事療法は、いつのまにそこまで甘くなっていたのだろう?

わたしは健康食品の店と食料雑貨店と肉屋に行って、リストに載っていないものをあれこれ買った。それから家の食品庫を整理して、疑わしい食べものはすべて箱に入れ、わたしたちにヒツジをくれた農場主のところへ持っていった。そうして家に帰ると、夕食を食べた。

それから三日間、徹底して低サリチル酸塩の食事を取ったところ、わたしはいちいち食品リストを見なくても大丈夫になった。もしかしたら、それはイアンがいなくなったことの副産物だったのかもしれないが、いずれにしても、わたしは物事を頭のなかだけでちゃんと把握しておけるようになりだした。考えがすぐどこかに流れていってしまうことがなくなって、しっかりとどめておくこともできるようになった。目的も形もわからない、つまらないこだわりに支配されることもなくなって、身体的、感情的な知覚・感覚にこたえることもできるようになってきた。これまで経験したことのない、一貫してはっきりした明るい感覚が、わたしのなかに広がりはじめたのだ。わずか数日で、こんなにも早く考えかたや感じかたが変わるなんて、わたしの人生にいったいなにが起きたのだろうか。

いろんな人たちに連絡してみよう。互いに連絡しあえるようにして、なにかすることや行くところを見つけよう。わたしはそう考えはじめていた。

それは、これまでのわたしのシステムには衝撃だったかもしれないが、誰かがわたしの頭のなかの真綿を、脳が働けるように取りのぞいてくれたようでもあった。わたしの精神が、はじめてめざめたような感じでもあった。自分の考えを明瞭に、首尾一貫したものにしておくために、これまではいつも紙に書いたり、物を使って表したりしなくてはならなかったのに、急に頭のなかだけで考えられるようになっていた。そしてその考えは、世界というものが自分の外側に、自分からは離れたものに、異質なもの、的《まと》はずれなもの、はるか遠いものにしか感じられなかったころの孤立したものではなく、世界とのつながりが感じられる一体化したものに変わっていた。そして、そうした世界との関係性《コンテクスト》のなかで、わたしは自分が今すべきことを考えられるようになったのだ。

すべては一気に起きた。窓の前に立ったとたん、広がる景色をすべて把握できたときのように。窓にはまだカーテンが掛かっているのだが、それでも景色は景色だ。

＊1　『自閉症だったわたしへ』でくわしく語られている。

＊2　リンゴ、オレンジなどの柑橘類、バナナ、ブドウ、チョコレート、スパイス類などで含有濃度が高いと言われている。

＊3　くだものをはじめ多くの食べものに含まれている。

14 天使

牧場にすわっていると、わたしに向かって、大きな毛糸玉みたいなブルビが駆けてきた。そしてわたしを押し倒し、ひざの上に載ろうとした。今ではブルビも大きく重たくなりすぎてしまったが、中身は甘えんぼうの子ヒツジのままだ。その日わたしは牧場にすわったまま、ゆっくり一日を過ごした。

あと一週間で、わたしはアメリカに行き、ゲストスピーカーとして約六百人の前で話をする。もとはイアンとわたしが夫婦として参加することになっていた会《コンファレンス》で、結婚している自閉症の人たちと、自閉症者の結婚についてパネルディスカッションをおこなうのだ。まっさかさまに突っこんだ現在のわたしの生活を思えば、そこにひとりで参加するのがさらに大変なこととも思えなかったので、わたしは出席することに決めたのだった。

ただ、誰かいっしょに行ってくれる人が必要だ。これまではいつもイアンがいたので、海外にわたしひとりで行けるものなのかどうか、自信がない。なにしろチェックインの時間やゲート番号をまちがえたり、自分の名前を呼ばれていてさえアナウンスに気がつかなかったりすることが、しょっちゅうある。

わたしはミックにたのんでみた。考えてみるという返事だった。

「もしもし」フリーサイズの服みたいな万人向けの作り声で、ミックは電話に出た。

「もしもし、こんにちは」わたしは小さな声で言った。電話するという思いきった行動に出て、すっかりドキドキしていた。「ニューキャッスルに行くんだけど。会う?」

受話器のむこうから、ミックがタバコを吸い、コーヒーをひと口飲む気配が伝わってきた。それから、わたしが泊まるホテルで会うと決まった。

車を走らせながら、すでにわたしはミックがそばにいるように感じて、高揚感でいっぱいになっていた。まるで養子縁組に向かう孤児みたいに、胸が高鳴った。

ホテルの小さな部屋に、やさしいノックの音がしたとき、わたしの心臓は飛び出しそうになった。ドアを開けると、ミックが笑顔で立っていた。ミックはわたしの顔を見つめ、すぐにうつむいて下を見つめ、それからまたわたしを見つめた。わたしは彼を中に入れた。

「コーヒーある?」ミックが訊いた。

「うん」わたしは答えると、やかんとカップとコーヒーを準備しようとしたが、なんだか三つのリングで同時にショーをするサーカスみたいな具合になった。

それからわたしたちは出かけて、公園を散歩した。

「ずっとニューキャッスルにいるのに、なんでこれまで、こうやって散歩しようって思わなかったんだろう」ミックがつぶやいた。

わたしは、落ちていたプラスチックの破片を拾った。壊れた車のテールランプらしい。それをかざし、赤い世界を通してミックを見た。なおも歩きつづけるうちに、わたしは体のそこここに彼を感じはじめ、彼の気《エネルギー》と共鳴しはじめた。彼は羽根を一本拾うと、なにも言わず、こちらも向かずに、わたしにくれた。わたしは歩きながら、それで腕をなでたりくすぐったりした。

ホテルに戻る道では、落ち葉の山を見つけた。わたしはミックを手招きして走りだすと、両手で落ち葉をすくい上げて、空いっぱいに放《ほう》りあげた。そしてふたりで、くるくるひらひら降ってくる落ち葉の美しいシャワーを浴びた。

部屋に戻るとミックは床にすわり、わたしはシングルベッドの上にすわった。シャイでひょうきんな感じの微笑が、彼の顔に浮かんだ。

「アメリカのことだけど。決めた。行くよ」

その後、家に帰るまでの六時間、わたしの胸では、小鳥たちがさえずったり歌ったりしつづけているかのようだった。彼は少しも変わっていなかった。そばにいるとほんとうにあたたかい感じがしてくつろげるので、大きくて気持ちのいいお気に入りのいすにすわるみたいに、思わず体を預けてしまえそう。あるいは、もし彼に「優良物件」という札がついているなら、「住まわせて」と言って、そこに飛びこんでいってしまいそう。

でも実際には、彼は遠く離れた世界に住んでいて、パブやクラブで「あとで連絡する」とか「いやーいいじゃないかそれ」なんて言いながら過ごす「かっこいい兄さん」なのだ。口では言わないけれど、「きみに深くは関わらない」という文字が、ネオンみたいに額の上で光っている。そしてわたしの気持ちはと言えば、「妹」ということばではすませられないほど、強いものになってきている。

わたしはミックと、クマのパディントンのぬいぐるみがある店を目じるしに、駅で待ちあわせた。ミックはタバコを一本取り出し、口にくわえた。同時に頰いっぱいに広がっていた笑みが消え、がっしりした背中が丸くなって、パディントンより抱きしめたい風情になった。そんな彼がわたしに小さく手を振り、わたしたちは、ヒースロー行きの列車に乗るために歩きだした。

空港では、これからディズニーランドに行く子どもみたいに、航空券を受けとった。いよいよアメリカに向かう飛行機に乗るのだ。そしてわたしは、今度はわき目もふらずチョコレートを食べている子どもみたいに、ミックといっしょであることに夢中だった。

ミックはいっしょにいて心地よかった。そよ風のように。わたしたちは軽くジョークを言いあい、バックギャモンをして遊び――三年ほどのあいだにイアンが教えてくれたのだ――この二、三週間、なにがあったかとか、アメリカのインディアナ州はどんなところかとか、話した。

ミックはアメリカに行くのがはじめてだった。それでわたしは、絵を描くみたいに話をした。行き先は、アメリカのまんなかあたりの小さな都市で、人形の家が並んでいるみたいな村がいくつもあって、そういう村のひとつで貸別荘を借りている。

飛行機が着陸すると、わたしたちは、会の関係者とわかる案内板を持った女性に迎えられて、レンタカーのところまで行った。ミックはわたしをうしろに乗せ、ハンドルを握った。わたしはカセットの音楽に耳を傾けた。以前、彼が送ってくれて、もう何度も聴いている曲だ。

女性は、騒いではだめと言われたのか、なんとか興奮を見せずに貸別荘まで同行して、帰っていった。ミックとわたしは、家のなかを探検した。林に囲まれた小さなおばあさんの家といった雰囲気で、正面ポーチにはロッキングチェアがあり、かわいいバスルームや簡単なキッチン、ダイニングコーナーと居間《ラウンジルーム》がある。ベッドルームはひとつ。わたし用だ。ミックは居間のソファで寝ることになった。

わたしたちのために、ジグソーパズルのコレクションも置いてあった。ミックはケーブルテレビがあるのを見つけた。彼はしばらくチャンネルをいじって、こちらの人が没頭して過ごすにぎやかな画面を、おもしろがって見ていた。

わたしは木々を感じたくて、外に出た。すでに日は暮れて、足もとの草には露が宿っている。浄化された静けさとともに、自然が受けいれてくれるのを感じながら、わたしはそこにしばらくすわっていた。そして室内に戻った。

だが、これから十日もこの家でいっしょに過ごすのだと思ったら、ミックに話しかけづらくなった。それでわたしは、ジグソーパズルに取り組んだ。やがてミックも加わった。

夜になると、わたしは寝るとき用の服に着がえ、最近手に入れた友、ぬいぐるみの「旅クマ《トラベル・ベア》」を連れてベッドに向かった。ミックを見つめて「おやすみなさい」と言いながら、いっしょに来てくれてうれしいと思った。

翌朝、わたしは夜明けに起きると、まだ眠っているミックの横をそっと通りぬけ、明けはじめたばかりの光のなかに出て、林を散歩した。ミックは天使のようだった。そう、彼は天使にちがいない。わたしはその髪に触れたかった。その腕にも触れたかった。その……。

散歩から戻っても、彼はまだ眠っていた。いびきをかいて、彼の人生にわたしが入っていったことなどまるで忘れて。わたしは自分の部屋に戻り、少し音楽を聴いた。わたしは「人と近づきたい《ソーシャル》」気持ちで胸がいっぱいだった。そこでとなりの部屋で眠っている人に、キーボードで手紙を打った。

おはよう、ミック、

今、わたしのなかではなにもかもがすごい勢いで変化していて、ついていくのが大変。今朝、ウォークマンから歌が流れてきたら、どのことばにもついていけて、しかも同時に意味がわかってしまった。かなりこわかった。歌詞をぜんぶ覚えている歌はたくさんあるけど、ことばはまず音の連なりとして入ってくるから、わたしはこれまで、あとからその意味を分析してきたわけ。ことばと音楽が同時に入ってくるというのは、まずないことだった――自分で作詞作曲した歌以外は。一度で歌詞がわかるのは、変な感じ。意味も感情もいっしょに、歌の中身がこちらに飛び出してくるみたい。ようこそ、ふつうの世界へ――そう言われているみたい。

こういった急な「めざめ」の連鎖は、いつストップするんだろう。大きな一歩を踏みだすたびに、わたしは「わたし」を定義しなおさなくちゃならなくなるから――「わたし」はもう、歌が音の連なりにしか聞こえずあとから努力して歌詞をつかむ人ではないのか？　とか。

今のわたしは、ひとつひとつの瞬間についていける――けっきょく世界は、あの人形アニメの郵便屋さん「ポストマン・パット」が届けてくれる手紙みたいに、あとから届くものばかりじゃないんだ。

それから死んだ父について、大きな感情がわきあがってきて。あまりに大きかったけど、十分間、その悲しみがわきあがってくるままにしても、感情を恐れて自分を閉ざすということはなかった――そう、少なくとも十分間で、それまでに悲しみはパニックへとエスカレートしかけていたから、時間を区切ったのがよかったのかもしれない――それにしても、自分以外の人についての大きな感情をのぞき見るのに、十分はとても長い時間。自分や、自分の生活についての感情なら、対処するのはそう大変ではないけど――自分自身のことだから、感情がどこで始まってどこで終わるか、わかるし――そのどこかに、答えもあるわけだし。でも自分以外の人についての感情は、ちがう。始まりも終わりも制御できない――特に死んでしまった人の場合。

あと――今わたしはみんなに、「あなた自身のことを教えて」と聞いてまわってる――あなたにも、わたしの本の出版人にも――わたしが自分のなかに見つけたみたいなもののことを。でもそれは前みたいな事実集めでもなければ、単にそのときどきの刺激や興奮を求めてでもない。自分がそんなことをしてるなんて、不思議。ほんの二、三週間前にはなかったいろんな仕組《メカニクス》みが必要なことだから――感情から起きる考えを、しっかりつかんでおく能力とか。それがなければ、考えは電光石火のように、頭のなかで「あっ」と言っている間に消え去ってしまう。黒板に書いた答えがまちがっていて、誰にも見られないうちに消してしまうみたいに（たぶん、わたしの敵である不安の力が、部分的に作用しているはず）。

とにかく、心／頭のうえで、ほかに対処するのが大変なのは、意識というもの。そして、意識は誰もがもっているとわかったことに対しても――もし同じようにわたしにも意識があるなら、わたしもみんなみたいになっていくわけで――でもわたしは「世の中の人」（心が狭く傲慢《ごうまん》で偏見をもち、ことばの感覚についてもなにも知らないという意味での）にはぜったいなりたくない。だけどそれにはまだ長い道のりがあると思うし、そもそもわたしはそこに行きつくことになってはいないと思う。わたしの魂はそんなに浸食されていないし、これまでに苦い経験もしてきたし、わたしは、自分である以上に自分の友だちにはならない。

いろいろ書いたけど、この手紙にこれといったポイントはないです。今のわたしを、ただ共有《シェア》してもらえれば――今また別の雲に切れ間ができて、そこから太陽の光が差してきてるから（そういえばわたしの曲に『雲間から差す陽の光』っていうのがある）。ポイントのない手紙を、これといった理由もなく書くのは、すてきなことじゃないかと思う。

そうだ、今ポイントをひとつ見つけた。もしわたしが（わたし自身の世界にいるときでなく）物静かで、ちょっと悲しそうだったり考えこんだりしているように見えても、あなたがわたしを混乱させたりしたわけではまったくないから――自分で見つけた靴でも、はき慣れるには、ときに時間がかかるというだけのこと――これまでになく、いつでもぴったり足に合いそうな靴を前にしているのは、なんと胸が躍ること。ああ、すごい。

ドナ

ジーンが、北部からここインディアナ州まで、わたしのために飛行機で来てくれた。ジーンはジャーナリスト。友だちになって六年になるが、この二、三年はイアンが彼女からの電話をすべてシャットアウトしていたので、連絡が取れなかった。今回、彼女は友だちを連れてきていて、ふたりでしばらくこちらに滞在し、会《コンファレンス》でイアンのかわりにわたしをサポートしてくれる。

ミックはひと目で彼女を気に入り、彼女もミックに心を惹かれて、ふたりは同じカップからコーヒーを飲んだ。そしてミックとわたしは、ジーンと友だちが借りたログハウスでの夕食に招待された。

ミックはドキュメンタリーの撮影とか、ウェールズといった枠組みの外でわたしと過ごす楽しさに、うれしい驚きを感じつつ、魅了されているようだった。ふと気がつくと、彼はよくわたしを見つめていた。おだやかで、美しいと言ってもいい静けさをたたえて、深い共感を表しながら。でも気づかれたとわかったとたん、さっと目をそらす。自分で手に入れたあたたかな毛布にくるまっているのを、見つかったかのように。

彼が幸せそうで、わたしも幸せだった。うしろをふり返るのは、もうむずかしい、と思った。この影響が、これからなんらかの形で表れるのだろうが、その結果わたしがどこに連れていかれるのかは、まだわからない。

でもそのままで、わたしは幸せだった。それにどう対処すればいいかも、わかっていた。今わたしの前には、これまでより大きななにかがあるのだ。わたしには大きすぎるぐらいの、チョコレートバーみたいなものが。

15　あなたといたい

アメリカに来て、二日が過ぎた。わたしは脳の機能や能力を高める新しい薬《スマートドラッグ》のおかげで、一貫性をもって物事をつかむことができるようになり、感覚や知覚の一部が抜け落ちることなく、ミックと自分を同時に感じていられるようにもなった。新しい薬の成分は、グルタミンというアミノ酸だ。

ミックとわたしはいっしょに料理をし、いっしょに玄関ポーチにすわり、いっしょに暖炉の火を眺めた。もしわたしのためのおとぎ話があるなら、これこそがそうだと思った。そしてこれこそが、「正常《ノーマル》」と言われているものにちがいない。

わたしはミックを店から店へと連れまわし、クリスマスの飾りを見たり、ガラスのスノードームのなかのかわいい世界をのぞいたり、にぎやかで派手な広告やちょっとした仕掛けに感覚を刺激されたりして楽しんだ。そして、去りゆく季節の名残《なごり》のような陽の光のなかを歩いた。

貸別荘に帰ってくると、ミックは冷蔵庫から、プラスチックカップに入ったアイスクリームを出した。がっしりした体に丸い頰、ふたつの瞳は踊っているかのようだ。踊る心は、きちんとボタンをとめたジャケットみたいな魂につつまれているものの、今にもはじけて飛び出しそう。

そのアイスクリームは[*1]ライスミルクでできていて、乳製品や砂糖は使われていないが、ベリー類とブドウの濃縮液が入っていた。どちらもわたしの「食品オーケーリスト」には載っていない。でもこの人と、ひとつのスプーンでひとつのアイスクリームを分けあって食べるなんて、王子さまから直接舞踏会に招待されるシンデレラみたいではないか。わたしは、いじわるなお姉さんたちにじゃまされたりもしない。

ミックはさかんに食べながらも、すまなそうな顔をした。そしてひと口スプーンを差し出すまねをして、「これはぜんぜん食べられないんだよね？」と言った。

わたしは、ベリー類とブドウに対してアレルギーのようなものがあり、食べると「酔ったように」なる。だが、わたしはそのスプーンを口に入れた。ほんのひと口なら大丈夫だろうと思った。それから十五分ほどで、わたしたちはジーンのログハウスへ、車で出発した。

途中で、セルフのガソリンスタンドに寄った。頭のなかでは、その状況などすべてわかっているつもりだった。ところが実際には、もうなにも自分が経験していることとして感じとれていなかった。十五分のうちに、あのアイスクリームのマイナス面が表れて、わたしの頭は糸くずが詰まっているだけのようになり、なにもわからなくなってしまったのだ。でも、もしかしたらこれはてんかんの発作かもしれない。二十代のころ、あてもなく急に飛び出して、その間の記憶がなかったことがある。あとで検査を受けたら、変則的なてんかんだと言われた。またはアイスクリームとは無関係に、なんらかの化学的作用でハイになったあまり、なにもわからなくなっているだけかもしれない。

とにかく、わたしは頭ではミックが誰だかわかっているはずなのに、具体的なあれこれ《コンセプト》が抜け落ちて、目の前では3Dアニメみたいなミックの映像が、ただちらちらするだけだった。その映像が、ガソリンを入れる長いホースを持って動きまわるのを見つめながら、わたしは自分の体と頭のコントロールを失ったまま、不安ばかりを感じていた。「大丈夫？」とミックが言ったが、そのときわたしはその意味もわからなかった。音しか感じられなかった。かつては友だちだったのに、今やアニメみたいになった映像が発した、ただの音。

わたしはもう、そこにいたくなかった。ようやく、誰かとその場で意味が通じあうこと、いっしょになにかを分けあうことの、この上ない幸せをつかんだと思ったのに、今さらまた手ばなさなくてはならないなんて耐えがたい。また容赦なく、ひとりの世界に突きもどされるなんて。くやしい。こわい。こんなところにいたくない。でもどこに行けばいいというんだ？　なにがあるというんだ？　誰がいるというんだ？

わたしはふらふらと歩きだした。足もとから聞こえる砂利の音には、なじみがあった。これは、わたしの昔からの友だちの音。わたしはふたつ三つ小石を拾うと、「あなたのことなら知ってる」という、ことばにならない感覚とともに、それらをカチカチ打ちつけあった。希望の火花が散った気がした。

人とのつながりや所属の感覚から締め出され、捨て去られたのが、わたしはくやしかった。それを誰も止めてくれなかったのが、腹立たしかった。でも止めるのは、わたしにもできなかったことだ。わたしはこの新しい世界を知ってしまって、みじめだった。世界はこんなにも完全で、じゅうぶんで、一貫性があって美しい。でも、いったいなんのために？　失うために？　それをどんなに大切だと思っても、人とともに感じられるとわかった新しい世界《リアリティ》は、手に入らないのがわたしの人生なのだと、痛切に思い知らされている。

わたしは小石をカチカチいわせながら、無言でミックのもとに戻った。わたしは思い出していた。さっきまでただの映像になってしまっていた彼が、わたしに聞かせようと小石を打ちつけあったときのことを。その音をいっしょに聞き、「わたしの世界」で過ごしてくれたことを。だがその「わたしの世界」は、ほんとうはわたしが自分の意思に反して入りこんでしまっていた、いまいましくてひどい王国でしかなかったのだ。

わたしはなおも小石をカチカチいわせ、なにかたずねたい思いを目にこめて、ミックを見つめた。ミックは理解と悲しみをたたえた目で、見つめかえしてくれた。

わたしは粗相《そそう》をしてしまった子どもみたいな気分で、車内に戻った。小石を打ちつづけ、その音と結びついていることばに似たものを引き出そうとして、「いし」「いし」「いし」と、ひとりでつぶやきながら。

「いし？」なかばたずねるように、なかば言いきるように、わたしは声を出した。

「石」運転を再開しながら、ミックが答えた。

だがこの意味喪失《ミーニング・ロス》は、最悪の状態を脱したと思ったそのときから、少しずつまたしのび寄るように戻ってきたのだ。わたしの不安とあせりは、ジーンのログハウスめざして角を曲がったとたん、一気に強くなった。止めて、とわたしは合図した。ミックが車を止めた。わたしはシートベルトをはずすと、うしろを向き、シートの背にしがみついて泣いた。自分が情けなくてたまらなかった。これから友だちに会うというのに、わたしは頭《コンセプト》をしっかりさせておくこともできない。ジーンはこんなわたしを見てしまう。情けなく恥ずかしいのにどうすることもできず、頭の働き《プロセシング》では人間というより動物のようになっているわたしを。

泣いているあいだ、ミックは待っていてくれた。そして、わたしがようやく多少なりともふつうに話しはじめると、訊いてくれた。

「もう大丈夫？」

わたしはうなずいた。

ログハウスに到着した。わたしたちは、わたしの食品リストから、わたしにやさしい食べもの《ユーザー・フレンドリー》をたくさん持ってきていた。ドアを開けたジーンは、わたしをひと目見るなり、なにがあったか悟《さと》った。そして「こんにちはミック」と言うと、まず彼を、自分の友だちのジョニーがいるキッチンに案内した。

それからわたしのところに戻ってきた。わたしはまだドアの内側に一歩入っただけだった。ジーンには、わたしに起きたことがわかっていた。わたしたちはすわり、わたしは泣きじゃくりながら、それがどんなに情けなく恥ずかしいことか、いまいましくつらいことか、話した。わたしに意味やつながりをつかませておきながら、あっという間にそれを奪っていくなんて。

「もとどおりにまたつかめるようになるから」ジーンは請けあってくれた。

彼女の言うとおりだと、わたしは思った。さっきのは、激しかったとはいえただのアレルギー反応かいい、てんかんなのだし、わたしはもうその原因になるような食べものを、食事のたびとか毎日とかの頻度で食べているわけではない。だから、またもとどおりになるはずだ。たとえそれが、食事療法の囚《とら》われ人のようであっても。食事療法という車いすなしでは自由のきかない、食事療法障害者のようであっても。

しかし、これはやはり、とんでもなく不公平なことではないか。わたしはこの世でなにより、一貫して多重に情報処理できるマルチトラックな機能がほしいのに、わたしの状態は、賭けにたとえるなら賭け金がアップしていいるようなものだ。わたしがその機能を失わずにいつづけるには、食事療法を守るしかないというのが腹立たしい。

もっとも、この日の夕食後はすばらしいひとときになった。わたしはふたたび、ちゃんと生きて機能している世界にいて、ジーンとジョニーの会話からジーンとミックの会話へ、ミックとわたしの会話へ、そしてわたしとジーンの会話へ、ぜんぶついていくことができた。わたしは部外者でもなければ、よその世界の者でもなかった。わたしが話すことはみんなと同じ場《トラック》にあり、みんなの話とともにわき出ていて、ひとりだけ脱線したり、場の話題に合っているかどうか忘れてしまったりすることもなかった。

わたしは気がついた。ミックがあたたかく、親しみ深く、誇らしげにわたしを見つめていることに。ジーンが笑顔でミックとわたしを見ていることに。ジョニーが絶好調で、ミックとワインを注《つ》ぎあいながら、わたしたち全員を笑わせつづけていることに。

わたしは、これがきっと「家庭《ホーム》」というものなんだと思った。そしいつの日か、もう二度となくなることのない家庭がほしいと思った。

翌日はコンファレンスだった。ジーンとミックとわたしの小さなチームが会場に着くと、出番まで待つ静かな部屋に案内された。

わたしは、どこもかしこもきちんとつながってマルチトラックな状態だったので、それを変えてしまうおそれのある軽食をたのむのが、こわかった。でもなにも食べずにいれば、それはそれで、話をすることへの不安からおかしな具合になるかもしれない。わたしは、食べて大丈夫だと確信できるものを少したのみ、心のなかで祈った。わたしの話を聴くために、会費を払い遠くからもやってきた六百人の人々の前に出ていくのだから、どうか脳が食べたものに影響されませんように、と。

やがて出番がきた。ジーンとミックとわたしはホールへ歩いていき、さらにわたしはひとりで、結婚しているカップルたちのパネルの正面まで歩いていった。パートナーが参加できなくなったわたしは、パネルのなかに入らなくてもいいことになっていた。

わたしはマイクの前に立った。六百人の目がこちらを向く。そしてそのなかの誰ひとりとして、これから自閉症者の結婚について話す者が、結婚の成就ではなく喪失を経験したばかりだということを知らない。

カップルのパネル席にいた自閉症の女性、キャシーが、机をまわってぎこちなく出てくると、アメリカ中西部の太陽のように、明るくにっこり笑い、尊敬とあこがれのまなざしでわたしを見た。もうひとり、今度は聴衆のほうからカメラを持った自閉症の女性が出てきて、わたしにすわるようにときびしく合図した。わたしが従うと、彼女は写真を撮り、ホールの奥からわたしをスケッチした絵をくれた。もうひとり、やはりホールの奥から、はっとするほど深みをもった目でわたしを見つめている男の人がいた。思わずわたしがふり返ると、その人も前まで出てきて自己紹介をし、「ありがとう、あなたは私を救ってくれました」と言った。さらに別の自閉症者からは、折りたたんだ紙をわたされた。開けてみると「あいしてます、あいしてます、あいしてます」と一面に書かれていた。

みんな、わたしのことを自分の味方だと思っている。「同じだ」という思いと希望を抱きながら、これからの方向を得たいと期待して、わたしを見つめている。でもわたしは、わたし自身の話の語り手にすぎない。いったいわたしが、なにを彼らにあげたというのだろう?

わたしは会場の人たちを見つめた。結婚と自閉症についての話を聴きにきた人たちの顔を――。そして、話しだした。

「多くの人が、自閉症者は婚姻関係を結べないと思っています。でもわたしは、自閉症または自閉傾向をもちながら結婚した家族の、三代目にあたるのです」

わたしが思うに、自閉症とは、正常《ノーマリティ》な状態から音量《ボリューム》をどんどん、どんどん上げてしまった状態にすぎない。自閉症の要素は多くの人のなかにあるが、わたしの父の場合は、個人的な見解だけれど、この音量が上がっている状態と思われる決定的な要素があって、少なくとも失読症だったし、躁病と強迫的な気質もあったし、自閉症の特徴も多少あった。父のお母さん、つまりわたしの祖母は、自分だけの世界に住んでいて、今ならいわゆる「能力ある自閉症《エイブル・オーティスティック》」と呼ばれる人だったのかもしれない。わたしの父方のいとこふたりはアスペルガー症候群と診断されたし、もうふたりは炎症性腸疾患のひとつ、クローン病、さらにもうひとりはグルテンが原因の自己免疫疾患のひとつ、セリアック病と診断された。いずれにしても、わたしは自分が自閉症の三代目なのだと思っている。

わたしは祖母のことを、ひとつの婚姻関係を次にわたし、子どもを増やしてひとりで死んだが、世の中よりもおもに自分自身の小さな世界で生きた人だったと話した。父と母の結婚についても話した。ひとりはおとなの体をもった子どもで、恥とか羞恥心といったものがまるでなかったのに、もうひとりは欠点や欠陥に敏感で容赦なく、一度も子どもだったことがないのではと感じるようなおとなだった、と。

そして最後に、両親の場合の映《うつ》し絵のようだった自分の結婚について、話した。論理的なアスペルガー症候群の人は、自閉症の情報処理《プロセシング》の問題にいらいらするが、首尾一貫しない感覚からくる官能性には、気持ちをそそられる。一方、自閉症者は、アスペルガー症候群の人の、左脳中心で回転が速く論理的で抜け目のない頭についていこうとすると、たえずプレッシャーにさらされることになる。

さらにわたしは話した。ちがいを受けいれて、そのうえでなお同等《イコール》であることについて。「あるがまま《シンプリー・ビーイング》」というシステムについて。自閉症などのことをなにも知らない場合が多い世の中で、理解しあうことについて。

一度だけ、わたしは自分の結婚についての時制をまちがえたが、話し終えるころには、たくさんの人が泣いていた。彼らの気持ちを傷つけず、むしろ感動を呼び起こしたとわかって、わたしは自分をもう罪《ギ》ある存在《ルティ》とは思わなかった。会場の人たちは、敬意のしるしとして静かに立ちあがってくれた。それは、わたしが受けとることのできる最高の「ありがとう」だった。

出番が終わると、それまで抑えられていたアドレナリンがどっと出たらしく、わたしの体はがたがた震えだした。手のつけられない躁病のような震えで、どうにも止まらず、なんとかふり払いたいと、わたしは躍起《やっき》になった。

「どうすればいい？」ミックが訊いてくれた。

「ジャンプ」わたしは咳きこむように答えた。

控室に使った部屋に戻ると、ミックは場所をあけてくれて、わたしはベッドの上でジャンプした。部屋は、わたしが緊張をほぐせるようにとスタッフが用意してくれたのだ。

わたしはジャンプし、叫び、泣いた。それからまっすぐバスルームに行くと、服も脱がずにシャワーを浴びた。

ミックの運転で、わたしたちは貸別荘に帰った。わたしはシートにもたれて、特別《スペシャル》な音楽につつまれていた。ミックは生きた「旅クマ《トラベル・ベア》」そのもので、永遠の友だちだ。それがたとえ、わたしの心のなかだけのことだとしても。

貸別荘に戻ると、わたしたちはジグソーパズルを仕上げようとした。そして、最後のピースがなくなっていることに気がついた。

翌朝、わたしはソファで眠っているミックを見つめた。夢の世界でやすらぎながら、いびきをかいている。この感覚は、「家族」。わたしが兄弟のような人に望んでいたすべて。それを失うのがさびしい。これからわたしは、からっぽのだだっ広い田舎家《カントリーハウス》に帰っていき、ミックは都会に帰っていく。わたしは彼にコーヒーをいれてベッドサイドに置き、自分ではハーブティーを飲んで、外に出た。それからわたしたちは荷づくりをして、空港に向かった。ミックも、貸別荘を離れることをさびしがった。そして、ここをほんとうの家のように感じていたことに、驚いていた。ほんとうの家のよう――でもわたしたちは、ただ毎日を過ごしていただけだ。彼もわたしを、いっしょにいて楽な相手だと思っていた。お互い、思いは同じだった。

飛行機はまずニューヨークに着陸して、英国に向かう乗り継ぎまでは四時間あった。わたしたちは空港を出てタクシーを拾い、カーラジオから「サムホエア・アウト・ゼア」[*2]が流れてくるなか、エンパイアステートビルに行った。そしてエレベーターで、空へと高くのぼっていき、永遠を見ようとした。最上階で、わたしたちはガラスの檻《おり》のなかを歩きまわり、夕暮れの空に、街の明かりが少しずつ灯《とも》りだすのを眺めた。それらすべてとともに、ミックもいきいきしていた。わたしは空の高みに落ちてしまったみたいで、めまいにおそわれ、野良猫のように壁にしがみついた。

ビルをおりるころ、太陽はちょうどニューヨークの街に沈んでいき、わたしたちは、きらめく夜景のなかをタクシーで空港に戻った。

英国に帰る機内では、わたしは思いきってミックに、肩にもたれてもいいかと訊いてみた。ふたりともすぐ眠りに落ち、次に気づいたときには朝食が配られていて、わたしはミックの肩にもたれながら目をさましたのだった。わたしたちは顔を見あわせた。ふたつの顔は、びっくりするほど間近《まぢか》にあった。わたしはもう一度目を閉じると、しばらくそのままでいた。心臓がドキドキしていた。

英国に着くと、わたしが予約したホテルへ、車で行った。ミックのカセットからは太鼓と笛のケルト音楽が流れて、わたしはアメリカでのドライブを思いかえした。家への列車に乗る前に、たぶんわたしは時差で寝てしまうだろう。だが、すでにここは英国。旅ももうじき終わる。時間がカチコチと音をたてて過ぎ去っていくようだ。ホテルの部屋はツインだったし、ミックはこれからまた運転して家に帰るのだから、わたしとともに少し眠っておくのは大歓迎だ。というわけで、わたしは紅茶を、ミックはコーヒーをいれて、それぞれのベッドに子どものように落ち着いた。

ミックは旅クマ《トラベル・ベア》を抱きあげて、耳もとにもっていった。

「ほんとうに……いや……彼女が……」

旅クマのことばを聞き終えると、ミックはわたしに「旅クマがぼくといっしょにいたいって」と言った。

「それはだめ」わたしは言った。

ミックは、旅クマと自分はすっかり友だちになったし、旅クマがいっしょにいたいと言ったんだとくりかえした。わたしは彼のベッドまで手をのばして、旅クマを取りかえすと抱きしめた。

「おやすみ、旅クマ」ミックが言った。

旅クマは、わたしのなかの子どもの象徴なのだ。だからミックの言ったことは、たしかに当たっていた。わたしのなかの子どもは、ミックといっしょにいたいとずっと思っている。ミックもわたしの子どもの部分をわかっていて、それをふたりのあいだの壁ではなく、架け橋だとみなしている。だからこの人なら、前のぬいぐるみの「旅男《トラベル・ドッグ》」のときのように、わたしに旅クマ[*3]を切り裂けとか捨てろとか言うこともないだろう。

数時間後、わたしたちは目をさまし、朝食を用意して食べてから、駅に向かった。駅ではミックが列車まで送っていくと言ってきかず、わたしが荷物といっしょに列車に乗ると、つづいて乗って、扉のひとつをラグビー選手のようにふさいだ。

わたしは彼を見つめ、苦さと酸っぱさに耐えられなくなりそうな「レ、モ、ン、の、感、情」がこみあげてくるのと闘った。それは激しく揺さぶられているような感覚だが、ミックのほうも、下くちびるを噛み、丸い頬の位置が上がって、わたしとそうちがわない状態になっているようだ。

「抱きしめてもいい？」わたしはおずおずと訊いてみた。

「うん」答えが返ってきた。

だが言ってはみたものの、実行するのはむずかしい。そのとき、ミックの両腕がのびてきた。それを合図《キュー》にわたしは、彼がゼリーでできているかのように、飛びこんだ。そして体を押しつけ、顔を上げた。彼はわたしの頭を胸に抱きしめた。とても愛している人にするように。わたしはなんとか息をしていたが、そのひとときが、時間をさかのぼってはるか過去から未来へと、永遠に続いているように思われた。

発車のベルが鳴り、わたしたちは体を離して見つめあった。「レモンの感情」に揺さぶられてもがまんできる程度の、ほんのつかのまだったけれど。

わたしは歌いだしたいような、泣きだしたいような、悲しいけれど祝福された気持ちで立ちつくし、わたしの心の扉には、わたしにしか聞こえないノックの音と、「あなたといたい」という、声にならない声が、ガンガン響いていた。

ミックがホームに降りた。そして手を振り、歩きだした。紅潮した頬の位置は上がったまま、はにかみを浮かべながら。

＊1　米から作られる植物性ミルク。現在は日本でも市販されている。また手づくりもできる。

＊2　原題「*Somewhere Out There*」。一九八八年グラミー賞最優秀楽曲賞受賞作品。スティーヴン・スピルバーグによる初のアニメ映画「アメリカ物語（An American Tale）」（一九八六年制作）のなかで歌われた。広いこの世界で、いつの日か愛する人にめぐりあえますようにというロマンチックな歌詞。

＊3　以前ドナは、精神的な自立をめざすあまり、同じように大切にしていた犬のぬいぐるみの「旅男《トラベル・ドッグ》」を、そのようにして捨ててしまったことがあった。

16　ヒョウのもようのネコ

誰もいないがらんとした農場に帰ってきて、ハネムーンのようだったひとときは終わった。そして、まねをする相手もいないわたしのなかでは、曝露不安がのさばりだした。

なにかを食べたいと思っても、そのたびにかえって食べることを避けたり、わき道にそれたり、食べたいという欲求に対して反撃する羽目になったりして、当のわたしは空腹でたまらないのに、何日ものあいだ、なにも食べられない。トイレに行くことも、なにかを飲むことも、上着を着るといったことも同様だ。

イアンがいたときには、イアンのために飲みものを用意することで、自分にも用意することができていた。彼のまね《コピー》をするなり、「わたしにいいもの」と彼がみなしているものに従うなりして。ところがわたし自身の仕組み《デイバイス》にゆだねられると、なにかがほしいと気がついたとたん、急に床や暖炉を掃除しはじめたり、ゴミ箱を洗いだしたり、とにかく飲みものを用意する以外のことを始めてしまう。

そこでわたしは、曝露不安から解放されて自由に行動できるように、いるものを、逆にいらないと自分に言い聞かせた。わたし以外の人物《キャラ》になってみたり、他人として私自身に話しかけてみたり、コップや蛇口とコミュニケーションを取ったり、歌いながら行動したりした。トイレットペーパーや石けんやタオルを補充するという名目でバスルームに行き、ちょうどいいからトイレに寄るというふうにした。

さもないと、漏らしてしまいそうになってもまだトイレに行けないのだ。上着を着るには、「わたしに着させようとするなんて」と上着を責める会話をした。

　わたしはこの状態から抜け出したかった。けれどそれには、そう望んではならない。わたしは強くなりたかった。けれどこれはわたしだけではどうにもならない。なにもかも、あまりにもどうにもならない。なんらかの支援《ヘルプ》が必要だが、親しい友だちといえばミックだけだし、彼にこれらすべてを負わせるようなことはしたくない。それに、多少抑圧されているようなところはあるものの、楽しいことが大好きな二十六歳の青年に、そんなことをする時間は、人生全体から考えてもないだろう。

　わたしは社会福祉《ソーシャル》サービスの電話番号に当たってみた。それからもう一か所にも当たり、さらに別なところにもかけて、説明した――わたしは発達障害がある者ですが、父親は最近亡くなり、夫は出ていって、ものすごく大きくて激しい変化のただなかにいるので、なんとかこの状況でがんばるための支援が必要です。精神分析医やソーシャルワーカーではなくて、発達障害に応じた学習プログラムで手を貸してくれる人がほしい。*1作業療法士《オキュペーショナル・セラピスト》をひとりお願いします。

　作業療法士から電話がかかってきた。ベスという人で、会いにくるとのことだった。

ベスが来た。わたしは小石をいくつか使って、自分の状況を説明した。ホワイトボードとメモのことも説明し、わたしには、いっしょに取り組んでもらう学習プログラムが必要だと話した。話し相手が必要だとも話した。この点で、わたしたちの意見は一致した。なにより、わたしには社会的な関わりが必要だった。

「ネコなら飼えます」わたしは言ってみた。

「ネコは、はじめの一歩になるかもしれないわね」ベスが言った。

わたしはベスに好感をもった。地に足がついている感じで、自分を飾ったり大きく見せようとしたりもせず、まるでわたしのことを多少なりとも知っているかのように、気持ちをこめて向きあってくれる。

彼女が帰るとき、わたしは何冊か本を書いていると打ち明け、わたしの来《こ》しかたや特徴《メカニクス》を理解する一助に、一冊目の『自閉症だったわたしへ』をわたそうとした。彼女はうつむいて、それならもう読んでいると言った。

「ほんとですか」わたしは驚いた。「ファンじゃないんだ」

「そういうことね」ベスが答えた。

わたしは地元紙の広告で、家からそう遠くないところに、女性の先生によっておこなわれているダンスの教室があるのを見つけた。わたしはベスと、わたしがしようとすることはなんでも話すと決めていた。わたしたちは農場にいる動物について、ポニーとブタとヒツジたちにわたしがどう対応してきたか、より正確には、どう対応してこなかったか、話し、これからわたしにできることを考えた。ネコを飼うことについても話し、これはおそらくわたしに対応できることだろうし、これからの土台にもなるだろうという結論になった。

失読症や、広告から値段を読みとるのがむずかしいことについても話し、気づかずに請求書を破いて捨ててしまったりしないためには、どうしたらいいか考えた。注意を保つことや組織内での問題についても話し、わたしの脳の半分が、もう半分のほうに、もう少しうまく話しかけられるようにするための練習もした。

まねする相手が誰もいないときの曝露不安と広場恐怖症についても話し、閉じこもらずにはいられないように感じる日でも、「外に」いられるようにがんばってみることを考えた。共依存と呼ばれるものについても話し、他人の欲求や必要に絡めとられてしまわずに安全でいるにはどうしたらいいか、考えた。

そうしてわたしたちは、話しあった内容をリストにした。わたしはそのリストに信頼を置くことができるようになり、ようやく物事をおこなえるようになった。

雨が降っていた。窓から牧場に目をやると、シェットランドポニーのプリンスが、段ボールを切りぬいて作っただけの人形みたいに、雨に打たれていた。プリンスは、イアンが出ていったほんの数週間前に手に入れたポニーだ。

わたしは、いつも「あるがまま《シンプリー・ビー》」でこちらに期待を向けたりしない馬が一頭、ほしかったのだ。牧場を駆けめぐり、楽しげに遊ぶ馬を思い描いていた。ところがプリンスは、ぼんやり宙を見つめて立っているだけで、引きこもりの自閉症児みたいにさびしそうだった。おまけになにかの感染症で、体じゅうがかゆいらしい。一日に何度もブラシをかけたり、殺菌剤で洗ってやったりしないと、かゆみで絶え間なく体が引きつり、震える。それなのにわたしは世話を忘れつづけ、どうやってこのかわいそうな子をなぐさめればいいのかもわからなかった。

わたしは牧場に行き、プリンスに声をかけた。そして「もっといいおうちを探してあげる」と言った。それから車で、通りのむこうの小さな店に行き、「シェットランドポニーのプリンス、良い家募集中。無料」というお知らせを貼ってきた。

帰宅すると、わたしはもう一度プリンスのところに行って、殺菌剤で体を洗ったりブラシをかけてやったりした。プリンスはうれしそうだったが、その背中は、ひどいことに感染症で毛が抜け落ち、乾燥した皮膚はぼろぼろむけて、小さなハエまでたかっていた。ブラシをかけながら、わたしはそのベルベットのような鼻づらに頬を押し当てて、思った――わたし自身のためにも、あんなお知らせを貼ることができたらいいのに。「良い家募集中。無料」と。

いっしょに暮らすネコを見つけに車を走らせながら、わたしはこれまで自分がどこにいたのか、そしてこれからどこに行こうとしているのか、考えていた。やがてどうしようもない悲しみが押し寄せてきて、わたしは自分を価値のない人間だと感じた。

あの詩の本は、いったいどうなったのだろう？　誰かにとられてしまった？　父の元ガールフレンドは、数十年前に起きたことについてのあの詩を読んだだろうか？　おとなになった今も、わたしはあの結果起こったかもしれないことを思うと、恐ろしくてたまらない。それはずっと、けっして話してはならない類《たぐ》いのことだった。あの家で動物たちになにが起きたか、わたしは知っていた。いつもお墓を作っていたのだから。あんなことは、隠しておかなくてはならないのだ。なかったこととして。

いずれにしても、わたしがなにを知っている？　公《おおやけ》にはそういうことになるだろう。わたしは「頭のおかしい」子どもで、情緒障害というレッテルを貼られていた。当時はまともに受け答えもできなかった。そうやって自分を守っていたのだけれど。それにわたしは、まぼろしや亡霊のいる世界に住んでいたから、周囲でどれだけ動物が殺されようと、たいしたことでもなかった。それが人生だと思っていた。そういうことは起きるものだと。わたしの世界では、なにもかもが遠いむこうにあって、夢のように現実感がなくて、ただテープレコーダーがまわっているみたいだった。それがわたしの人生だった。

父はみんなに「おれは毒を盛られてる」と言い、昼食にサンドイッチを持ってきたおばあさんに非難をぶつけていた。わたしはけっしてなにも言わなかった。だがある日、ようやく母の指図がなくなり、グレービーソースをかき混ぜなくていいことになったとき、子どもだったわたしの世界では、それですべてが終わった。誰も毒殺などされかかってはいなかったのだ、かき混ぜたグレービーソースなしではなかったとしても。子どもには、もう目の前に見えていないなら、終わったのと同じだった。

そしてわたしは今、ミックを愛していて、もし彼もわたしを愛するようになったらどうしようと恐れている。現実の世界でもわたしの世界のなかでも、彼がわたしに触れて、わたしが現在と過去のすべてを抱きしめなくてはならなくなったらどうしよう、と。

外はどしゃ降りの雨で、どこかで誰かが叫んでいた。なにかにとり憑かれたような、苦悩にさいなまれているような叫び声。すぐそばから聞こえると思っているうちに、それは車内いっぱいに広がって、とうとうわたしを飲みこんだ。叫び声は、わたしのなかから起きていたのだ。

わたしは路肩《ろかた》に車を止めると、感情の水門を開けはなち、一時間ほどそのままでいた。子ども時代によく起きた感情の発作、「まっ暗な底なしの闇」と同じほどひどい状態だった。ああ神さま、わたしのなかには、けっして見つからない結びつきを待っているこうしたものが、いったいどれだけあるのですか？　これは前にも起こったような、情報処理プロセスの問題が少しずつあふれ出しているということですか？　子ども時代に背負ったあらゆるものが、今になってわたしに降りかかってきているということですか？

叫び声が、ようやくおさまった。わたしは車の窓にもたれ、片方の腕で自分の体を抱いた。そしてふたたび車をスタートさせて、ネコを連れて帰るために走りだした。

ネコの保護施設に着くと、わたしはすぐに中を案内してもらった。ネコたちは金網のむこうにみんなでいた。自由に歩きまわっているのが二、三匹、体を寄せあって丸くなっているのが何匹か、草のなかにいる小さな野良猫のように、わたしを見つめているのがさらに何匹か。体の具合があまりよくなさそうなのもいるし、精神面や情緒面がよくなさそうなのもいる。ある一匹は十四歳だそうで、かわいそうなことに腎臓病で骨と皮ばかり。飼い主は新しいネコと取りかえるためにここへやってきて、このネコは十四年の忠義のはてに置いていかれたのだ。ほかにも、ふつうではない暴れかたをして、じっとしているものにはすべて同じ注意を向け、なんにでも噛みつく子ネコたちもいた。

ケージからケージへ、どのネコがわたしの家に来る子なのか知らせてくれる魔法が起きるのを待ちながら歩いていると、おだやかにおとなしく、犬のようについてきて、わたしといっしょに歩く一匹がいるのに気がついた。なめらかなヒョウのもようをした小さなネコだった。ケージのなかのネコたちは、どの子も愛に飢えている。愛を切望しているもの、一度は手にしていた愛を失ったもの、愛に対して身がまえているもの。

反対側の金網のむこうから、子ネコがわたしの気を惹こうとしている。別のネコも、喉をゴロゴロ鳴らしながら近くまで来て、なでてもらおうといっしょうけんめいだ。わたしの足の上に寝ころんで、くすぐってもらおうと待っているのもいれば、喉を鳴らして脚のあいだを歩くのもいる。ヒョウのもようをしたネコは、そんなようすをすわって見つめている。そしてわたしが動くと、まるで影のようにいっしょに動く。

わたしは決められなかった。連れて帰らなくてはならないネコが多すぎると思った。骨と皮ばかりの子、あばれんぼうの子、自分の行動を覚えていなくていっしょうけんめいすぎるおバカな子。わたしは少し気落ちして、事務所のほうに戻りはじめた。するとわたしのとなりには、やはりヒョウのもようをしたネコがいた。

「そうか、きみってことだ」わたしはヒョウもように話しかけた。「決めてくれたのね。わたしはきみのものだって」

わたしは手を差しのべ、彼を抱きあげた。彼はずっとわたしを知っていたみたいに、わたしを待っていたみたいに、腕のなかにおさまった。名前はどうしようかな、と思った。この顔はネコというより、犬とネコが混ざっているみたいだ。黒っぽいシャムネコといった趣きで、ビルマネコの血が入っているらしく、見るからにエレガントでゆったりした自信を漂わせ、どこか悟っているようなユーモアも感じさせる。「モンティ」だ。名前は「モンティ」がいい。

「この子がわたしを選んでくれました」

わたしは事務所でそう伝えた。事務所の人たちは喜んだ。とても喜んだ。彼はもう何年もその施設にいたそうだ。

彼は、自己をしっかり持った強くて誇り高い「あるがまま《シンプリー・ビー》」のネコだった。まじめで自立していて、声がよくて、ネコ語でわたしに話しかけた。自分のことを「ウロゥル」と言い、わたしのことも「ウロゥル」、または気分によっては「プルルルル」と喉を鳴らして呼んだ。わたしが眠るのを見つめ、わたしは彼が眠るのを見つめた。ブラッシングが大好きで、やはりブラシで髪をとかすのが好きだったミックの面影が重なった。モンティは長くて黒い二本の前脚でわたしを抱きしめ、片方の前脚を絡ませるようにしてわたしの手を取り、真剣な面持ちでわたしを見つめて、いつもわたしを泣かせた。わたしは彼にいろんなことを話したが、気にせず聞いてくれた。いいひと、とわたしは思った。彼のほうもわたしをそう思ったようだった。

「幸せなネコね」

わたしがネコ用の新しいかごや爪とぎの柱、えさのお皿、トイレなどなどをカウンターに並べたとき、店の女の人はそう言った。

わたしは心のなかでほほえんだ。

家に帰ると、モンティはドアから入ってすぐの玄関のどまんなかに、糞《ふん》をした。まあ、いいことなのだろう。彼ははっきり宣言したわけだから。ここが自分の家だ、と。

これについては、あらかじめ簡単に聞かされていたので、わたしはなるほどと思い、目的をはたした糞を、すぐにすくって捨てた。家に宣言するのはいい。でもわたしに向かっては、宣言せずにすませてくれるといいのだけれど。朝、ベッドでネコの糞のにおいとともにめざめるなんて、ごめんだ。

もっともわたしのほうも、新しい同居者が現れたことに曝露不安が反応して、モンティをふたたび抱きあげるまで、しばらくかかった。モンティは喉を鳴らしながらわたしの脚のあいだを歩き、わたしといっしょにすわろうとした。わたしは彼の自己責任のもとに、好きにさせておいたが、彼に求められたのではないことを、わたしの責任で彼に対しておこなうというのが、むずかしかった。

だがわたしは少しずつ、ふわふわで息をしていて、無条件にわたしを友だち――それもいちばんの友だちにしてくれたこの生きものを、受けいれはじめた。

彼は両方の前脚でわたしの手を取り、そこに前脚を絡めるようにする。まるで小さな両手で、わたしの手をつつみこむように。そしてわたしの手の下に頭をもぐりこませて、教えてくれる。なでてほしいんだ、と。自分に注意を向けてもらいたがり、特別な存在になりたがる。なでてやると、わたしを見つめる。きみもぼくを見つめて、と言うように。わたしはときどきそうしてやる。すると彼がたしかににっこりしたのがわかって、思わずわたしは泣いてしまう。

彼といると、生きるのがなんでもないことに思えてくる――感情も、体の触れあいも、いっしょにいることも――なにもかもが、ほんとうに、なんでもないことに。

＊1　作業療法とは、適当な軽い仕事や作業を与えておこなう健康回復法のこと。

17　魔法がかかったような一夜

わたしは、一風変わったダンスの教室に参加することにした。インストラクターの女性、マーゴは「うちまで来たら、教室へは案内してあげる」と言ったので、彼女の家まで出かけて車に乗りこんだが、車はうまくスタートしなかった。けっきょくわたしの車で、わたしが運転していくことになったが、マーゴは道中しゃべりっぱなしで、こちらにもうつるほどよく笑った。大きな毛糸玉がばらばらにほどけているみたいな人だと思った。

教室までは車で二十分ほどかかったが、両側にこざっぱりした生け垣が続く暗くて細い道を、わたしたちはほとんどノンストップで笑いながら走っていった。

マーゴはちょっと支離滅裂だが、表情はいきいきして目はいつも笑っている。滝の水音みたいにザーザーとよくしゃべるが、そのほほえみにはどこか内気なところがある。内面はかなりかろやかで、体は四十代でも、心は五歳から十五歳ぐらいのあいだといった感じだ。

レッスンは、わたしたちの内部にある感情を表に出して、自己表現させるように導いたり、励ましたりするものだった。わたしはときどきパニックにおちいりそうになり、息ができなくなりそうにもなった。

レッスンが終わると、マーゴはわたしに、ほかの参加者たちといっしょにパブに行かないかと訊いた。わたしが断わると、けっきょくその日はパブに行かないことになり、わたしが彼女を家まで車で送った。家に着くと、あがっていかないかと言われて、わたしたちは遅くまでおしゃべりをした。

マーゴの家は、昔のいわゆるヒッピーの家のようだった。あらゆるものが木をはじめとした自然素材でできていて、ストーブからは薪が燃えるにおいがしていたし、お香のにおいも漂っていた。「お茶、飲む？」とマーゴが訊いた。

「ハーブティーはある？」とわたしは訊いた。内心、いつものように「そんなの飲むの？」と驚かれるだろうと思いながら。

「いろいろあるわよ。どれがいい？」

彼女が示した天井のほうを見あげると、ドライフラワーの束がいくつも吊るされており、食品庫のなかには、乾燥させたハーブでいっぱいの缶がずらりと並んでいた。

「エルダーフラワーもあるし、ノコギリソウもネトルもカモミールも……」

「ネトル」とわたしはたのんだ。「あ、ちがう、ノコギリソウ。じゃなくて、ノコギリソウとネトル。できる？」

「ところで、そいつはあなたの気持ちがわかってるの？」マーゴが訊いてきた。

「わかってると思う」わたしは言った。「手紙に書いたから」

「で……？」

「なんにも」わたしは答えた。「わたしたちは、ただの友だち」

「友だち？」とマーゴ。

「友だち」とわたし。

「彼はあなたに興味がある？」

「わからない。あると思うけど、むこうがただの友だちでいたがってるし、わたしもただの友だちでいたいし」

「あなたはちがうでしょ」マーゴは軽々しくもそう言った。

「ちがわない」わたしは防御しながら言いかえした。

「ちがうわよ」マーゴは断言した。「でも、もし彼があなたに興味がないなら、追いかけてもむだね」

わたしはハーブティーをひと口飲んだ。

「電話はしてくる？」とマーゴ。

「してこない」とわたし。「そういう人じゃないから。仲間のみんなにも電話しないし、パブで会うだけだって」

「パブ？　なにその人、アル中？」お姉さんが妹をからかうみたいに、マーゴは笑った。「そういえば、あなたの親がそうだったわね」

「どういう意味？」

「あなたは救いたいのよ。その彼には言いわけを作ってるだけ」マーゴは自分のカップにおかわりを注《つ》ぎながら言った。「そういうのはだめ。たとえ彼をつかまえることができても、お母さんを救うことはできないわ」

「母親になんの関係があるの？」とわたし。

「お母さんを救いたかったんでしょ？」

「あの人はただこわかっただけ」

「お母さんは、救ってほしそうにしてなかった？」

「救うなんてできなかった」

「救えたら、あなたの身は安全になったでしょうに」マーゴは話題を変えなかった。

「あの人のことは、救おうとも思わなかった。かわりにわたしは動物たちを拾ってきた」

「それで安全になったと思った？」

「思わない。みんな殺された」

「じゃあ今度はもっとがんばらないとね」

「それぜんぶフロイトでしょ」わたしは言った。「ミックとなんの関係があるの？」

「共依存よ」マーゴが言った。「あなたはその中毒状態ね」

「ミックは、いいやつ。会えばわかる」

「きっとそうよね」マーゴの笑顔はあたたかかった。「でも、もし会ったら、私、きっと怒っちゃう。あなたを困らせてるもの。あなたは、前に進んでるのかうしろに進んでるのかもわからなくなってて、自分のしっぽを追いかけてる」

「わたしは混乱してるのかもしれない」わたしは認めた。「そのうちわかる」

帰りぎわ、マーゴはわたしを抱きしめようとした。わたしは身がすくんだ。

「それを克服しないとね」マーゴの目は笑っていて、メアリー・ポピンズを思わせる声は、今にもくすくす笑いだしそうなほど陽気だった。「人に抱きつくの大好きなんだから、私」

「いつもこうなんです。特に女の人だと」

「じゃあ、まねだけね。それでいいわよ」マーゴは笑いながら、抱きつくジェスチャーをした。

マーゴとわたしはそう遠くないところに住んでおり、わたしたちは少しずつ友だちになった。わたしは彼女の家に行き、薪のストーブのそばに立って、ネトルのお茶を飲んだ。マーゴはわたしに、あえて自分自身と向きあうようにさせた。彼女もまた、同じように弱い部分や傷をかかえていて、誰もがその内にもっている秘密とか弁解とか言いのがれといったことを、よく理解していた。

マーゴのレッスンには、誰かのまねをしたりあとについて動いたりせずに、ひとりで自分を表現するというものがあった。動きを通して感情を外に出すのだが、さらにむずかしいものになると、誰かとペアになって、互いに相手の動きに応じて表現しなくてはならなかった。お互い準備オーケーとなったら、相手に従うのではなく、互いに動きをつくりだすのだ。

わたしは、ミックがくれたテープをダビングして、マーゴにわたしてあった。マーゴは教室でそれを流し、わたしたちはその音楽に合わせ、音楽の一部になって、創造的に、野性的に動いた。あるとき教室に入っていくと、マーゴがわたしにほほえみかけた。わたしは大量のレモンをかじってしまったようになり、胃がぎゅっと絞りあげられたかと思うと、不安という小石がごろごろしはじめて、声のない悲鳴をあげた。

レッスンは少人数でおこなわれていて、わたしのほかにはあと四人女性がいた。どの人もわたしと同じぐらいか年上で、家にはけっこう年の大きな子どもがいるらしい。わたしはここに来はじめたばかりだが、もしわたしも、母がわたしを産んだのと同じ年で子どもを産んでいたとしたら、その子はもう十代のはじめぐらいになっているのだと思うと、不思議な気がした。

教室には、わたしの十歳年上で、五歳の子どもがいるジョージーという女性がいた。子どもはほかにもいるそうだが、もうおとなになっているとのこと。自分というものをもっている人で、自分自身といい感じに折りあっている。わたしのこともあれこれ詮索《せんさく》したりせず、ただ心を開いてくれていた。人に影響を与えたがるようなこともせず、なにごともそのまま受けいれている。わたしは、自己をもっている人とは向きあいやすい。

　マーゴが雰囲気のある音楽を流しはじめて、教室には守られているような、外の世界からは少し切り離されたような、安心感が広がった。マーゴは、支離滅裂で元気のよすぎる子犬みたいなところがあるが、やすらかであたたかな雰囲気をつくりだすことにかけては才能がある。

　体をやさしくめざめさせてから、今度は教室という空間に対してわたしたちがめざめるようにと、マーゴはうながした。体を通して、互いに動きながら部屋をさぐり、五感を通して、感覚に負荷をかけすぎずに豊かに空間を感じるように、と。またわたしたちの内部に音楽を探させて、それを全身で感じ、そのパターンや緩急、強弱の変化によって動いたり、その内部の音楽を、体を通ってくる感情の表現手段として使ったりするように、うながしもした。それから、その状態でお互いが出会うように導いた。

　マーゴはつづいて全員に、ふたりひと組で触れあいながら、音楽に対して即興で動き、互いの体を使って信頼感をはぐくんだり、バランスを整えたりするように指導した。わたしはジョージーとペアになった。

　はじめはジョージーに触れられるたびに、本能的な嫌悪感におそわれた。学習して型や役割として覚えている触れあいのほかは、わたしは自分から知らない人にさわることはない。特に女性に対してそうなのだと思う。

こみあげてくる嫌悪感と闘っているうちに、喉もとまで悲鳴があがってきて、わたしはジョージーを平手打ちしてしまうかわりに自分を平手打ちしなければという気持ちにおそわれ、必死にそれをこらえた。だがその代償は大きくて、わたしはいったんグループから離れると、わたしのなかで地震が起きないようにするため、異常なエネルギーがどうしようもなくわきあがってくるのを抑えようと、ジャンプした。

やがてペアの役目を交代することになり、動きを率先していたほうが今度は受け手に、受け手だったほうが率先するほうになった。わたしはコンクリート製のジャケットでも着せられたように胸が苦しくなって、息をするのもやっとだった。音楽とリズムに合わせて動き、その動きの一部としてジョージーに触れたが、やはりまたわたしのなかでは騒音がわきあがってきて、ちっ息しかけてでもいるような悲鳴が、口から出そうになった。まるで野生の馬をなんとか手なずけようとしているみたいだった。

わたしはマーゴの教室で、そうした峰をいくつも制覇した。そして自分が強く、大胆になったように感じた。

わたしは、家を売ってワンボックスカーを買うことにした。そうしたら、モンティといっしょに旅ができるようになる。わたしは不動産屋を呼んで査定してもらうと、家に「売り出し中」の看板を掲げ、「買います・売ります」のお知らせ専門の新聞を買って、ワンボックスカーを探した。すると、ちょうど一台見つかった。そこで今の車に乗り、村をふたつ三つ越えて、現物を見にいった。

それはかなり大きな図体のベッドフォード[*1]で、フロント部分は張り出していた。まるでトラックを運転する気分になる。

わたしは子ども時代、自動車置き場で車に囲まれて育った。ワンボックスカーに乗りこんだり、内部をあれこれいじってみたりもしたし、父、ジャッキー・ペーパーは、わたしが三歳のときから車を「運転」させた。家の裏庭には壊れた古い車が一台あって、それで兄といっしょに遊んだりもした。ひとりで乗りこんでエンジンをスタートさせ、ガタガタ走って庭を突っきり、鳥小屋にぶつかってやっと止まったということもあった。十一歳のときには父が自分のトラックのキーをくれたので、乗って彼の農場の原っぱをひとりで運転し、木にぶつかった。父がミニバイクのキーをくれたときには、ブレーキについてなんの知識も理解もなかったため、すぐに体が投げ出されて、有刺鉄線の柵のむこうまで飛ばされた。

いずれにしても、乗りものを動かすことをこわがらないようにと、わたしは父に鼓舞《こぶ》されつづけたわけだ。そしてそれらの乗りものは、見た目にずいぶんちがいがあったものの、実際わたしはどれもこわがらなかった。

翌日、ワンボックスカーの持ち主たちが、わたしの農場にやってきた。わたしは小切手にサインし、家の鍵とお金を持った。そして戸締まりをするとワンボックスカーに乗って、彼らがやってきた道を走っていくことにした。

ワンボックスカーはとんでもなく巨大で、わたしは宙に浮く綿毛の一片にでもなったような気がした。当然、運転するのは容易ではなく、道路のまんなかを走っていった。何度「くそ」とか「しまった」とか「ちがう、ギアはセカンド、バックじゃない」とか言ったことだろう。「もうやだ、ギアはサードでオッケーだから」「よし、角は大まわりせずに」「だめ、今はラジオで遊んでる場合じゃない」「だめ、決めたでしょ、そのアホなラジオで遊ぶなバカ！」「この方向指示器すてき」「そうだ、念のためクラクションはどこ?」「だめ、でたらめなことしちゃ」「おっと、今度はフロントガラスが。ワイパーはどこ?」「わあ、ハイビームにするのはここだ」「停車中の車に注意」「サイドミラーはあそこ?」

わたしはガソリンスタンドに寄ると、機械のあちこちを必死にいじり、ガソリンをそこらじゅうにぶちまけた。でも精算に向かったときには、心底誇らしくて、背が三十センチも高くなったみたいな気分だった。

それから帰路についたが、ふと気が変わり、もっと遠くまで行ってみることにした。そしてスーパーマーケットまで走った。車高があるため、運転席からは生け垣のむこうまで見わたせる。駐車さえできそうな気になって、そのままなんとか駐車もどきのことをおこない、車を止めた。降りると、ちょうどわたしぐらいの背格好の女の人が三人、目をまるくしてこちらを眺めていた。わたしは心のなかでにっこり笑って、思った。

そう、わたしがあのトラックを運転してきたんだから。見てよ、ここまで来れたでしょ。で、今度はあれでニューキャッスルまで行って、ミックに会うんだ。

わたしはミックに電話した。ミックが出たので、わたしは訊いた。

「ニューキャッスルで会いたいし、新しいワンボックスカーも見せたい。あなたも来て、車に泊まりたい?」わたしはさらに訊いた。

「あと、わたしはあなたと寝たいけど、あなたもそうしたいかどうかわからないから、ちょっと考えてみた。もしあなたが寝袋を持ってきたら、興味がないってことで、寝袋なしで来たら、それは……」わたしはそこで、ことばを切った。

ニューキャッスルまで、わたしは自分で運転していくことができて、有頂天になるほど誇らしかった。しかも自分が求めているものがなにかわかって、それを手に入れるために、どうにかたのむこともできたのだ。そう思うと、いっそう誇らしかった。とはいえ、わたしのなかのどこかでは、引きかえすようにと百回も叫び声がしていた。わたしはミックを想いながら、「今日はいま始まる」という歌を作って、大声で歌った。

時はきみをどこで見つけたの
かなたに去った朝
あの足あとを見てごらん
砂に残ったあの足あとを……
雲とともにきみは流れる
なんとすがすがしい青
空のかけらを手に入れて……
そう、これでいい
このやりかたでいい
人生が夢なら
さめずにいればいい
きのうは過ぎ去り

今日はいま始まる
今日はいま始まる

わたしは、ミックと待ちあわせたトレーラーハウスの駐車場に入っていった。彼の車がとなりにやってきた。わたしがドアを開けると、かばんだけを持った彼が、笑顔で立っていた。

「寝袋なし」わたしはその姿を見ながら言った。

「寝袋なし」ミックも言った。

マーゴがなんと思おうと、彼は興味があるのだ。

わたしたちはロウソクに火をつけて、その明かりで遅くまでトランプをした。それからわたしはシルクのパジャマに着がえ、ミックはショーツ姿になった。するとラグビー選手のようにたくましく、毛深い脚があらわになった。これまで彼に恋人がいなかったことが信じられない。女の子たちが、彼を友だちとしてしか考えなかったことが。

性愛への衝動に突き動かされそうになりながら、わたしはどうしたらいいのかよくわからなかった。この感覚は、イアンといっしょだったころ、自分たちの成長のために試したりさぐったりしようとして、理屈のうえで合意していたものとはちがう。単にもう性的な欲求なのだ。

一種のセラピーとして肉体的な接触を試そうという合意と、純粋な欲望のちがいを説明するのはむずかしい。いわば、一方はむずむずすることもないまま引っかかれるのを、どうやってがまんするか学ぶことだが、もう一方は、むずむずしていることがわかっているうえ、引っかけばそれが治ることもごく自然に知っているという感じだ。

わたしは性について、革命と言ってもいいほどの変遷《へんせん》をたどってきた。ときどき家なし状態におちいっていた十代は、家賃がわりにセックスするのだとがまんしていた。二十代では見知らぬ人を相手に、わたしには話しかけもさせないまま、ひとりで身体検査を発展させていた。それからウェールズのひと、ショーンと恋に落ちたが、お互いあまりにも心がむきだしになって感情に飲みこまれてしまったため、性的なことなど、とてもできはしなかった。その後イアンと、肉体的な接触を試すという合意に至ったのだ。

そして今わたしは、どうしようもないぐらいにあたたかく、この男性に惹かれている。とはいえ、その感覚に飲みこまれてしまうほどではないので、性的なものに流されていくわけではない。それにやはり曝露不安につかまれてもいる。ここでなにより大事なのは、今の気持ちを肉体に向かわせることだとわたしは感じていた。

わたしはミックに、ベッドに入ると言った。ミックは流し《シンク》で歯をみがいてから、Tシャツにショーツ姿でベッドへ来て、わたしのとなりで横になった。だがじっとしたままで、ほとんどおびえているかのようだ。

わたしは彼に、ぴったり体をつけた。彼が息をしているのを感じ、彼のにおいにつつまれて、その体の熱さに汗をかき、彼もまた汗をかきはじめた。そしてわたしの髪に鼻をすりつけ、ウエストのあたりに腕をからませてきたかと思うと、くちびるがわたしの首に、まるで偶然みたいにそっと触れた。わたしは両手をのばして彼の短い髪に指を入れ、髪を梳《す》いたり、全盲の少女のように顔の輪郭をたどったりしてから、彼のくちびるを指でなぞり、その顔と向きあった。

Tシャツを脱いで、とわたしは身ぶりで伝えた。それからわたしもパジャマの上を脱ぎ、素肌を彼の体に押し当てた。彼の体の形が、ショーツに中身が圧迫されているのまでわかって、わたしたちは恋人どうしのように激しく夢中でキスをした。身につけていた残りのパジャマや下着が、ワンボックスカーの床にすべり落ちていった。

わたしは生気にあふれて、本能のまま貪欲に彼を求めた。けれどそれがミックの手には余るものだったのか、事は、始まる前に終わった。いろいろな意味で、わたしはバージンのまま取り残された。彼もまたそうだったのだと思う。だがそれは最高だった。火花が一陣の風に吹かれて燃えあがるように、新たに発見したすてきなことに、もっと求めたい気持ちがそそがれたのだ。

深夜、わたしたちは目がさめて、大波のような情熱にさらわれた。わたしは、ある人のものになる、その人に属するというあたたかさに向かって、まっさかさまに落ちていっていいと思い、ずっと知りたかったことが、ついにわかったような気がした。それは、愛においてセックスとはなにかということだ。肉体的に深く結ばれることを、それほどまでに求めるというのはどういうことなのか。ほかの人間とひとつになることを、それほどまでに望むというのは、またそれが自分自身の世界のなかで、単なる夢以上のものになるというのは、どういうことなのか。

だが、十代どうしのペッティングみたいなことも終わらないうちに、ミックはまたも状況に圧倒された。わたしは、汗をびっしょりかいて震える彼にきつく抱きしめられたまま、やはりバージンのままの気分で横たわっていた。

翌朝も同じだった。わたしは竜巻のように求めたが、それではかえってうまくいかないのだ。ずっと知りたいと思っていたタイプのセックスが。

軽くキスをし、コーヒーを飲んで、ミックは仕事に出かけていった。ワンボックスカーをあとにしながら、待ちかねたようにタバコに火をつけて。

　わたしはキスを返しながら、なんと奇妙で魔法がかかったような一夜だっただろうと、あらためて驚き、畏怖《いふ》の念に打たれていた。そして彼に、心底《しんそこ》夢中になっていた。こんなにも興味津津《しんしん》な経験を、けっしてともにできないであろう相手だというのに。

＊1　当時イギリスで最も一般的だった商用車のひとつ。

18　追いかけたらダメ

家に帰ると、わたしの外出をまるで永遠と感じていたみたいに、モンティが喉を鳴らしながら来て、えさのお皿をしょんぼり見つめ、「足りなかった」と言いたそうなようすをした。でもわたしは笑いだしたいような、叫びたいような気持ちだったので、モンティを抱きあげると、そのまま家じゅうを踊ってまわった。

それから家を見たいという人たちが何人もやってきて、そのたびにモンティはベッドの下に隠れた。わたしは買ったときより安い二万ポンドを受けとり、家を厄介払いすることにした。どこかよそに新しい家を見つけるまで、これから六十日ある。

家が売れたことを、わたしはマーゴとハーブティーで祝った。ミックとのことも、この先わたしがどうするかということも話しあった。

「なにも決めてない」わたしは言った。「でもわたしと似たような人の相談に乗る、コンサルタントの仕事を考えてる」そしてその方針を説明した。つまり、助力《ヘルプ》を求めてくる人も、相談が終わればまたもとの場や家に戻っていかなくてはならないのだから、そこに持ち帰れる助言や助力をしたい、と。そして相談者には、環境を変えることだけでなく、生化学《バイオケミストリー》も理解してもらうようにする。たとえるなら、すでに重荷に苦しんでいるラクダを訓練しても意味がないわけで、ラクダの背から積み荷の藁《わら》をおろしてやるのが先決、ということだ。相談者は、自分が変わらなければならないということに、真剣に向きあわざるを得なくなるだろう。というのも、変わるというのは大変なことなのだから。

そうした仕事の実現に向けて、わたしはマーゴと、わたしの石のコレクションを使いながら具体的に考えた。まず、電話番号を仕事用とプライベート用に分ける。そして仕事場の住所は公開しない。問いあわせや相談は私書箱で受けつけ、予約の日時を決めてはじめて、こちらから住所と案内を送る。

その仕事を通じて、「あるがまま」で自閉症者たちに取り組める特別な人たちの共同体《コミュニティ》ができたらいいなと、わたしは夢を描いていた。

「あなたもいっしょにコンサルタントになる?」わたしはマーゴに訊いた。「あなたは失読症、同類ってこと。わたしはあなたに心を開いてる。あなたはすばらしいコンサルタントになると思う。わたしもいろいろ教えてあげる」

おもしろそう、とマーゴは言った。本気で考えてみる、と。

「で、どこでそれを始めるつもり?　いま地図を持ってくるから」

マーゴは地図とピンを持ってきた。

「どこか英国のまんなかあたりがいい」わたしはピンを取り、目を閉じて地図に刺した。

「いいわね、そこ」マーゴはピンの位置を見て言った。「グレートモルヴァン[*1]、モルヴァン丘陵。あなたに合ってるわ。風変わりな連中がいっぱいいるわよ」

ポストに郵便物が届いていた。ミックからだった。わたしはドキドキしながら、包みを破って開けた。あまりにうれしくて、彼がなにか送ってくれたのだと思った。だがそれはビデオだった。例のドキュメンタリーのビデオ。短い手紙もなにも添えられていない、ただのビデオ。

わたしはデッキに入れて、再生した。それからもう一度再生し、今度は途中で何回か止めながら観た。画面から飛び出てくるのは、イアンが言ったりしたりしていたとおりのものではなく、つかのまカメラがとらえた部分を、ミックが編集したものだった。それは実際に撮影されたのより、はるかにはっきりしたものになっていた。

「もし・もーし」電話のむこうにミックが出た。

「こんにちは」とわたし。

「あ、こんにちは。なんの用？」ミックはちょっと不意打ちをくらったみたいだった。

「ビデオ、観ました」

「イアンが、自分は世間を締め出すための有刺鉄線みたいなものだって言った部分、観た？」ミックは言った。「あれには、ほんとにとまどった」

「イアンは世の中を、お城の壁のむこう側かなにかみたいに思ってたから」わたしは説明した。「だから『有刺鉄線』であることを、とっても誇りにしてた」

「もしきみが死んだら、かわりに犬を飼うって、イアンが言った部分は？」ミックが訊いた。

わたしは、ビデオにミックが映っているのも観たことは、言わなかった。わたしと友だちだったミック。わたしがきょろきょろ探すと、わたしのうしろにいたミック。感心したようなまなざしで、心を開いてわたしを見つめ、くちびるを噛み、自分が撮られていることには気づいていなかった。そんなようすが変わったのは、彼がイアンの前を通ったときで、思わずわたしは、自分がまわしていたビデオの一時停止ボタンを押した。というのもイアンの表情が、あたたかみとはほど遠かったからだ。むしろ、いらだたしそうだった――郵便配達人が来たときの犬みたいに。

あのころわたしは、ミックがわたしに特別な感情をもっているのではないかと思いもしたが、今はもう、そんな思いも消え去った。それでも、これほど人との深い関わりをこわがる人は、あのウェールズのひと以来だ。

ビデオのなかで、イアンは、自分のようにドナを理解できる人間は誰もいないと言っていた。この二年のあいだ、ぼくたちは一日として離れて過ごしたことはない、とも。そしてわたしと手をつないだ。何度も何度も何度も――わたしではなくイアンがつなぎたがったから。彼自身の冷たい欲求で。

わたしのために、最善を尽くして料理をしている話もしていた。それらを食べてわたしは、ある種の中毒症状を起こしていたのだが、イアンはそれを見て、今度はわたしのためにあれこれ規制しなくてはと思ったのだった。

「わたしの世界」を人に話したり、人と分かちあおうとするのは、とにかく用心しろと、以前イアンはわたしに言った。いっときそうできても、人は「世の中」に戻って生きていかなければならないからだ、と。世の中以外の世界があると知らせれば、その人を傷つけるとでもいうように。「世の中の人」に合わないやりかたで、人をわたしに近づけるのはまちがっているとも教えられた。そうすればその人を傷つけるから、と。

「わたし、あなたからなにか奪うようなことをした？」わたしはミックに訊いた。

「いや、してないよ」ミックはやさしく言った。

「あなたと仲よくなって、あなたを傷つけた？」

「いいや」とミック。「ぼくらは友だちだ」

「世の中はわたしみたいな人ばかりじゃない。だから大変？」

「そういうときもある」とミック。「あのドキュメンタリー以来、ぼくはその前のぼくと同じじゃなくなっちまった。こんなふうに影響を受けるなんて、思ってもいなかった。すばらしかったよ、うそもなければ作りごともなくて。そんなところから戻ってきて、けっこう大変な思いをしてる」

「変化はその前からあなたのなかにあったんだと思う」わたしは説明してあげようとした。「わたしが変化を起こしたんじゃなくて、たぶんわたしと会ったことで、あなたの内部から表面に出てきたり、早まったり、とにかくそうしたものがあったっていうこと。道の分岐点みたいなもので——もとの場所に戻ることはできるけど、そこに立っても、前と同じようにものを見ることは、もうできない。でもそれは、わたしがそうさせたわけじゃないと思う」

「きみがそうさせたわけじゃないよ」ミックが言った。「ぼくがもとの枠組み《ストラクチャー》に戻れなかっただけだ。自分の人生をどう見るかが、変わったんだ」

「もしかしたらそれで、これまでマイナスの感情をもっていた場に、さらに関わりつづけるモチベーションをもつのが、大変になったかもしれない」わたしは考えながら言った。「つまんないところを掘りかえして、宝石の原石を見つけるみたいで——楽《らく》じゃないね、特にあなたの嗅覚がオンラインになってて、『おい、これは泥ばかりじゃないんだ！』ってわかってると」

「そういったことの最中《さいちゅう》に、自分に大きな感情がわいてるって気づくのも、楽じゃなかった」ミックは静かに言った。

「わたしのふわふわした人生には、ちょっとヘリウムが入ってる。ここであなたにもそれが入って、つむじ風みたいなわたしのあれこれのせいで、あなたの枠組みを乱したとしたら、ごめんなさい」そして続けた。「わたしたちはふたりとも、深く関わることを避ける人間。それはわかってるから。それでもわたし、大きな感情を抱いてた」

「同じだ」ミックが短く言った。

「いろいろ混乱してても、あなたにはほかにもわかってることがある。あなたは自分の仕事が好き。自分がそれにふさわしいこともわかってる。あなたがオーケーだと感じる現実の人たちに、自分のものを広げて見せられる鍵のついた『ミックの部屋』がほしいし、そういう部屋が必要であることもわかってる。枠組みも居場所も必要だし、そういったものが、もしまだ手に入っていなかったり『見つかったり』していなくても、どこでどうやって『作ればいい』か、わかってる」

わたしはとりとめもなく話しつづけた。「わたしにはわたしのカオスがあるけど、そんななかでもわたしを助けてくれて、ほんとにありがとう。あなたにもあなたのカオスが山ほどあるのに、わたしのほうに耳を傾けようとしてくれた。わたしはあんまりあなたの助けにはならなかったし、あなたに向かって耳をすましていたけど、あなたを理解してるって伝えようとはしなかった」

「それはぼくの問題だから」ミックは境界線を引くように言った。

「また会いに、こっちに来る？　わたし、家を売った。マーゴと話して。コンサルタントになるつもり。北のほうに引っ越そうと思ってて」わたしは早口になっていた。

「ぼくのせいで引っ越したりしないで」ミックが割って入った。「ぼくはこれからどうするかわからない。来年は休暇でタイに行くけど」

「あなたのせいじゃない」わたしは答えた。「ウスターシャ州に行こうと思ってる。丘がたくさんあって、マーゴがすてきなところだって。ヒッピーがたくさんいるって」

「おもしろそうだね」とミック。

「家にさよならを言いに来る？　モンティにも会いに？」わたしは訊いた。

「行きたいけど、ちょっとまだ予定が。次の週末とか、そんな感じなら」

「ミック、訊きたいことがあるんだけど」わたしは落ち着いて言った。

「どうぞ」

「わたしは、あなたとの位置関係を知りたい。あなたはわたしの内側《イン》の人？　それとも外側《アウト》？」

「うーん、きみは約束《コミットメント》みたいなことを求めてるだろ。それはぼくにはできない」ミックのことばを聞きながら、わたしの心は石のように重く沈んでいった。「ぼくはアウトだな」

「わかった」血の気が引いていくのを感じながら、わたしは答えた。

「それでも友だちでいられる？」とミック。

「うん、もちろん」わたしは言った。「これまでもずっとそうだったし」

電話はわたしから切りあげた。「じゃあね」

「じゃあ」ミックが言った。


それから二週間が過ぎた。外では雨が降りだしていたが、マーゴとわたしは暖炉の火の前にすわって、姉妹のようなひとときを過ごしていた。

「で、ミックにはいつ会うの？」マーゴがモンティをなでながら訊いた。

「先週末のはずだったんだけど」わたしは答えた。「忙しいんだって」

「パブに行くので忙しい」とマーゴ。

「知らない」でも、たぶんそのとおりなんだろうとわたしも思った。

「ドラッグみたいなものなのよ。なしでいられないでしょ」マーゴの声はやさしかった。「そこから自分を引き離さないと。しばらく彼には電話しちゃダメ。電話したくなったら私にして」

「あなたは彼じゃない」わたしは笑った。

「そうだけどね」とマーゴ。「恋って報われないと、病気と似たようなことになるのよ」

「報われたと思う」とわたし。

「かもしれないわね」とマーゴ。「でも、彼はあなたが聞きたがってることを、ぜったい言ってくれないわ」

「なにそれ?」

「あなたを愛してるって、言ってはくれないのよ。私が言ったとおりにした? 彼が『イン』なのか『アウト』なのか訊いてみた?」

「『アウト』って言った」わたしは答えた。

それから話題は、ダンスの授業のことと、わたしのコンサルタント業のことに移った。ちょうどわたしは、情報処理の問題についての本を新たに書いており、それについても話した。ウスターシャ州の丘陵地帯への旅行のことや、わたしが作曲してマーゴが振付《ふりつけ》をおこない、ふたりでミュージカルを作ったらどうだろうという話もした。わたしはちょっとギターを鳴らし、「あるがままで《シンプリー・ビー》」という題をつけた歌を聞いてもらった。

わたしは月の一部、太陽の一部、わたしを取りまく色彩の一部

わたしは動く、自然が奏でる音楽や、海のきらめきに合わせて
あなたの瞳がほほえめば、わたしにはわかる、その交響曲のなかにあなたがいると
ほかに　わたしがいたい場所はない
世界には　けっして変わらないものもある
わたしのまたの名《ミドルネーム》は　自由《フリーダム》
もしそれが変でも、わたしを変えようとしないで
わたしを　あるがまま《シンプリー・ビー》でいさせて

「きれいな声をしてるのね」マーゴが言った。

わたしは肩をすくめた。

「そういう歌、いくつぐらいあるの?」

「いっぱい」とわたし。「たぶん五十曲ぐらい」

「落ち着いたら、あなたCDを作るべきよ」とマーゴ。「ほんとに」

わたしはもう一曲歌った。「ときおり《サムタイムズ》」という題の歌。もうずいぶん前に、ジュリアンといっしょに作った歌だ。マーゴは、ひざにのせたモンティをなでながら、目を閉じていた。

ときおり　あなたは訊く
自由を望む人といっしょにいようとするのは　甲斐あることなのか、と
ときおり　彼女は言う「ええ、あるでしょう」

それがわたしに　なにかをもたらすのなら
そしてわたしは　紙にまき散らしたことばのかげに隠れ
そこにわたしがいるとは知らない人たちの前で　歌う
そしてわたしは　危険のない音楽のなかに隠れ
べつにどうでもよさそうな人たちの前で　歌う

「すごい」マーゴが言った。「あんなやつなんか、必要ないじゃない。あなたの行く手には、もっとわくわくすることが待ってるわよ。子どもがほしいって思ったことは？」

「子どもは好きだけど、想像できる？」わたしは答えた。「ありとあらゆることで、いつもわたしを追いかけてくるでしょ。わたしは隠れるだろうし、逃げ出そうとする。それにわたしの母や父と同じ生きにくさとか、これまでわたしがずっと闘ってきた曝露不安とかも、受けつぐかもしれない。ミックは、そのうち子どもがほしいって言ってたけど」

「アイルランド人でしょ」マーゴが訊いた。

「そう」とわたし。

それからしばらくマーゴは黙っていたが、やがてこう言った。「彼から二度と連絡がなくても、平気？」

「彼、ぼくらは友だちだって言ってた」とわたし。「わたしから電話できる」

「追いかけたらダメ」マーゴはきっぱり言った。「あなたのためにならないから」

＊1　イングランド西部でウェールズ州に接している、ヘリフォード・アンド・ウースター州の町。鉱泉がわき、演劇祭や音楽祭が開かれる。かつてトルーキンやC・S・ルイスも好んで訪れ、児童文学の名作『ライオンと魔女』は、この街で降りだした雪の光景を見て、ルイスが着想を得たと言われている。

19　引っ越し

わたしは車を運転して、グレートモルヴァンの家を見にいった。家は村のはずれにあり、借りるのでもいいし買うこともできる。踏み固められた土の道のむこうに建っていて、裏手の庭には小川が流れ、周囲は森に囲まれている。ほかの家々が見えるところは、どこにでもありそうな、またはどことということもなさそうな光景で、まんなかに一本だけ通りがある。

家自体は、木造の小さな鉱夫の小屋といった感じで、庭には、乾燥させればネトルのハーブティーができるイラクサが茂っていた。寝室はひとつ、窓はガタガタ歌い、壁のなかにはネズミたちが住んでいる。完ぺきだ。モンティもわたしも、ここならいい。わたしは地下の物置で、コンサルタント業を始めよう。今はクモの巣とがらくただらけだが、よく言うように「ほんのちょっとの愛があれば」いい部屋になるだろう。

マーゴは、喜んでくれると同時に悲しんだ。わたしたちは大の親友になっていたし、マーゴはわたしを妹のように思ってもいてくれた。

「ねえ」わたしは言った。「むこうでコンサルタントを始めるから、マーゴも来て少し訓練すればいいじゃない。オーランドに行く話もあるし。ミックはまだなんにも言ってこないけど、もし彼が行かないなら、いっしょに行かない？　オーランドにはディズニーワールドがある。ジーンも行くから。いい人よ」

「行きたいな」マーゴが言った。「また連絡して」

わたしはマーゴの家と別れるのも、彼女が飼っている小型のジャックラッセル・テリアと別れるのも、さびしかった。テリアは白に茶色の斑《ぶち》があるメスで、寝るときには前脚で目をおおう癖《くせ》があって、うちに来るとモンティに親切にしてくれた。マーゴに妹のように接してもらうことがなくなるのも、マーゴの率直な雰囲気に触れることができなくなるのも、さびしかった。彼女のあたたかな笑顔や、確固とした態度から離れていくのも、さびしかった。

わたしはモンティをバスケットに入れると、ともにワゴン車に乗りこんだ。その他の物は、引っ越し業者が小さなワンボックスカーに乗せて、モンティとわたしが新しい家に着くのと同じころに持ってきてくれることになっていた。私は運転しながら歌った。モンティもニャーニャーといっしょに歌った。

時刻は午前五時、でも時計は三時をまわったばかり
わたしはかあっと燃えあがりそう　ネコにはまたノミがついた
なんだかワイルドな気分　頭がおかしくなりそう
服はぜんぶ外に吊るしたのに　いま雨が降りだした……
荷物をまとめて　出発して
わたしは気が変になったんだ　まちがいなく
わたしの問題《ケース》から離れて　わたしの前《フェイス》から逃れて
わたしは引っ越す

こんな状況だから
わたしは引っ越す
心だけを残して
わたしは引っ越す
電話してきたりしないで
わたしは引っ越す
いま引っ越していく

新しい家に着いてまもなく、モンティはリビングの床にすわると、すり切れたカーペットの上をちょろちょろ走るネズミたちを見つめだした。木の家は風できしみ、吹き飛ばされるかと思うほどだった。

ふとドアをノックする音がして、開けると寒風のなかに、おじいさんと小妖精みたいなおばあさんが立っていた。ふたりはフレッドとジーンといい、もとはバーミンガム出身の夫婦で、今は通りの少し手前に住んでおり、あいさつに来てくれたのだという。おばあさんの目とわたしの目が合うと、互いに感じるものがあった。今度はあなたがお茶にいらっしゃいと、ふたりはわたしに言ってくれた。

フレッドとジーンは、わたしが必要としていたものすべて、必要としていた人たちそのものだった。まるで祖父母が生きかえって、何軒かむこうで暮らしているような気がした。ふたりと同じぐらい年老いた犬もいて、わたしがなでてやっていると、ジーンが話しかけてきた。

「私は人ぎらいなんだけど、あなたはいい、あなたのことは好き」

その瞳には、ときおり火の粉みたいなものがきらっと光る。ジャッキー・ペーパーにもこの火の粉があった。彼のお母さんにもあった。わたしにも、たまにある。ジーンとわたしは、ともにそのことに気がついた。

「あなた、幽霊を見るでしょう」とジーンが言った。「あなたのなかに、いるのが見える」

フレッドは笑いをこらえながら、お茶のおかわりはどうかと訊いてくれた。フレッドは、わたしが持ってきたのと同じネトルのハーブティーのにおいがした。

「これがただの草じゃないって、ご存じなわけだ」フレッドは笑った。「でも、ずいぶんぼられたんじゃないですか？　健康食品の店で、いくら払わされました？　うちの裏庭にたくさん生えてるのに。ちょっと芝刈り機を取ってきましょう」

「私は幽霊をたくさん見たの」ジーンは自分の話を続けた。「人のなかにいるのが見えるの。私の言うこと、わかるでしょう。あなたも同じって、私にはわかる」彼女はわたしに向かって人差し指を振った。

「さて、それでどういうわけで、ドナはこの村にやってきたのかな？」お茶のおかわりを持ってきたフレッドが、言った。

その夜、わたしは新しい本の原稿を書いているラップトップのパソコンを閉じて、テレビをつけた。やはり風が強くて、あちこちで木の羽目板《はめいた》が鳴っていた。観たのはプレスリーについての特別番組で、プレスリーの物まねが大好きだった父が、ずっとそばにいるような気がしてならなかった。

「おいでポリー、さあロックンロールだ」その声を思い出すと、今またどこかでほんとうにそう言ったのではないかという気がしてくる。そして父はわたしの手を取り、踊らせるのだ。こちらがそうしたいかどうかは、おかまいなしで。

気がつくと、わたしは泣いていた。そして立ちあがり、ひとりで当時と同じように踊った。人は死んでも、けっして去ることはない。ただ外の世界で会えなくなるだけで、わたしたちの心のなかの世界では、より強い存在になっていく。

その晩、夢に父が出てきた。裸で、自己中心的だった自分を恥じていた。それから砂利道《じゃりみち》を歩いて、ふたつの窓が向きあっているところにわたしを連れていった。父はおびえて震えていたので、こわがることはないと、わたしは静かに言った。そして父に一方の窓をのぞかせると、次から次へ女性と遊んだ女たらしの彼が、一面に見えた。次にわたしは、こんなふうに生きることもできたはずだと言って、ディケンズ作『クリスマスキャロル』のスクルージの話のように、もう一方の窓をのぞかせた。わたしは父に、恥じることなく誇りをもって歩いていってと告げた。父は自分のがんの話をした。

わたしは、あたたかさと恐ろしさの両方を感じながら目をさました。そしてしばらく横になったまま、心のうちで、ごめんねと父につぶやいた。

わたしはマックティモニー[*1]のカイロプラクティックをおこなう女性のところへ行き、治療を受けた。それは体を調整する技術の一種で、エネルギーがどこで詰まっているかを見つけ、体の各部分どうしがまた対話《い》できるようにするものだ。

数年前に、わたしは脳損傷リハビリおよび発達ユニットの治療専門家に検査を受けたが、そのとき、わたしにはまだ幼児反射が残っているのだとわかった。幼少時に次の段階の反射に移行することができなかったために、次の発達や学習にも移行できなかったという。またわたしには、いまだに広場恐怖症があって、外で人々に見られるのがこわい。そこで動物にも効くというマックティモニーなら、わたしにも効くのではないだろうかと考えたのだ。

女の先生はわたしを台の上に寝かせると、手足を一本ずつ上げ下げさせたり、片方ずつ拳《こぶし》を握らせたり、互いに関連をもたせて動かしてみたりした。それらがわたしの体に反射を起こし、あるところまでいくと手足のバランスが整って「再結合」が起こるのだが、そうすると、手にも足にも電流が走るかのようだった。同時に奇妙な感情もわきあがりつづけ、うなり声や悲鳴のようなものが喉もとまでこみあげてきたり、手足が勝手にバタバタ動いたりした。

わたしはとまどって、先生にあやまった。先生は「大丈夫。動物にも同じような反応が出るし、自然なことです」と言った。わたしは興味がわいて、どういうことなのか訊いた。

説明はこうだった――深く傷ついた経験、つまりトラウマは、脳で記憶されると思われているけれど、実際には体に記憶されているんです。不思議に思うかもしれませんが、あなたの場合は特定のトラウマの記憶が、肩やひざや関節に残っているようですね。

それからわたしたちは、このトラウマをふたたび解き放つことに慎重になり、けっきょく体の個々の部分《パーツ》を切り離したままにしておくことにした。

そもそも先生の治療法は、そういった部分をふたたび出会わせることで、反応していたもとのトラウマに伴う感情を解き放つというものだった。そういう感情をためこみすぎると、体との関係がうまくいかなくなったり、情報を取りこむ能力が妨げられたりするようだというのが、先生の考えかただった。

この治療を六週間受けてから、わたしは外食ができるようになり、通りすがりの人たちに手を振ることもできるようになった。ささやかなことかもしれないし、理由もはっきりしていないのかもしれないが、とにかく、なにかがわたしのなかで変わった。

わたしは新たに書いていた本の原稿を仕上げ、『結合《コネクションズ》』というタイトルをつけた。それは自閉症を、許容《トレランス》、結合《コネクション》、抑制《コントロール》の三つの点からまとめたもので、曝露不安についても書いたし、意思からではない回避やわき道にそれること、報復反応といったものに取り組むための間接的アプローチについても書いた。単一回路型《モノトラック》で知覚感覚が遮断されている子どもたちの、情報の過負荷《オーバーロード》をやわらげる解決の糸口として、食事療法でその過負荷を軽くしたり、情報処理の速度をあげたりすることについても書いた。衝動をコントロールする問題や、一般に望まれないふるまいを、生産的な活動へ向けるにはどうしたらいいかということについても書いた。

一冊目のわたしの本『自閉症だったわたしへ（原題 "*Nobody Nowhere*"）』では、[*2]自閉症をはっきり表すことばをタイトルに使わなかったが、その後ずっと、これは変えるべきではないかという気持ちでいた。はじめは、自閉症というレッテルを貼られた人たちのためだけでなく、あらゆる人々のための本だという思いからタイトルを決めたし、出版社も気に入ってくれていたが、その出版社もまた、新しいタイトルにするべきではないかと思いはじめていた。新たなことがどんどん解明されつづけている自閉症という分野で、わたしはあまりにも有名になってしまっていた。

というわけで、『結合《コネクションズ》』というタイトルはひと晩で消え、*Autism: An Inside-Out Approach*（『自閉症：内側からのアプローチ』といったような意味）というタイトルが現れた。そしてわたしは、自閉症と診断された者による初の刊行作品の一冊『自閉症だったわたしへ』で、文芸の世界を揺り動かしたのと同じように、今度は感覚・認識の問題や単一回路、情報処理の遅れ、感覚・感情面での過敏症といった問題についての戦略をくわしく述べた自助マニュアルで、世の中を揺るがすことになった。

本はわたしの新しい出版社、ジェシカ・キングズレーにすぐ受けいれられて、ベストセラーになった。そして世間に、自閉症であるというのはどういうことかというだけでなく、そのもとのメカニズムはどうなっているかということも伝え、理解を求めた。

本は飛ぶように売れ、わたしは、どうすればわたしに連絡を取れるか、人々に知らせることに追われた。これまでは、自閉症についての質問の手紙に返事を書くのに一日四時間費やしていたが、その内容を一冊の本にまとめれば、世界じゅうの人々に答えを届けることができるわけだ。

始めようとしていたコンサルタント業については、チラシを作って、自閉症関係の大きな組織や団体に送った。そこには、著書について講演や、著書に書いた考えや戦略に基づくグループ実習《ワークショップ》をおこなうだけでなく、手紙を書いてくる家族に会いもすると書いた。かつてのわたしの発達のしかたなどの経験が、自閉症のわが子へのなんらかのヒントになるのではないかという希望とともに、手紙を書いてくる家族は多いのだ。

わたしは地下に行って、クモの巣とがらくたをきれいにかたづけ、間仕切り用に板を打ちつけて立て、床にカーペットタイルを敷いた。それから机を引きずってきて、上の階とは別の電話線を引き、わたし専用のオフィスを完成させた。

電話はまもなく鳴りはじめた。わたしはワゴン車に乗って講演に行き、わたしが書いた「自閉症の三つの面」——感覚のシステム対解釈のシステム、単一回路《モノ》であることによる情報処理の遅れ、曝露不安と名づけた強迫的な闘争・逃走反応——という説《モデル》を、はじめて披露した。そして話せば話すほど、国じゅうあちこちに出かけるようになり、自閉症の子どもがいる家庭を訪ねるようにもなった。

ある五歳児は、食物への過敏症のために、音は聞こえているのに耳が不自由であるかのような状態で、空に舞う凧《たこ》のように落ち着きなく、ハイになっていた。またある三歳児は、周囲の動きや変化や、目の前の混沌《カオス》に圧倒されるという、深刻な視覚の問題をかかえていた。社会的接触を極端にこわがる十二歳児には、その子のあらゆる反応に一喜一憂し、それを自分たちのアイデンティティやステイタスのように感じる、ひどく感情的な両親がいた。

わたしはそれぞれの家族を観察した。そしてその子たちにとっての感覚上の環境やコミュニケーションのしかた、それらの相互作用がどれぐらい直接的かも観察した。またその子たちの防御メカニズムや、ことばのかわりとなっている行為が、両親とのあいだでどのように作用しているかも観察した。

それから報告書を書いて、その子たちに対するそれまでとはちがう接しかたをまとめ、自閉症のケアでは、食事とサプリメントの役割も重要であることを親たちに伝えた。

やがてそういった子どもたちの何人かには、めざましい効果が表れたという返事がくるようになった。コミュニケーションしやすくなり、防御的な反応や感覚上の回避が減って、良好な状態が続くようになった、と。

自傷行為をくりかえしていた何人かは、そうした行為が減り、物が断片的にしか見えなかった子たちは、全体として見ることができるようになりはじめた。話しかけてもなんの反応も示さなかった男の子が、自分自身の意思と好奇心から、料理や洗濯物を干す手伝いをするようになった。そしてあちらでもこちらでも、口をきかなかった子どもが話しはじめたのだ。

わたしの評判は、まるで野火のように広がり、昼も夜も電話が鳴るようになった。自閉症に対して、これまでの型どおりのアプローチでうまくいかなかったことについても、わたしのアプローチなら成果が出る。人々は、わたしの話をいっそう聞きたがるようになった。

クリスマスに、マーゴがやってきた。モンティは、積もった雪にすっぽり脚をうめながら、イラクサの茂みのあいだを歩いていた。マーゴは、モンティのことが大好きなあのテリアも連れてきていて、わたしたちは大きな針葉樹から枝を一本切って部屋に飾り、クリスマスツリーにした。それからいっしょにローストチキンを作った。わたしは、プラスチック製の小さな牛たちの胴体にひもを結び、ツリーに吊るした。それからアルミホイルと紙で小さな螺旋《らせん》や扇をいくつも作って、やはりツリーに吊るし、仕上げにツリー全体に米粉をふりかけて、粉雪に見立てた。

マーゴはモンティにプレゼントを持ってきてくれていた。わたしもマーゴのテリアにプレゼントを用意していた。わたしたちはそれぞれにプレゼントをやってから、散歩に出かけた。

オーランドへの旅は間近になっており、わたしの人生からミックがいなくなって、すでにだいぶたっていた。

「いっしょにディズニーワールドに行く?」わたしはマーゴに訊いた。「ジーンにも会うから。すごくいい人。きっと気に入る」

マーゴは目を輝かせ、興奮した子犬みたいにはしゃいだ。

「もちろんよ」勢いこんでマーゴは答えた。「で、いつなの?」

「二月の半ば」わたしは言った。

わたしは地元の美術学校《カレッジ》で、彫塑《ちょうそ》のクラスに入った。先生は白髪まじりのクロフォードという芸術家で、鬼才の雰囲気を漂わせていた。

わたしは粘土のかたまりに触れたとたんに、ミックの彫塑に取りかかった。輝かしい裸体像で、夢みるように小首をかしげ、くちびるにはモナリザにも似た微笑を浮かべている。つづいて、洞くつだらけの丘の頂上に建つ小さな家を作り、最後に「わたしの世界――世の中」と題した等身大の裸体像を作った。

それはわたしの世界のなかにいるわたし自身の姿で、外の世界を押しやっているのだが、じつはその世界の前にさらされて魂もむきだしになっていることに、気がついていないのだ。

わたしの両手は、ひとつひとつの曲線に親しさを感じながら彼女の体の上を動いていき、やがてどの手も足も、顔の凹凸《おうとつ》も髪の毛の流れも、「オーケー」と感じられるようになった。それから粘土が乾かないように、各部分に覆いを巻いたが、パワフルな彼女は、わたしの手を抜けて自己アピールを始めそうだった。

街では、行きかう女性たちの顔や胸や脚や胴体に目がいくようになり、それらが生きている彫塑に見えて、思わずさわりたくなってしかたなかった。子どものころ、墓地で天使たちの像のとなりにすわって、その石の体の曲線をなでていたときのようだった。

そうやって周囲を忘れ、わたしの世界のなかで生きていた自分に別れを告げるために、わたしはその等身大の女性像を作ったのだが、実際あのような無我夢中《むがむちゅう》の境地は、もう二度と戻ってこないだろう。

像はやがて、学校で話題になりだした。

わたしとしては、ずっと親しい存在だった鏡のなかのわたしを三次元にして、ついに取り出したようにも感じていた。おかげでその顔、つまりわたしの顔を、わたしから離れたところでなでたり、体全体を抱きしめたりできるようにもなった。わたしは、自分と同じぐらいよくわかっている人に抱きしめられたいと、ずっと願ってきたのだ。

　彼女のサイズは、すべてわたし自身の体のとおりだったし、顔だちもわたし自身のレプリカだった。制作には六週間かかったが、できあがると地元のニュース番組のスタッフがやってきて、彫塑を始めたばかりの者がわずか何週間かで仕上げた驚くべき作品ということで、取材していった。わたしの名前はここでも、あっという間に広まった。

＊1　イギリスのマックティモニーによって開発されたカイロプラクティック法で（カイロプラクティックとは、体の骨の並びなどを調整して神経システムがよりよく働くようにする施術法で、痛みや不快感をやわらげたり、体をよりよく動かせるようにしたりする）、オックスフォードに近いマックティモニー・カレッジ・オブ・カイロプラクティックでのみ教えられている。

＊2　原題についてのこと。

20 「レズビアン」

アメリカに行く日がやってきた。わたしはモンティをフレッドとジーンに安心して預け、マーゴはテリアのポピーをウェールズの友人に預けて、オーランド行きの飛行機に乗る空港で待ちあわせた。わたしたちはわくわくして、コンサルタント業のことや合作しようと話しているミュージカルの話もした。ミックのこと――より正確に言うなら、ミックがいないこと――についても話した。そして、わたしたちはアメリカ行きの珍道中ふたり組になるね、などと言いあった。

オーランドまでのフライトも、とても楽しかった。マーゴは、子犬のように大はしゃぎして窓からの景色を指さし、顔を輝かせ、あまりに大きな口を開けてにっこりするので、ときどき顔全体を飲みこんでしまうのではないかと心配になるぐらいだった。

オーランドに着くと、ホテルまで行って、アメリカの友だちのジーンに会った。ジーンはいつものように、マーゴともあっという間に打ちとけたようだった。

わたしたちは三人姉妹のように料理をし、観光に出かけて「リプリーのビリーブ・イット・オア・ノット」[*1]博物館を見たり、公園でキーキーいう凶暴なリスたちに追いかけられたり、ドーナツショップでマーゴとジーンがコーヒーにドーナツを浸して食べるのを、わたしだけおとなしく眺めていたりした。亜熱帯のこの州に存在していたスケートリンクで、三人そろってスケートをしたりもした。

翌日はコンフェランスの日だったが、その前に、わたしたちはディズニーワールドに向かった。まるで空が「やめておけ」とでも言っているように雨が降ってきて、見えない幽霊が牙をむいてでもいるみたいに風まで吹きつけてきたが、わたしたちは、はしゃいで笑いころげていた。それで、わたしが食べものについては車いすに乗っているような人間であることを、みんな忘れてしまった。そもそも食事療法のうえで、はっきり大丈夫だというものも見つけられなかった。

やがてわたしには低血糖症の症状が表れ、頭がぼうっとして周囲のことがわからなくなりはじめ、指もくちびるも青ざめて、感覚がなくなりだした。わたしは、どんな調味料が入っているのかもわからないフライドポテトをわしづかみにすると、マーゴとジーンには「大丈夫だから」と言って、がつがつ詰めこんだ。

しかし二十分ほどたつと、アレルギー反応からか低血糖によるてんかんの症状か、わたしはドラッグでもやった人のような状態におちいった。マーゴもジーンも、まわりじゅうの知らない人たちの姿に混じってしまい、ふたりがなにを言っているかもわからなくなった。

さらに本格的な影響が出はじめたのは、おばけ屋敷のアトラクションに乗ったあとだった。出口にたどり着いたとき、わたしは実際に訪ねた誰かの家で、おばけや怪物を見たような気分になっていた。

マーゴとジーンはどうしたらいいか考えて、まず、文字どおりわたしをしっかりつかまえた。わたしは周囲のもようやカラフルな光に、興奮したり歓声をあげたりしながら、ふらふらどこかへ行ってしまいそうだったからだ。それから食べたものの影響を薄めるために、水と、添加物の入っていない食べものを、わたしに摂《と》らせることにした。わたしをもとの状態に戻すために、わたしたちはディズニーワールドをあとにした。

大量の水を飲み、なにもかけない生野菜を何種類も食べたおかげで、わたしはこの世に戻ってくることができた。頭痛や二日酔いのような症状はまだ残っていたが。それからわたしたちはアパートに帰り、大荒れだったこの半日に区切りをつけて、暖炉に火を入れた。ジーンとマーゴはそこでマシュマロをあぶり、わたしは食事療法という車いすから、おだやかにその光景を眺めた。

それからまた別の日、マーゴとわたしは、ドングリのことでけんかした。わたしは強情を張り、マーゴはその強情さに腹をたてた。そしてはじめは霜程度だったふたりのあいだの冷たさが、氷山ほどにもなってしまったとき、マーゴがわたしに気づかせてくれた。わたしたちの友情は、そんなものよりはるかに大事だろう、と。それで傲慢《ごうまん》になっていたわたしも、素直という名の腕に、身を託すことができた。

アメリカへの旅も終わった。マーゴといっしょに行けてうれしかったが、ミックがマーゴと同じぐらい気楽で安定している人ならよかったのに、とも思った。だがわたしは、やはりいつもいっしょにいられる女友だちがほしくなっていた。愛とか恋とかは関係なく、気心の知れた大親友みたいにつきあえる人が。そして、はっきり意識しはじめた。肉体的には安心していられて、しかもミックみたいに自由にいっしょに飛べるけれど、事態が複雑になったり傷心をかかえたりせずにすむ女友だちが、とてもほしい、と。

でも、ドナ・ウィリアムズが同性愛に走るなんて、ありえない。自閉症をめぐる世界の人々は、おとぎ話のお姫さまのように思っていた人が、じつは女性に興味があったなんて知ったら、のけぞって倒れてしまうだろう。

だいいち、わたしは女性とは恋に落ちない。これははっきりしている。わたしが好きになるのは、なんといっても男性なのだ。ただ、性的な牽引力《セクシュアリティ》は別だし恋も大事だけれど、気の合う者どうしのあたたかさとか誠実さとか、いっしょにいて楽しいかどうかも大事だ。そのような相手なら、男性でも女性でも、どちらでも可能性があるとわたしは思う。

ミックに感じた性的牽引力《セクシュアリティ》は、わたしに心の痛みをもたらしただけだった。ミック自身に精神面、あるいは感情面でどのような理由があったか知らないが、いずれにしてもわたしは望まれず、棄てられたのだ。そしてわたしは、女性の体に目がいきはじめた。その流れるようなラインや形に、男性とはちがう肉体へのおさまりかたに。女性のなかには、大部分の女性とはちがうおさまりかたをしている人がいることにも、気がついた。そういう人たちは、自分の性《ジェンダー》がうまく合っていないようで、自分の肉体にも、女性というより「人」としておさまっているように見える。

やがてわたしは、そうした両性具有《アンドロジナス》のような人たちに惹かれるようになった。町にひとり、そういった人がいて、彼女が店で働いているのを見ているうちに、わたしはその気配や雰囲気にすっかり魅了されてしまった。

わたしは家に帰り、自分の感情と戦った。こんなことはけっして表ざたにできない。プライベートな事がらであるにしても、こんな感情とともに生きなくてはならないいわれもない。ところが体が言うことを聞かない。体はすでにめざめて、新しい世界への準備ができている。そもそも男はわたしの心を引き裂いたではないか。

わたしは同性愛者の団体「ゲイライン」に電話した。自分の今の状態を理解したかったからだ。だが電話に出た男性は、「レズビアン」の女友だちのことを引きあいに出してばかりで、わたしはそのことばを耳にするたびに、とまどわずにいられなかった。べつによその人がレズビアンでもかまわない。でもわたしはそういう人ではないのだ。

　男性は、わたしが住んでいる地域にある女性団体の電話番号を教えてくれた。そこなら、わたしが感じたり経験したりしていることをわかってくれる女性に出会えるかもしれないという。わたしは番号をメモした。そしてそれを隠した。電話番号だけでも、そこから「レズビアン」という好ましく受けいれられなさそうなことばが、あふれ出しそうな気がして。モンティが見たら、わたしを変な顔で見るのではないかという気がして。世の中が、わたしの背後から非難の目を向けてくるような気がして。でも自分ではわかっていた。女性のそばにいるのがどんなものなのか、そばにいるその人の香りを楽しむのが、その人に抱きしめられたいと思うのがどんなものなのか、わたしは知りたいのだ、と。

　モンティがやってきて、わたしの脚にまとわりつきながら、喉を鳴らした。今わたしが悩んでいることも、彼にはまるでどうでもいいことだろう。わたしはモンティを抱きあげ、たじろぐかどうか見ようと、試しに「レズビアン」と言ってみた。それからモンティのことを「レズビアン」と呼んでみた。さらに「わたしはレズビアン」と告げてみた。

　わたしたちは、「レズビアン」ということばは好きではないけれど、「ゲイ」ならいいという意見で一致した。わたしにはゲイの男友だちがふたりいるが、わたしは彼らのなかにすわっていても平気だ。そこでこう結論を出した。おそらくこの感覚は、女性の体に宿ったゲイの男性のようなものなのだろう。

　昼間、わたしは電話を取り、講演やワークショップの予約を受けたり、家庭訪問する出張の詳細を決めたりしていた。だが夜になると、自分の気持ちをマーゴにも打ち明けられないのが、悲しかった。講演などであんなに熱心にわたしの話を聞いてくれる人たちも、わたしが新たに感じている性的牽引力《セクシュアリティ》がどんどん女性のほうに傾いていると知ったら、背を向けるにちがいないだろうと思った。

だがとうとう、わたしはゲイラインに教えてもらった番号に電話した。出たのは女性で、一度訪ねていらっしゃいと言った。彼女はレズビアンのパートナーと安定した関係を築いていて、前の結婚で生まれた子どもも、ふたりで育てていた。いい人たちで、あたたかくて親しみやすく、いっしょにハーブティーも飲んだ。わたしはリラックスしていたので、仕事はなにかと訊かれたときに、うそをつくことができなかった。そのうえ、ひとりは自閉症児を見ているソーシャルワーカーだったのだ。

「あなた、ドナ・ウィリアムズじゃないわよね？」

悪夢が現実になってしまった。

「じつは、そうです」わたしは答えた。

すると彼女は、わたしの本の数々が、仕事でどれほど力になったことかと言ってくれた。彼女の性的嗜好《しこう》を、同僚たちは知らないそうだ。性同一性の問題が、自閉症における引きこもりの原因になっていると思うかと、わたしは訊かれた。わからない、とわたしは答えた。

二十代後半まで、わたしはウィリーとキャロルという「わたしの世界」のキャラクターになって生きていた。ウィリーになっているときは、男性の気分だった。キャロルのときは、女性の気分だった。そしてわたし自身のときは、どちらでもなかった。ウィリーは論理と左脳思考の化身で、わたしが「ドナ」と自己を結びつけている右脳思考と、一体化することができなかった。一方、キャロルは女の子たちを模倣《もほう》したもので、表向きの「正常」な顔だった。そしてわたしはキャロルとして、路上生活を避けるために男と住むという家庭内売春のような生活に耐えたのだ。

だがミックとの性のありようは、わたし自身のもので、わたしのなかから起きたことだと感じる。わたしの左脳思考の自己がしだいに右脳思考の自己と一体化して、新しいバージョンになったと考えることは可能だろうか？

その日、わたしは達成感をいだきながら、家に帰った。ああ、ついにわたしはレズビアンの人たちに会ったのだ。そしてわたしの名前も、わたしが誰であるかも知られたが、彼女たちはのけぞりも倒れもしなかった。

ただ、まだひとつだけ残っている疑問があって、それが頭から離れなかった。わたしが誰かと出会うには、どうしたらいいんだろう。「わたしが誰かと出会うには、どうしたらいいんだろう？」出会うというそのことばが、頭のなかでひときわ大きく鳴っていた。

一方で、今まで以上に偽りのない生きかたを現実にしていくこの流れを、そもそも自分では望んでいなかったと思ったり、そうなったらどうなるのだろうと不安に思ったりもした。ほんの何軒か先に住んでいるフレッドとジーンは、わたしにとっての新たな祖父母みたいな存在だが、昔かたぎのお年寄りだから、けっしてわかってはくれないだろう。マーゴならわかってくれるかもしれないし、実際彼女には深い関係だった女性もいたそうだが、もしそのせいでわたしがこうなったと思われたら、どうしよう。さらには、わたしが彼女に興味があると思われたら？

わたしはしゃにむに仕事をし、自閉症についての二冊目の著作[*2]『自閉症という体験（原題〝*The System of Sensing: The Unlost Instinct*〟）』を書きはじめた。前作〝*Autism and Sensing*〟（「自閉症と感覚・検知」といった意味）を発展させたもので、解釈や考え《マインド》、概念などに至る前の、パターンやテーマ、感覚《フィール》といった、右脳がつかさどる世界についての本だ。そしてそれを父と祖母にささげた。おそらく自分をもつなどということに一度も正面から向きあわなかったからこそ、自分を失うこともなかっただろうというふたりだ。

だがどれほど忙しく仕事をしても、書くことに没頭しても、コンサルタントの仕事に熱を入れても、わたし自身の問題は消えなかった。けっきょくわたしも人間だ。

それから何週間か後、わたしはあのレズビアンのカップルのところに電話した。

「わたしが誰かと出会うには、どうしたらいいんでしょうか？」わたしは訊いた。

彼女たちは、月に一度開かれているパーティの詳細を教えてくれた。えっ、そんな……とわたしは思った。パーティに行って誰かを引っかけるなんて……。考えただけで胃がぎゅっと締めつけられた。恐ろしかった。わたしにはできない。とてもできない。

パーティが開かれる晩、わたしはワゴン車で途中まで行って引きかえすということを、三回くりかえした。毎回泣きながら、「けっきょく行かなくちゃならないんだ、これを無視するわけにはいかないんだ」と思っていた。そしてとうとう心を決めた。会場に入ってガス入りのミネラルウォーターを注文して飲んだら、それで帰ってこようと。

わたしは扉を開け、会費を払って、キッチンのほうへ進んでいった。小さな会場で、照明はうす暗く、音楽もうるさくなかった。キッチンのなかだけは蛍光灯がついていたが、いつもの色つきレンズのメガネのおかげで平気だった。

キッチンには、わたしより若い二十代ぐらいの女性がいた。大柄で、ミックの女性版といった感じ、髪を短く逆立てたヘアスタイルで、ドク・マーテンズのがっしりしたブーツをはいている。典型的なレズビアンの女性だ。シャイで身を守ろうとしている感じがあって、わたしに軽くほほえんでから目をそらすと、部屋を出ていった。

たちまち、わたしはこまかなところまで彼女を見てとり、その壁、そのもろさ、そしてその内にある希望と悲劇を感じとった。曝露不安はわたしよりひどく、それがわたしには自信となった。こうした性的牽引力《セクシュアリティ》はこれまで経験がなく、おそらくふつうは男性が感じるものなのではないかと思ったが、とにかく今感じているものを信じて、わたしは飲みものを手にホールへ向かった。

さきほどの女性は、グラスをきつく握りしめて、近づいてこられることへの不安を全身で表していた。けれどその一方で、「声をかけて」と言っているようでもあった。

わたしは彼女のところへ行き、腰をおろして自己紹介した。彼女の名前はシェリーといった。彼女はちらっとわたしを見ると、アル中の人のように、グラスの中身を一気に飲み干した。わたしはアル中には慣れている。家族がそうだったからだ。それでそういう人を惹きつけてしまうのだろうか。

流れている曲に合わせて踊りだすと、すぐにわたしは音楽とひとつになった。彼女も踊りだした。炎に寄ってくる蛾のように。暗い会場のなか、わたしは音楽に没頭しながらも、淡い照明と彼女のはにかんでいるようなようすに力づけられた。

シェリーはだいぶ飲んでいた。わたしは彼女に触れると、わたしの車でいっしょに帰らないかと訊いた。彼女はそうすると答えたが、途中で気が変わったらしく、駐車場に車を停めてと言った。

わたしたちは、うしろの座席に向かいあってすわった。彼女はうつむき、自分の手に視線を落としながら、「『わたしのところに来れば？』って言ってくれるかと思った」とつぶやいた。わたしは手をのばして彼女に触れ、彼女がなにを望んでいるか、感じとった。わたしは彼女にキスした。彼女もキスを返してきた。

「こんなに飲んでるんだから、帰ったほうがよくない？」とわたしは訊いた。彼女は答えた——私はアル中でレズビアンの母親と暮らしてるから、帰ってもけんかになるだけ。それでわたしは彼女を連れて帰った。その昔、迷子の子ネコを連れて帰ったように。

シェリーはわたしの部屋でくつろぎ、ブーツを脱ぐと、ベッドに横になった。同性のとなりに寝るのに、わたしは慣れている。子どものころ、女のいとこたちとひとつのベッドに寝ていたこともあったし、たくましくも家での虐待から逃れるために、友だちのテリーと寝かせてもらっていたこともあったからだ。よその家を転々としていた十代のころは、曝露不安でも耐えられるぎりぎりの距離で、ロビンの横に寝たものだった。

だがその誰ひとりとして、今ベッドに横たわった彼女ほど孤独な人も、親密さや帰属意識に絶望感を抱いている人も、いなかった。会ったばかりで知らないも同然のシェリーに、わたしは自分と似ているところを見つけて、共感していた。

シェリーがかなり飲んでいて、しかも内気だということが、わたしの曝露不安をやわらげていた。わたしは「女の人と寝るのははじめて」などと言いはしなかった。言う必要もなかった。ただベッドに入って、シェリーにまかせた。わたしの横から、そしてうしろから、彼女は身を寄せ、わたしの体を抱きしめた。

彼女のやわらかい肌が、何度もわたしの体にすりつけられて、やがてわたしをつつみこんだ。その愛撫はゆっくりで、官能的だった。いつもは受けとる側にまわる彼女も、ベッドでは与える側だった。いや、わたしたちは互いに与えあっていた。

彼女が誰であろうと、わたしにはもうどうでもよかった。大切なのは、今ここで彼女がオーケーだと感じられ、彼女もまた自らの性的牽引力《セクシュアリティ》で動き、満たされているということだ。まるでわたしは、別の体をもった自分自身と寝ているかのようだった。ベッドの上でのわたしたちは、これまでの人生で立ちむかってきたことがどれほどちがっていようと、鏡に映った者どうしのようだった。わたしたちは、夢中でチョコレートを食べつづけるふたりの子どものように、ひと晩じゅう愛しあった。「セックスのたびにほしくてたまらなかったものを、とうとうつかんだ」とシェリーはささやいた。「オーガズムを」と。

わたしもまた、そこで同じものを見いだしていた。男性とではけっして見つからなかったかもしれないものを、彼女とともに。

翌日、わたしはふだんの泊まり客と同じように、シェリーに接した。「朝ごはん、どう?」と訊いてはみたが、うちにはパンも牛乳も砂糖もコーヒーもない。彼女はキッチンの棚を眺めて、「いい」と言い、水の入ったコップだけを受けとった。

シェリーはわたしにあれこれ訊いた。仕事のこと、これまでのこと、つきあった男たちのこと。そして自分のことを話した。ずっと失業していること、家にやってくる男たちの相手をしたり、ひとりで養護施設にさまよいこんだりした子ども時代のこと。話し相手がただほしくて、パブで人に声をかけること、女子バスケをやっていたこと、ビリヤードでは負け知らずだったこと、そして「レズビアンになった」日のこと。

話しているときの彼女は、チャーミングだった。うつの影があるにもかかわらず、表情豊かで。そしておずおずと、もろい自分を支えてほしい、希望のないこんな世の中に明かりを灯《とも》してほしいと、わたしに求めていた。

わたしは同情した。彼女を愛してはいなかったし、彼女と恋に落ちもしなかったが、そんなことは問題にならないほど深く同情して、打ちのめされていた。もしわたしの人生を切りとって分けてあげられるものなら、彼女に分けてあげたかった。

わたしはマーゴに電話した。マーゴは、ダンスのレッスンがどんなふうに進んでいるか、話してくれた。コンサルタント業の話もした。途中でわたしは泣きだした。「やめたければやめてかまわないのよ」とマーゴは言った。「なにをして生きていたっていいんだから」と。

わたしはどこから話しはじめればいいのかわからなかったが、とにかくこの世の誰かに、わたしの身に起きたことを知ってほしかった。知って、「大丈夫」と言ってほしかった。

「わたし、気がついた――自分が女性に興味があるって。肉体的に」わたしは切りだした。彼女はほとんどなにも言わなかった。わたしはシェリーと出会ったことを話した。

「すごい、やったじゃない」とマーゴは言った。そして「ミックのときよりうまくいくといいわね」と言った。

「それでもわたしと友だちでいてくれる？」わたしは訊いた。

「あなたはなにも変わってないのよ」マーゴは言った。「自分自身のことが、さらによくわかるようになったっていうだけ。で、どうだったの、つまりその、彼女とのセックスは？」

わたしは思わず倒れそうになった。さんざん悩んでいたことを、こんなにあっさり言われてしまうとは。

人はみんなマーゴみたいに、思いやりがあって話がわかるのだろうか？　わたしの心配は、ただの杞憂《きゆう》だったのだろうか？

＊1 新聞に「信じられないようなほんとうの話」を連載して人気を博したアメリカの漫画家、ロバート・L・リプリー（一八九三―一九四九）が、世界を旅して集めた珍奇なものを展示している博物館。アメリカ国内だけでなくイギリス、タイ、韓国などにもある。

＊2 川手鷹彦訳、誠信書房、二〇〇九年刊。

21　力尽きて

シェリーが泊まっていった数日後、郵便受けに、不ぞろいな小さい字で書かれた手紙が届いていた。ところどころ、線を引いて書きなおした跡もある。開けて読んでみると、そこにはおずおずした期待と、求めながらも自己防衛している思いが詰まっていた。それはラブレターだった。女性からの。

わたしはどう返事をすればいいか、わからなかった。わたしのほうに、その気はない。シェリーのことは好きだし、とりわけ彼女への同情の気持ちは、どうしたらいいのかわからないほどだが、女性とそういう関係――継続的な関係になるというのは、考えたこともないのだ。

けっきょく、わたしは電話した。受話器のむこうとこちらで、彼女もわたしもぎこちなく、防衛的だった。けれど内気な彼女の声を聞いているうちに、わたしは責任を感じ、またも迷子の子ネコ症候群におちいった。彼女は「うちに来てくれるかな」と言った。わたしは「行く」と答えた。

吸いがらであふれた灰皿のまわりに、コーヒーカップが散らばっている。すみに置かれたフライドポテト用の深鍋は、油でベトベト。家全体にビールのにおい――。

紹介されたシェリーのお母さんは、ぎょっとするほどわたしの母親と感じが似ていた。わたしはシェリーの手をつかんで、すぐさまそこから逃げ出したかった。彼女を愛していようが、いなかろうが。

わたしはいたたまれなかったが、かといって、そこにシェリーを残したまま帰ることもできなかった。がっしりした骨格の彼女が、ほんとうにもろく、しかも希望に飢えているように見えた。こんなにもびくびくして、まるで自分を先買いしてとでも言っているような彼女のこれまでを、知りたいとも思った。でもわたしは先買いはしない。

それからわずか何日かで、シェリーは家に帰らなくなった。わたしはあの環境とお母さんを思ってほっとする半面、困ったことになったと思った。彼女とそういう関係になるつもりはなかったし、彼女がわたしに求めてやまないものが、わたしのなかにはないのだ。「愛してる」と彼女に言う能力、といったらいいだろうか。

やがてシェリーは、わたしを攻撃しはじめた。わたしの髪を、歯を、息を、話しかた、着ているもの、顔色の悪さ、家の粗末さ、わたしが孤独であることまで。陰湿に、執拗に、侮辱は続いた。居心地の悪さや苦しさをかかえる彼女が、わたしと対等と感じるには、そうするしかないとでもいうように。

わたしが「そういうのは虐待と同じ」と話すと、あやまりはするものの「ほんとうのことを言っただけ」と自分を正当化する。わたしは「こっちにも指摘したい『ほんとうのこと』はあるけど、わたしはしないでしょ」と言う。でもそれも効き目がなく、心からすまなそうにしたと思ったとたん、強迫観念にとらわれているように、シェリーはまた同じことを始める。

ただ、わたしはこういうことに慣れていた。自分自身への憎しみに満ち満ちた彼女の言いかたには、聞き覚えがあったし、そういった憎しみをわたしに投影していることもわかった。わたしは、最低で最悪の人間だと言われているわけだ。まるでそこに、母がいるかのようだった。

わたしはあいかわらず国じゅうのあちこちに出かけて忙しく、ちょうどスコットランドで最後のコンフェランスに出席していた。

休憩時間になると、出席者たちは互いにおしゃべりを始め、世間のあれこれについて、親しげに絶え間なく多重回路型《マルチトラック》の会話を続ける。そのなかでの孤独感は、まるで囚人として着せられた拘束衣に締めつけられているかのようだった。マーゴがいてくれたら、と思った。シェリーじゃなくて。共同コンサルタントとしての、あの跳ねまわるようなマーゴの陽気さがあったら、この孤独もどうにかすることができるのに。

そのとき、携帯電話が鳴った。成人したマーゴの娘からだった。マーゴが入院したという。その晩、頭を強打して、なんとかとなりの家まで助けを求めにいったものの、そこで倒れて脳出血を起こしたそうだ。

「助かりますよね？」わたしは全身の力が抜けていくようだった。

「今は意識があるけど、あったかと思うと、またなくなるの。あなたのこともわからないかもしれない。話すこともなんだか支離滅裂で」

わたしは、今スコットランドにいてすぐには帰れないと説明し、病院の電話番号を訊いた。そしてその番号にかけ、マーゴと話した。

電話口に出たマーゴは、大丈夫だった。オーランドでのことや、いっしょに作ろうと言っていたミュージカルのことを話してくれた。暗いなかを帰宅したところで頭を強打したらしいという。病室には娘たちがいて、友人たちにも会ったそうだ。あなたにも会いたい、と彼女は言った。

そして翌日、亡くなった。

わたしは呆然とした。この一年というもの、つぎつぎに別れや死に見舞われて、わたしはどんどん孤独になっている。そして今度はたったひとりの、いちばん身近にいてくれた友までが、その肉体から去っていった。

ふと、前にマーゴが昔のボーイフレンドのことで悩んでいたのを思い出した。刑務所に入ったのだが、出てきたら私を探すかもしれない、と。でもその心配も、もうなくなった。マーゴはこの物質世界から離れていった。わたしの魂を救ってくれた友は、あのヒッピー風のログハウスから、わたしもなじんでいたあの暮らしから、いなくなった。これからはわたしの世界のなかで、彼女が触れあった人たちの内面の世界のなかだけで、永遠に生きつづけるのだ。

わたしは丘にのぼると、彼女の一生に別れを告げるために、風に吹かれながら腰をおろした。風はマーゴのようだった。野生的で冒険好きで、こんなにそばにいるのに、今はもう目に見えない。でもわたしのなかでは、いっしょにいるように感じる。

「マーゴのために、いつかミュージカルを書くから」わたしは心のうちで彼女にそう言うと、歌を作った。

眠り姫は眠る　城が落ちたとも知らず
そして姫のすべても　今は壁の落書きに残るだけ
運命が戸をたたいたとき　誰も出なかったから
時は盗人《ぬすびと》　わたしたちが眠る間《ま》に
未来を奪っていく
だからめざめている今、今を精いっぱい生きようその晩、マーゴが夢に出てきた。そして「娘たちに愛してると伝えて」と言った。となりの部屋で、シェリーがテレビマガジンをめくっている。今やわたしには彼女しかいない。

「なにしてんの？」

わたしが器のなかで古いロウソクを溶かしていると、シェリーがやってきて、のぞきこんだ。器は、さらに水を入れた器のなかに入れてある。

「キャンドルを作ろうと思って」わたしは答えた。

するとシェリーは、芯にする紐《ひも》を切りはじめ、溶けた蠟《ろう》を流しこむクッキーの型抜きも並べだした。それまでわたしは何時間もトイレをがまんしていたのだが、もうだめというところで、曝露不安からようやく許可が出た。大きいほうの用も足して部屋に戻ると、シェリーがつぎつぎキャンドルを作っていた。

できあがったものを見て、わたしは彼女を褒めた。彼女も胸を張り、母親のところに持っていったら売ってくれるんじゃないかと言った。

こんなに夢中になって、自分がしたことに誇りをもつシェリーを見るのは、はじめてだった。わたしは靴の空き箱を持ってきて、キャンドルを紙につつんで入れ、シェリーといっしょにお母さんのところに持っていった。

お母さんは自分のことで忙しかったが、ちょうど二日酔いのお兄さんがいて、キャンドルを見ると目をまるくした。そして「これは売れる、これを作ればおまえも多少は稼げるぞ」と言った。

「でもこれしかない。材料一式、買うお金なんてない」シェリーはふてくされた。

その晩、シェリーは自宅で寝ることになった。わたしは、キャンドル作りの材料一式を手に入れようと決心した。そして美術用品店で見つけ、家に帰った。

シェリーはひと晩で自宅にうんざりして、戻ってきた。わたしがキャンドル用の材料一式をわたすと、クリスマスの日の子どものように目を輝かせた。そして夕方までにそれでまたキャンドルを作り、ふたつ目の靴箱をいっぱいにした。

「ほんとに売れると思う？」シェリーが何度も訊く。

「うん、思う」わたしは三度もそう答えた。

そして三か月後、わたしは引退を決めた老夫婦から、食品雑貨店を買い取ったのだ。

「ここ、すてきなキャンドルショップになると思う」シェリーが言った。シェリーはキャンドルを売ったお金で少しずつ最新の設備を整えて、今では市場《マーケット》でキャンドルを売るまでになり、失業状態から脱していた。

毎朝六時、新しい工夫でいっぱいの目を見張るようなキャンドルを、わたしのワゴン車のトランクに入れて市場まで行き、吹きさらしの店を設営する。九時ごろには人々がやってきて、シェリーが少しずつキャンドルを売る。

それはまるで、舞踏会に出かけるシンデレラを見ているようだった。シェリーのなかのなにかが、ある人々には求められている。そしてまた別の人々には、すばらしいと思われる。彼女はタバコをやめ、アルコールを飲むこともめっきり減った。わたしは彼女を誇りに思った。彼女自身が思うよりもはるかに強く。でも彼女を愛してはいなかった。

わたしたちは、新しいショップ作りに取りかかった。窓をデザインし、看板屋に電話をし、棚の材料にペンキを塗って床にタイルを敷いた。壁も塗り、文房具を整えた。シェリーが棚を設置してキャンドルを飾ると、アートギャラリーのようになった。

やがてキャンドルショップ開店のニュースが広がって、シェリーはささやかな収入を得ることができるようになった。失業手当と合わせていつか本物の商売《ビジネス》にしたいと、彼女は夢みた。

わたしは行きがかり上《じょう》、店員として働いた。現実世界《リアルワールド》の一部で、自閉症の世界からも作家としての生活からも離れて。モンティに新しい友だちもできた。チャーリーという名前の黒いコリー犬だが、二匹はほんとうに仲よくなって、夜はチャーリーの犬小屋でいっしょに眠るようになった。

セックスは、あいかわらずすばらしかった。でもシェリーを愛することはできなくて、わたしは罪悪感にさいなまれた。物質的、現実的な世界で求めていたのは、やはりマーゴだったのだ。彼女の声を聞きたかった。彼女の輝きを感じたかった。そして彼女の妹でいたかった。いっしょにいて特別な気持ちになれるのは、幽霊ばかりだった。マーゴの幽霊、父の幽霊。

しんと静かななかにただすわって、わたしは時を過ごすようになった。父やマーゴの生前の気配につつまれながら。するとモンティがやってきて、いっしょにすわる。わたしがどこに、どんな世界にいるのか、彼にはわかるようだった。

シェリーのことばの暴力は続いた。口を開けばまき散らされる暴言に、わたしは心を鎧《よろい》のようにしているのだが、次の瞬間、愛していると言われて、不意を突かれる。だがシェリーはわたしを愛してはいない。必要としているだけだ。わたしのことを知りもしないし、知っていることについては尊敬していない。依頼心はコンクリートのように固く、わたしに恨みの感情をもっているのも感じられる。弁解はうわべだけで、中身がない。

わたしは彼女を愛してはいない。でも心の底から救いたいと思っている。まるで社会の底辺まで落ちていた十代のころの自分を、さかのぼって救おうとするかのように。もっと正確には、わたしの母を救おうとするかのように。そしてこれまでのわたしの人生が、じつはハッピーエンドのおとぎ話で、いつの日かなにも恐れることなく、一万六千キロも離れたここイギリスで、亡命生活を送る必要を感じることもなくなるのだ、というかのように。

シェリーはパイやフライドポテトばかり食べるタイプで、わたしの食事療法にも白い目を向けていた。わたしは乳製品と砂糖を避けて、サリチル酸塩を低く保っていたが、パンを食べはじめたところ、しだいに調子が悪くなりはじめ、やがて慢性疲労におちいった。ウィルスにも感染しやすくなって、とうとうひどく具合が悪くなった。

じくじくした発疹が、脇の下あたりやお腹を横切るような形で出はじめて、わたしは医者に行った。はしかと診断された。わたしを取材しに来た記者や、キャンドルショップに立ち寄った女性も、突然重いはしかにかかっていた。わたしはすっかりまいってしまった。六週間かかって、ようやく発疹が治り、具合の悪さもおさまった。ところが、それからまた同じことが起きたのだ。

「いいえ、はしかということはありえません」

前回も診断した[*1]かかりつけ医は言った。「はしかは再発しないんですよ。かかって、治る。一度治ったら、もうかかることはない」

そうだとしても、わたしの具合がとても悪いことに変わりはない。薬局に行くと、発疹を見せてくれと言われた。

「はしかですね」薬剤師は言った。

「ほんとに？」わたしは訊いた。

「まちがいありません」

「でも二度目なんです」わたしは食いさがった。「六週間前にかかって、またなったんです」

「それは珍しいですね」薬剤師は対症療法のビタミン剤をくれた。「めったにないことですが、ごくまれにそういう患者さんもいらっしゃいますよ」

　そのはしかが治ったあとも、六週間後、また同じ症状が出た。発疹の数は少なくなっていたが。けっきょくその一年のあいだに、わたしは同じはしかのウィルスから六回発症し、毎回とても苦しんだ。最後には車の運転はもちろん、ハンドルに手を置くことさえできないほどふらふらになった。

「これはどうしようもない。白血球の数が非常に少なくなっていて、こういう場合、回復には時間がかかるんです」かかりつけ医は言った。

　わたしは、自閉症スペクトラムにあたる人々の[*2]腸管壁浸漏症候群《リーキーガット》を治療しているという医師に電話をし、白血球が非常に少ないと言われたこと、くりかえしはしかにかかって治りそうもなく、今も重症だということを話した。診てあげましょう、と医師は言った。

　その医師はケニヨン先生といって、[*3]自然療法《ナチュロパシー》と複雑な類似療法《ホメオパシー》を組みあわせた全人《ホリスティック》医療をおこなう資格を持つ医師だった。

　先生はまずわたしの親の病歴や受療歴を確認した。母方はがんの発病率が七十五パーセントのことだった。父はすい臓と肝臓と大腸のがんで亡くなった。わたし自身は子どものころから、耳鼻咽喉科系の感染症や慢性気管支炎、関節炎に悩まされつづけ、何年か前からは食事療法をおこなっている。慢性疲労や腸の不調、深刻な低血糖症もあり、不定型のてんかんという診断も受けていた。

先生は、わたしの栄養素の欠乏と免疫系を調べるために、まず血液検査をすることにし、綿棒で唾液を取って、オーストラリア遺伝学研究所に送った。その結果、わたしにはマグネシウム、必須脂肪酸、ビタミンB_{12}を含むビタミンB群に深刻な不足が見られるとわかった。言われていたとおりに白血球の総数も低かったが、逆に炎症性のサイトカイン*4——炎症反応やアレルギーに関係する免疫システムの一部——は、正常とみなされる数値の五倍だった。

また、わたしには遺伝性の線維筋痛症*5があり、体のどこかで炎症が起きると、それが全身に広がるという。わたしはこのとき、すい臓、肝臓、腸で炎症を起こしており、警告信号が灯《とも》っているようなこうした状態から、ふたたび体がきちんと機能するところまで回復させなくてはならなかった。わたしは、はしかから線維筋痛症になり、筋痛性脳せきずい炎*6になっていたのだ。

先生は、免疫反応に刺激を与える投薬をし、欠乏症用のサプリメントや、血糖のバランスを整えたり肝臓を回復させたり、腸の機能を上げたりする薬もいろいろくれた。わたしは二百ポンド払って、六週間後にまた診てもらうことになった。はしかは治った。

だが体力はなかなか回復しなくて、大変だった。身体的にはもう病気ではないのに、なんだか力が尽きてしまった感じで、ちょっと運動するだけでもくたくたになる。

「いつも疲れてるじゃない」シェリーが文句を言った。「あの医者の治療のせいなんじゃないの」

体力がようやく正常なレベルに戻りはじめたのは、六週間ごとの治療を四か月続けたころのことだった。

わたしは自分を責めた。病気にならないように自分にできたこと、するべきだったことが、なにかあったのではないかと。

＊1　正式には総合診療医（GP）と呼ばれる。イギリスでは市民自らが登録した総合診療医にまずかかり、救急などの場合をのぞいて、この担当医の許可なく上位医療を受診することはできない。

＊2　略してLGS（リーキー・ガット・シンドローム）とも呼ばれる。腸から栄養素や食物分子などが体内に漏れて浸入してしまう状態により、アレルギーや慢性疲労、自閉症などなどさまざまな症状を起こすと考えられている。

＊3　自然療法は、空気、水、日光や電気治療、マッサージなどで自然治癒をうながすもの。類似療法は、治療対象の疾患と同じような症状を起こさせる薬物を、ごく少量投与する治療法。全人医療は、患者の身体面だけでなく、心理、社会面も含めて人間を総合的に診ていこうとするもの。

＊4　リンパ球などの細胞から分泌される活性液性因子。生体の防御機構全体に作用して、抗腫瘍《しゅよう》効果などを発揮するが、解明されていない部分も多い。

＊5　関節と全身のこわばり、激しい疼痛、重度の疲労をはじめ種々の症状を伴う。現在も研究途上の難病だが、PTSD（心的外傷後ストレス障害）との関係がある場合も考えられるという。

＊6　ウィルス感染後に生じる疾患。頭痛、発熱、筋肉痛、極度の疲労や衰弱を伴い、長期にわたる。略してMEとも呼ばれる。

22　試練のとき

体調が戻ると、わたしは新しい目標に全力をそそいだ。シェリーは小さな店にいらだっていた。失業手当なしですませられるほどの売り上げが、なかなか得られなかったからだ。

「これじゃあ、いつまでたっても前に進めない。おしゃれな目抜き通り《ハイストリート》で、本格的な店なんて持てない」彼女は自棄《やけ》になった。

「じゃあ、お金を前貸ししてあげるから、それを元手になんとかしよう」わたしは提案した。

シェリーはただ肩をすくめ、ぶらぶらと不動産屋に行ったが、いっそう不機嫌になって帰ってきた。そして「期待をもたせた」と言って、わたしを責めた。

シェリーには資金に関する資格がなにもなく、銀行口座はもとより、失業手当受給中でこれからの見通しを証明するものもないために、賃貸も考えてもらえなかったという。たとえ元金があっても。

「保証人さえいたらなあ」投げやりに彼女は言った。

つまり、わたし次第ということだ。子ネコを救うのか、置き去りにして飢え死にさせるのか。

わたしは十年の賃貸契約書にサインした。これから十年、もしシェリーが払わなければ、あの店がうまくいこうがいかなかろうが、わたしが払わなくてはならない。前払いでまず何千ポンドか、そして家賃と固定資産税が年に約二万五千ポンド。でも今なら、わたしにはそのエネルギーがある。わたしにはできる。わたしは金の卵を産むガチョウなんだ。

シェリーは大喜びした。目抜き通りにかまえる自分自身の店——それがあれば、お兄さんに仕事をあげることもできるし、お母さんに手伝いをたのむこともできる。

シェリーはお母さんに電話し、「見にきて」と言った。わたしたちはディナーに肉をローストして、お母さんとそのパートナーに切り分けた。それからふたりを店まで連れていった。ふたりともさかんにうなずいたり意見を言ったりして、このビジネスに関わろうとした。

シェリーのキャンドルはほんとうにすばらしくて、誰もが見にきては感心した。だが買っていったとしても、あまりにすてきで使わない。ここモルヴァンには多くの住宅があったが、新しい店の物珍しさが徐々になくなっていくと、キャンドルはただ飾られて終わる運命をたどり、店はすさまじい勢いで赤字になっていった。

ビザのキャッシュカードは超過勤務になり、シェリーとわたしはなんとか店を救おうと、いろいろなインテリア雑貨の会社につぎつぎ注文を出した。敷物、クッション、お香《こう》、エッセンシャルオイル、装飾品、手さげランプ、噴水盤、ウィンドチャイム。店はあっという間に、ヒッピー御用達の店が多いこの町の、新たなヒッピーショップに変わった。

それからシェリーがガラス絵《ペインティング》を持ってきて、店は個人的なあれこれであふれた。わたしはスプレー缶でペンキを噴きつけ、ワイルドな雰囲気をねらった。そして「ひと味ちがう物が手に入る店」ということにした。

仕入れたのは、蛍光カラーのねじり棒型キャンディー、揺れる金属製の飾りリボン、くるくるまわって明かりがつき、魅入られてしまうような仕掛けがついた紫外線ライト。太鼓やシンバル、押すと笑い声のする人形も売った。動く目玉とかゴムのヘビとか、ガチャガチャいうカエルとか、どうでもいいような笛《ホイッスル》とか、とにかくなんでも、できるかぎりの安さで売った。だがそれでも家賃を払うのは大変で、その年の終わりには一万ポンドの負債ができてしまった。

そのころシェリーはボディピアスに夢中で、プロとしてピアシングスタジオを開きたいと思うようになっていた。そして専門知識を得ようと、短期のプロ養成コースを受け、試験にも合格して開業資格を取った。あとはスタジオだ。

ボディピアス用のスタジオは、給排水のための配管工事とトイレが必要なうえ、床から天井までまるごと洗浄できなくてはならない。それには何千ポンドもかかる。でもわたしの役は「夢を売る商人」だ。彼女を信じようが信じまいが。彼女が希望をふくらませて成し遂げることに、多少なりとも価値があろうがなかろうが。さもなければ彼女は、もといたところに落ちていくほかないのだ。わたしにそんな宣告はできない。もしそんなことをしたら、わたしはチャンスを与えられたというのに、母のことも救えなかったということになる。

わたしは建築業者に電話した。配管業者にも電話した。

「設備はどうする？」シェリーが言った。

高圧蒸気滅菌器《オートクレーブ》、お客のための寝台、それから……。「ああ、こまかいことだけど、最新の金、銀、チタンのボディジュエリーをぜんぶそろえないと。それがなければ始まらない」

どうってことない、とわたしは自分に言い聞かせつづけた。また次の本を書けばいい。人の役に立てないなら、お金を稼いでなんになる？

だがわたしの気持ちは沈み、心は苦しかった。シェリーはあいかわらず気分に波があり、わたしに暴言をぶつけた。わたしは慢性疲労を克服するため、ケニヨン先生のところに通っては二百ポンド払ったが、回復のペースは遅かった。税金の請求書もきた。元夫のために買わなくてはならなかった家の税金だ。さすがにお金が足りなくなってきて、なにか売らなくてはならなくなった。シェリーは「ピアノを売れば？」と言った。

ピアノがなくなっても、わたしにはまだキーボードがある。ピアノとは比べようもないが、作った曲を弾くことはできる。

わたしはキーボードの前にすわると、「彼らは」という歌を作った。

彼らはその手に人生をつかんでいるのに　感じられない
街でお金を出して買ったと思ってる
どこかに忘れてきたと思ってる　ほんとはそればかり考えてるのに
子どものように忘れてきたと思ってる

彼らはまわりじゅうに人生があるのに　見えない
そして競争し、敗走する
社会が差し出すゲームぜんぶに参加して
でも手が届かない魂どうしは　めぐりあうこともない

彼らは最近始まったわけでもない人生に　完全に飽きてる
魔法があっても気がつかない　わくわくするスリルも知らない
反抗しながら従い　社会のゆがみを生きてる
買った幻影の大きさにがく然としても
そんなことは考えず　そんなことは考えず
彼らはみんな死ぬ

モンティの具合がよくなかった。キャットフードを食べるときに痛がって鳴くので、獣医に見せたところ、歯肉炎と診断された。そして、回復することはないが、多少調子がいいときに歯をぜんぶ抜いたらどうかとすすめられ、抗生物質を投与してもらった。

シェリーは、モンティのにおいにがまんならなかった。腐った歯ぐきからアンモニア臭がするのだ。シェリーは、モンティがひざに乗ると払いのけ、チャーリーを抱きしめた。「あんたの」ネコは、あんたが面倒を見ろということだった。

わたしはモンティを抱きしめて、抱いたまままあちこち動いてから、チャーリーといっしょに外へ出した。外なら息がにおうこともない。

モンティは落ちこんだ。ネコにもうつがあったのかと思わせられるほど、落ちこんだ。そしてどこかに隠れたがっているようだった。ふだんはテレビの前にすわって、まる一日でもテニスの試合やコマーシャルを見たがったり、シェリーとわたしがトランプをしていれば、それぞれのカードを見にきて、どちらが勝つのかわかったとでも言いたげに、くすくす笑いをしているような表情を見せたりするネコなのに、変だった。

わたしはモンティに、バッチ[*1]・フラワーレメディのなかのレスキューレメディを飲ませた。これは深刻なストレスにさらされたり、うつにおちいったりした人のためのものだが、荷車を引く馬や、引っ越しで混乱したり落ちこんだりしたネコや犬にも与えることができる。

翌日、モンティは生まれ変わったようになった。チャーリーも喜び、おもちゃのボールをさんざん噛んでゴルフボールぐらいの小ささにしてしまい、以前と同じに戻ったモンティと、ころがしては遊んだ。モンティはキャットフードも食べるようになった。あいかわらず痛むようだったが、希望をなくしたみたいなようすはなくなった。

その週末、モンティの調子がずっとよかったことから、「今だ」とわたしは思った。獣医に連れていき、歯を抜いてもらって、これで歯肉炎とは縁を切ろうと思った。

モンティは病院でもおだやかで、ごきげんだった。喉をゴロゴロ鳴らし、獣医がなでてくれるのに身をまかせて、血液検査のために血をとられるときもおとなしくしていた。それからわたしは、歯を抜くための麻酔について同意を求められた。

午後、電話が鳴って、診察室に入るように言われた。モンティがどうしても歯を抜かせようとしないという。そのうえ白血病にかかっているとのことだった。アンモニア臭は歯肉炎ではなく、じつは腎臓病のせいだったのだ。それも、あとわずか数週間の命だという。家に連れて帰ってもいいが、ここでお別れをすることもできると告げられた。

わたしはふさふさの黒い毛の友だちを抱きしめて、「きみもジャッキー・ペーパーやマーゴと同じように、飛びたつんだよ」と話しかけた。「もうどこも痛くなくなるよ。でもこの体から出ていっちゃうから、わたしはさびしくて会いたくてたまらなくなるけど、でも大丈夫だからね」

モンティが黒いやわらかな前脚でわたしの手を握っているあいだに、看護師が注射をした。そして、モンティも逝《い》ってしまった。

家に帰ると、チャーリーはモンティを探した。あちこちうろうろしながら、モンティの居場所だったところのにおいをかぎ、物問いたげにわたしとシェリーを見つめた。もし犬が、心のなかでは泣くのなら、このときのチャーリーは号泣していたと思う。シェリーはチャーリーを抱きしめた。そしてわたしたちは泣いた。

「新しいネコを探してきてあげるから」シェリーは言った。

でもわたしは新しいネコなどいらなかった。モンティはただのネコではなかったのだ。わたしにとっては人間と同じだったのだ。互いに気が合っていたのだ。

わたしは、まるで死から死へと向きあうことを運命づけられているかのようだった。けっきょくのところすべて過ぎゆく有形のものに、愛着をもつすばらしさと同時に、むなしさにも立ちむかえと、人生から試されているかのようだった。

ネコに天国はあるのだろうか。ネコの幽霊はいるのだろうか。これからもなんとかしてモンティといっしょにいたいと思うなら、わたし自身の日々のなかで、モンティの面影や感覚を愛しつづけ、わたしの体のそこここに残された感触を忘れずにいつづけることだと、わたしにはわかっていた。

こうしてわたしは、変化への試練のときを、父とマーゴとモンティの幽霊とともに過ごした。子どものころ、亡き祖父母とキャロルとウィリーとともに過ごしたように。

モンティをしのんで、わたしは「モンティのテーマ」という歌を書いた。そして夜もふけたころ、静かに弾いて、歌った。

わたしはふと、ジェフというピアニストから電話番号を教えてもらっていたのを思い出した。わたしの歌を、誰かプロのピアニストに弾いてもらいたいと思った。そしてその伴奏で歌ってみたいと。

ジェフはわたしの横にすわって、わたしが独学でなんとか五線紙に書きつけた曲を弾いてみてくれた。そして「心に残るメロディーだ」と言うと、そこへ魔法のように命を吹きこんだ。

それから、ギタリストもいるといいという話になった。わたしの頭には、すぐにジュリアンが浮かんだ。わたしがヨーロッパを放浪していたとき、行きあたりばったりにタンバリン奏者などをしながらヒッチハイクをしていたところ、雨の降るなか、わたしを車に乗せてくれた恩人《ヒーロー》だ。

わたしはドイツにいるジュリアンに電話した。ジュリアンは喜んでくれた。わたしたちは十年近く連絡を取りあってきていた。

「いいよ、もちろん行く」

彼がレコーディングに来てくれることになった。

空港でジュリアンを出迎えたときには、胸が高鳴った。それから車で家に着くまでのあいだ、助手席からは彼の存在感が車内いっぱいに広がった。

シェリーは不機嫌で、無口だった。ジュリアンはできるかぎりの英語で、ジョークを言おうとしたり話をしようとしたりしたが、それでも冷たくとげとげしいままで、彼を歓迎していないのは一目瞭然だった。なにしろジュリアンは男だ。そしてシェリーは、男はくさいと思っているのだ。

だがわたしは、男の人のにおいは好きだ。ジュリアンがヘビースモーカーであるのは置いておくとしても、そばに男の人がいるのは、ホルモンのうえでもよさそうだ。

「ドナ、悪いんだが」裏口に、長身の彼が現れた。「ぼくに準備してもらった裏庭の部屋なんだけど、ちょろちょろ走りまわるのがいてさ。ああいうのが出るところでは眠れないから、こっちで寝床をこしらえてもいいかな。準備はしてきてるし、チャーリーといっしょに寝られると思う。な、チャーリー？」

シェリーの怒りは燃えあがった。そしてあいかわらず口をきかないその冷ややかな静けさで、短剣のようにわたしの胸を刺した。

「ああ、ぼくなら気にしてないよ」

翌日、試聴用CD《デモ》のレコーディングでスタジオに向かうとき、ジュリアンは言った。

「うちの奥さんもああいうことをするんだ。でもぼくが知らんぷりしてると、ひとりでアスピリンを飲んで、それで終わりさ。どうってことない」

レズビアンとしてのわたしの枠組みに、亀裂が入った。そしてわたしは、歌っている最中、ガラスの仕切りのむこうから指図してくる音響エンジニアに、ひと目で夢中になった。トビーという名の二十代の青年だったが、自分というものを完全にもっているうえ、天使のように洗練された物腰だったのだ。

ジュリアンはレコーディングの合い間にタバコをふかし、専門用語で得意げに話したり、カウボーイブーツの脚を組んだり、組みなおしたりした。彼はジェフとも、昔ながらの仲間のように気が合った。そしてわたしはそんな光景を、永遠に続いてほしい夢のように眺めていた。

八時間後、わたしたちは夢をおしまいにして、帰りじたくにかかった。ジュリアンは翌日、すっかり仲よくなったチャーリーを残して、空港に向かうことになっていた。ジェフは「楽しかった」と言い、わたしはドキドキしながら、わたしに最善を尽くしてくれたトビーにさよならを言った。

やっぱりわたしは、レズビアンではないのかもしれない。単にそういう壁を作っていなかっただけかもしれない。バイセクシュアルなのかもしれない。性別を気にせず人を選んだだけかもしれない。自分のことより人を救うことに、とらわれすぎていたのかもしれない。

いつか、ぜんぶわかる日がくるかもしれない。

＊1　一九三六年、英国の医師エドワード・バッチ博士によって開発された、精神のバランスを取りもどすための自然療法。植物から抽出した三十八種類の液体のいくつかを数滴ずつ飲んだり、耳のうしろや手首につけたりする。お風呂に垂らすこともできる。レスキューレメディは、強い不安やストレス、パニック発作を緩和するために、三十八種類のなかから数種類の液体を調合したもの。

23　「ストレート」

シェリーは、わたしがそろそろモンティのことから立ちなおってもいいと考えた。モンティがただの「ネコ」ではなかったことが、シェリーにはわからなかったのだ。モンティはひとつの存在そのもので、彼であることの音楽のようなものさえ響かせており、わたしにとっては人間と同じと言えるほどだった。シェリーはそこまでモンティに近づいたことがなかっただけだ。

彼女は「わたしたちの」ネコをほしがった。「わたしの」ネコではなくて。わたしたちのあいだに欠けている絆を、魔法のようにもたらしてくれるなにかをほしがったのだ。わたしたちは、ネコたちがいる施設へ行った。

そして一匹ずつ見ながら歩くうちに、シェリーは、黄味がかった茶色の大きなネコがいるケージの前で足を止めた。*1クラッカージャックと呼ばれているネコだという。そのネコはこちらに突進してきて、シャーッと威嚇《いかく》するようになった。シェリーはあわてて逃げ出すと、笑った。

「ひゃあ、クラッカージャックそのものだ」

ケージからケージへ歩いても、モンティはもうどこにもいない。わたしが沈んでいると、シェリーが薄っぺらな調子で声をかけてきた。

「元気出しなって。ここにはネコをもらいに来たんだから。落ちこんでばかりなら、帰ったほうがまし」

わたしは、毛皮でできたボールのようなネコたちを順番になでていったが、やはりもう肉体を失ってあの世にしかいないモンティのことを思って、悲しかった。

シェリーは、お気に入りのネコを一匹見つけた。トグルズという名前で生後六か月、よくじゃれてくっついてきて、人間でいえばまだ十代のような小さなネコだ。唯一の問題は、ペアのネコがいて引き離せないということだった。トグルズは、トマシナというお姉さんネコといっしょに来たという。トマシナは、つやつやしたヒョウもようのある黒ネコだった。

「かまわない」シェリーが決めた。「トグルズを引きとれるなら、もう一匹のほうも、もらっていく」

わたしたちはネコの首輪をふたつ買って、それぞれにつけてやったが、トマシナは独占欲の強いお母さんネコのように、トグルズの見慣れない首輪に噛みついた。

わたしとしては、見た目がこれほどモンティにそっくりなネコは、いちばんほしくないタイプだった。しかもトマシナは、妹とちがって人に対する徹底的な接触恐怖症があり、ほとんど野生のネコのようだ。

二匹とも生後数週間でこの施設に来て、それからは縦およそ百八十センチ、横およそ九十センチ、奥行き百八十センチのケージのなかだけで育ったという。それが二匹のこれまでの六か月の生のすべてで、決まった時間にえさをもらい、ペット用トイレで用を足し、ケージの金網をよじのぼる。役割分担もできていて、トグルズは子ネコの役、顔や体をなめてもらうのもお姉さんにまかせきりで、トマシナはずっとお母さんがわりだった。

家に連れ帰ると、トグルズは火がついていたシェリーのキャンドルに、喉を鳴らして近寄っていってヒゲを焦がしたり、階段の手すりの上で跳ねまわって落ちたり、ケージにいたころやっていたように、壁をよじのぼろうとしたりした。

トマシナはひどくおびえてうずくまったまま、なかなか歩こうともせず、まるまって毛を逆立てて震えていた。

チャーリーは黒いネコを見つけて大喜びし、カールした太いしっぽを振りながら飛んできた。すると動きもしなかったトマシナが、突然猛ダッシュして、閉めてあった小さなネコ用ドアに体当たりしたのだ。そして何度はじかれても体当たりをくりかえして、とうとうドアを開けてしまったかと思うと、そのまま外に逃げ出した。


先日のCDのコピーができあがり、シェリーでさえ「いいんじゃない」と言った。わたしは通りの先に住んでいるリサと友だちになっていたが、リサはCDをすっかり気に入って、何度も何度も聴いたという。シェリーも折れてリサの家に行き、試聴用CDのカバーをいっしょに作った。

地元に、CD販売に興味を示してくれた小さな店があったので、少し持っていってようすを見ることにした。それからリサとわたしで広報用にプレスリリースを作り、試聴用CDのコピーといっしょに地元新聞社に送った。ほどなく電話があって、取材したいとのことだった。

さらに何か月かあと、新聞社の記者という人から電話があった。CDの記事を切りぬいて今も持っているので、その内容について会って話したいという。よかったら家で会いませんか、と。

わたしはかなり緊張して、その人の家に行った。場所の設定が奇妙に思えたからだ。

わたしはあたたかく迎えられたが、家のなかには、いたるところにその人の我《が》がにじみ出ているような感じがあって、まるでクロゼットかどこかにジュリアンが隠れているのではないかという気がしたほどだ。

その人はフィルといった。お茶をすすめてくれたので「ハーブティーを」と答えると、小さなキッチンを見てほしいと言われた。

この人の態度やようすには、わたしのためにレッドカーペットを敷いてくれるような雰囲気があった。それから冷たいピザをすすめてくれた。乳製品は食べられないと説明すると、ひとりで少し食べ、自分のことを話しだした。以前、躁うつ病にかかっていたことがあり、今は筋痛性脳せきずい炎と診断されているそうだ。わたしは自分の場合の話をした。わたしのことは記事を読んで知り、会ったらおもしろいかもしれないと思ったという。新聞からわたしの写真も切りぬいて、何か月も机の上に留めていたが、とうとう勇気を出して電話したとのこと。

わたしは三十六歳だが、子どもがほしいと体が欲するようなホルモンの変化というものは、一度も感じたことがなかった。このときも、この人といるとなんとなく気分がいいと思っただけだった。だがそれに身をまかせているのはほんとうに心地よく、そうでなければ自分を、答えや情報を与えるだけの機械のように感じたことだろう。

彼は心理学者の役を演じ、わたしは患者の役を演じて、彼に訊かれることすべてに答えた。わたし自身について、シェリーについて、幸せであるということについて。

そしてわたしは、脱脂綿みたいにスカスカになった頭で、シェリーのもとにまっすぐ帰った。

そのころわたしは、ナタリーという催眠療法士のところへ通うようになっていた。ナタリーは人との境界線をうまく引ける人で、注意深さと思いやりと突拍子のなさを混ぜあわせたような、よく効く療法を編み出していた。

なぜ通うようになったかといえば、わたしに悪い兆候が表れてきたからだ。気がつくと、走っている車の前にふらふら出ていき、はねられたってかまわないと感じたりするようになっていた。でも精神状態に問題はなく、ちゃんと分別もあり、なにか訊かれれば正常に答えることができた。問題は感情面がうまく働かなくなっていたことだ。だからわたしの感情の部分に直接話しかけて、賢明な考えを引き出してくれる人が必要だったのだ。

それには、夢を見ているような状態で語る催眠療法がいいと思った。そしてナタリーがおこなう催眠療法は、どのようにしてかはわからないが、わたしの感情面での返答を少しずつ変えていった。

はじめにわたしはナタリーに、自分の問題を話した。感情のうえでの虐待を受け、シェリーに利用されていると思わない日は一日もない、と。あと、子どもがほしいのかどうかもずっと考えていて、自分はまったくゲイではないのではないかと思う、とも。

ナタリーは言った。

「いい、ドナ、あなたはとってもストレートなの。率直だし、誰になにを訊かれてもぜんぶ答えるでしょ。シェリーになにもかも言う必要はないのよ。自分の心のなかだけにしまっておくことがあってもいいの」

やっぱりわたしはストレートなのだ。ナタリーがそう言ったのだから。わたしは「ストレート」、つまり同性愛者ではないと、彼女は言ったのだ。

わたしには、地元でコンピューターの会社をやっているセルジュという友だちがいた。変わり者だが親切なフランス人で、美術作品を扱うアートディーラーでもあり、コンピューターの設置や販売をおこなったり、わたしのようにコンピューターがよくわからない人間に使いかたを教えたりしている。

彼は、まったくコンピューター向きではないわたしの頭に、いらいらしたり癇癪《かんしゃく》を起こしたりしながらもなんとか電子メールの受けとりかたを教えてくれ、わたしのホームページも作ってくれて、それを見た人が、そこからわたしにメールを送れるようにもしてくれた。おかげで世界じゅうのどこにいる人も、もちろんこの近所の人も、わたしに連絡できるようになった。

早速、フィルからメールがきた。思い入れたっぷりの調子で、きみのことを心配している、きみが大丈夫かどうか、ただそれを知りたいと書いてあり、締めくくりは「愛をいっぱいこめて、フィル」。キスのしるしも付いていた。

わたしは、今と似たような気持ちになったことが、昔にもあったと思い出した。あれは十三歳のころ、母に買い物をたのまれたため、一時的に面倒を見てもらっていた家族のところから家へ、夜遅く路面電車で帰ろうとしていたときのことだ。まるで催眠術のように心地よくすてきな声の人に、話しかけられた。言っていることがぜんぶわかったわけではなかったが、ちょうどボタンのようにいくつかキーワードがつかめて、「神の子どもたち」というカルト教団の人だということがわかった。そしてじっと見つめられるうちに、わたしは揺りかごのなかにでもいるようにおだやかな気持ちになったが、心のどこかから、すぐに電車から飛びおりろという声がしたのだ。

わたしはなにから逃げ出すのかもわからないまま、飛びおり、走った。その先に帰るのも、けっしてやすらぎを約束してくれるところでもなければ、家族といえるかどうかもわからないところだったけれど——。

その後また、携帯電話にメールが来た。フィルからだ。心配しているというのだ。電話したほうがいいんだろうか？　するとしばらくして、さらに一通来た。

「わたしなら大丈夫」とわたしは彼に連絡した。彼が心配しているのは、わたしの魂とのことだった。ゆうべはわたしの家の前に車を止めていたそうで、もう少しでわたしを中から引きずり出すところだったという。会えないだろうか、と彼は言った。きみと話をしなくちゃ。

わたしは、家から少し行ったところの公園で彼に会い、しばらくいっしょに歩いてから木の下にすわった。きみは利用されてる、と彼は言った。ぼくはきみを助けたいんだ。

だがわたしがほしいのは友だちで、彼はそれには当てはまらない。

それでもわたしは話に耳を傾けた。他人であるこの人は、多少なりとも客観的な分、わたしの生活について、わたし自身よりもずっとはっきり物が見えている。

今の状況から逃げ出したらどうか、と彼は言った。いつでも彼のところに泊めてくれるという。きみのことはとても魅力的だと思ってるけど、おそったりはしないから。

家に戻ると、シェリーがふさぎこんでいた。そして、明日は仕事をしたくないと言う。二、三日、お店を閉めたい、と。

ありえない、とわたしは反論した。目抜き通りの店を二日も三日も閉めるなんて。それならわたしがお店に行く、とわたしは言った。

わたしが店をやっていると、フィルが現れた。そしてスツールに腰かけ、まるで家具の一部になったみたいにお客たちを迎えた。

「ねえ」と彼は話しかけてきた。「ぼくは娘と、ちょっと海辺に行くことになってる。まだ六歳なんで、娘の母親が自分の時間もほしいって言ってきてね。で、週末に迎えにいくんだけど、きみにとっても海辺はいいんじゃないかな。いっしょに来るって言ってくれよ。きみひとりだけの部屋も取るし、きみが食べられるものもちゃんと用意するから」

「シェリーに訊いてみる」わたしは答えた。

フィルがやってきたことをシェリーに話すと、シェリーの顔は冷たくこわばった。そしてわたしをにらんだ。

「あの男が考えてることなんか、わかってる」吐き出すように、彼女は言った。

「あの人は、わたしがあなたと暮らしてることは知ってて、あなたに会いたいって言ってる。会ってみない？」わたしはなだめようとした。

「そんなの、ぜんぜん興味ない。男なんか、ぜんぜん興味ない。行きたきゃ行けばいいじゃない。あとでそいつがどうなるか、思い知ればいい」シェリーは甲高い声でわめきちらした。

「わたしひとりだけの部屋を取ってくれるって」とわたし。

「行けよ！」シェリーは叫んだ。

「わたしの友だちになろうとしてるだけだって。娘もいっしょに行くんだって」わたしは続けた。

「好きにすれば」シェリーは無表情になった。「でも店はもうやらない」

「行かない」わたしは言った。

「その男に興味があるの？」とシェリー。

「あなたにちょっと話がある」わたしは言った。「すわって」

そしてわたしは、催眠療法士が言ったことを告げた。

「わたしはストレートだって」

わたしたちの関係を終わらせるのに、これ以上のことばはなかった。シェリーは母親の家に帰り、わたしは今の家に残った。そして昼間は店をやり、かつてカップルとして飼うと決めた二匹のネコと犬にえさをやりつづけた。


ふたりの自閉症者《オーティー》から、一通のメールが届いた。ひとりはハル。何年か前、わたしとジムとキャシーで作った国際自閉症ネットワークのリストに登録した人。もうひとりは、わたしに「命を救われた」というロサンゼルスのジョンで、ミックと行ったインディアナでのコンフェランスで会った人。ふたりがわたしを訪ねてくるという。

わたしは駅でハルとジョンを迎え、家に案内して、わたしの周囲の冷えびえとした事情について話した。シェリーが出ていったままであること、店のこと、ジャッキー・ペーパーとマーゴとモンティのこと。レコーディングしたCDのこととフィルのことも話した。キャンドルの明かりのもとで、わたしたちは夜ふけまで話しこんだ。

ジョンは、どんなふうにわたしに命を救われたか話した。ハルは、まるでブッダのようにおだやかなほほえみを浮かべていた。それからふたりは、わたしの自閉症《オーティー》の友人たちはどこにいるかと訊いた。たしかに今の混乱とカオスのなかでも、彼らに連絡を取ることはできる。でも、これまでわたしの人生に現れては消えていった自閉症者たちと、わたしはなんのつながりも持っていなかった。

ジョンは独特な表情で顔をしかめて、脇で指をひらひらさせはじめた。シェリーやフィルをはじめ、わたしが話したことについてなにを感じるか、ひとつずつチェックしているのだ。

「きみはここから引っ越します」とジョン。「そう感じます。それからそのフィルってやつ……気をつけてください。きみのためになることは、なにもない。あるのは、ちがうこと。きみは自分のルーツを忘れてます。自分の目的に気づくべきです」

変化を前にしても適応しつづけることのほかに、どんな目的があるというのだろう。でもそういうことなら、わたしはうまくできる。

そこへシェリーが戻ってきた。わたしは自分の荷物を、「わたしたちの部屋」から、苦労して作った自分だけの部屋に引きあげていた。わたしはシェリーの気持ちを思った。

わたしが彼女に絶望を宣告したと感じていたからだ。シェリーには、はじめからなんの約束もしなかったとはいえ、ある意味でわたしの行動自体が、彼女とわたしの世界を約束したようなものだった。わたしは息をするのも申し訳ない気持ちだった。

シェリーは、ジョンもハルもいないかのように冷たくふるまったが、ふたりのほうも彼女になんの注意も払わなかった。だがふたりが帰ると状況も変わり、わたしは自分が要求されていることがなにか、理解した。シェリーは新しく住むアパートがいるとのことだった。これ以上いっしょに暮らしつづけるのは、どちらにとってもよくないからと。

彼女は書類を整えて、お昼までにアパートを決めた。そしてひとり立ちできるまで、わたしがお金の面倒を見ることになり、家具類がまたも家からなくなっていった。

店は彼女が続けることで合意したが、それには「わたしたちの関係にまだ希望があるうちは」という暗黙の条項がついていた。わたしは彼女のアパートに行き、引っ越し作業が落ち着くまで泊まった。それでもその条項が満たされることはないだろうと、わかっていた。

それから一週間のあいだに、わたしも家を売った。そして角を曲がった先にある小さなテラスハウスに、動物たちを連れて引っ越した。

＊1　キャラメルがけポップコーンのこと。

24　運命のひと

テラスハウスはほんとうに小さくて、小さな靴箱を並べたような部屋が二階にふたつ、一階にふたつ。最小限の家具を入れただけで、もういっぱいだった。縦横およそ二百四十センチのキッチンもあって、ベンチ型のいすがふたつ付いていたが、おかげであとは、その場でくるりとまわれるという程度のスペースしかなかった。二階を見あげれば、左と右にドアがひとつずつあるばかり。

二階では、バスルームの天井に小さな出入り口《マンホール》があるのを見つけたので、上がってみると、屋根裏に出た。縦およそ百五十センチ、横およそ九十センチ、高さおよそ九十センチといったところだ。そしてその空間のむこう、屋根を支えている二本の垂木《たるき》のあいだにさらに出入り口があって、クモの巣だらけの暗闇に続いている。わたしは好奇心をかきたてられた。

そこでロウソクに火を灯《とも》し、ふたたびそこに上がると、約四十五センチ四方ぐらいしかない穴ぐらのような暗闇を、這《は》って進んだ。すると驚いたことに、正面の寝室の上にあたる場所に出たのだ。縦横およそ三百センチ、高さおよそ二百四十センチほどもあり、完全にひと部屋分の広さがある。屋根裏に、誰にも知られず、発見もされなかった部屋があったのだ。これをちゃんとした部屋にして使おうと、わたしは施工者のアランに電話した。

チャーリーは、チワワぐらいの小ささでなくてはとても無理と思われる狭い庭で、四方を囲まれて、一日じゅう吠えていた。わたしが行くと飛んできて離れようとせず、わたしがいなくなるのを恐れて、えさのお皿にさえ向かおうとしなかった。

家のなかに入れると、ネコたちを追いかけたり逆に追いかけられたりして、音をたてて階段を駆けのぼったり、駆けおりたり。かと思うと、わたしのベッドの上で跳ねまわって、毛布やシーツを振り落とし、となりの家から「階段の音がうるさい」と苦情を言われた。

ネコの一匹のほうは、どこにでもオシッコをするようになり、バスタブのなかにわたしへのプレゼントまで残すようになった。トグルズは、わたしを見るなり鳴いては赤ちゃんネコに戻りたがり、トマシナは、わたしに対してアレルギーがあるかのような行動をした。それでも、やがてトグルズは道に出て一日鳴くことから、トマシナは自分のえさのお皿に糞をすることから、卒業した。

動物たちも、そうとうストレスを感じているのだ。この子たちに必要なのはわたしではなく、新しくやりなおすことだ。みんなそうだ。トグルズには特別にかわいがってくれる人が、チャーリーにはテラスハウス以外での暮らしが、トマシナには精神分析かカウンセリングが、必要だ。

わたしはチャーリーを、もとの保護施設に連れていった。今度こそ、いつまでもいっしょに過ごせるほんとうの家族を見つけられるように。最後にチャーリーを抱きしめると、わたしは泣きながらその場をあとにした。

トグルズはシェリーに引きとってほしいとたのんだが、聞き入れられなかった。わたしがどんなに気を配ろうと思っても、はてしなくくっついてこようとするトグルズと、それにぜんぶは応えられないわたしとでは、うまくいかない。

携帯には、フィルからのメールがつぎつぎ入ってきた。でも今の悪戦苦闘のうえに、さらなる混乱などほしいわけがない。返信はしなかった。

わたしは航空券を買いにいくことにした。ネコたちは連れていくことにしよう。わたしは、オーストラリアに帰ろう。


電話が鳴った。リサからだった。「言いにくいんだけど」と彼女は切りだした。店がずっと閉まっているという。

それから郵便受けに、鍵の入った封筒が届いた。シェリーが店を放棄したのだ。クリスマス前の書き入れどきだというのに、この三年あまりで三万ポンドにまでふくれあがった借金を、いくらかでも取りもどす唯一のチャンスを捨てたわけだ。彼女はボディピアスの設備とジュエリーは引きとるが、これからはどこか別のところでやっていくという。

わたしがまた店に出るようになって何日かしたころ、シェリーが現れて、実際にボディピアスの設備とジュエリーとキャンドルを持っていった。いずれにせよ、わたしが持っていてもしかたがない。わたしはピアスの開けかたも知らない。

「私には私の計画があるから」とシェリーは言った。

「うまくいくといいね」とわたしは言った。

店の棚は、すきまだらけになった。シェリーはわたしの了解と資金なしで物を売ったまま、新たに仕入れる元手は作れなかったのだ。

わたしは商品カタログを探した。クリスマス用の在庫を確保しておかなくてはならない。だがカタログが見つからない。捨てられてしまったらしい。これではどうやって業者を見つければいいのかわからない。

たまたま店にやってきた販売代理人たちに、わたしは必死で仕入れをたのみつづけた。そして一週間もすると、店はふたたび輝きだした。

そのとき、わたしは思い出したのである。わたしはこの店の保証人だったと。わたしはあと八年、ここにしばられているのだ。オーストラリアになど帰れない。航空券はキャンセルしなくては。わたしはどこにも行けないのだ。

いとこのベリンダから、電話がかかってきた。ちょうど英国を旅行中だが、働き口が見つからないという。「わたしのところへ来て、なんとかクリスマスを過ごせるように手伝ってくれたら、仕事をあげるし、車と宿代はただにしてあげる」とわたしは言った。

ベリンダはやってきた。そして居間を乗っ取ると、キャンプ用ベッドやこまごましたものを広げた。彼女ははっきり物を言うタイプで、エスキモーにでも氷を売りつけるような押しの強さがある。翌日から早速店に出てくれて、まるでずっとこの商売をしてきたかのように、店内を整え、書類にサインをし、客たちとおしゃべりをした。

トグルズとトマシナは、「ここはあたしたちの縄張り」と言うように、階段下にオシッコの水たまりを作り、二階の白いバスタブには茶色いくさい糞をいっぱいにして、ベリンダを迎えた。

だが三毛猫のトグルズは、ベリンダが入ってくるなり、喉をゴロゴロ鳴らしては体をすりつけに行き、生涯の恋人を失って嘆いてでもいるようにまとわりついて、鳴き声をあげつづけた。トマシナは、ベリンダのこともわたしと同じように扱った。つまり、伝染病よりひどい存在とみなしたのだ。

ベリンダは、天からの不思議な力というものを信じていた。なんにでも意味《サイン》が隠されているのだという。たとえば車のナンバープレートにDの文字があったら、それは彼女の元夫であるダレンに連絡しろという意味。ダレンの名字と同じブランドネームを見かけたら、彼についてまだ理解していない大いなる神秘があるという意味。占いやタロットカードにも夢中で、じつはリサがタロット占いをすると聞きつけてきた。

「私、自分の運命がどうなるのか知らないと。ダレンがほんとうに運命のひとかどうか知らないといけないし、彼とよりを戻したほうがいいのか、近い将来そうなるのか、知っておかないと」

というわけで、わたしたちは、自由奔放に散らかし放題の、リサのテラスハウスに行った。リサがベリンダにタロットカードを切らせているあいだ、わたしはひとりでソファにすわった。

リサがわたしのほうを見て、「今日はほかにも人が来てるの。クリスっていう友だち」とやさしく言った。こういうことは、あらかじめ伝えておいたほうがいいと彼女は知っているのだ。わたしがいつも、知らない人が入ってくるなり、おびえたウサギのように逃げ出すから。

わたしは、ベリンダのタロット占いが終わるのを待った。ベリンダは自分の運命がどうなるのか聞こうと、固唾《かたず》をのんで見守っている。そこへ、わたしの運命がやってきたのだ。二階のトイレから出て、階段をおりて。

ぶらぶらおりてきた、その大きくて毛むくじゃらで革《レザー》を着こんだクマのプーさんみたいな人は、まったく当たりまえのことのように、わたしのとなりにすわった。

リサが「クリスよ」と紹介し、クリスはあたたかくにっこり笑い、わたしはパニックにおそわれるかと身がまえたが、なにごとも起きなかった。そして、部屋にいるみんなが互いに話しているなか、魔法にかかったようになったのだ。低く深く、チョコレートのように甘くなめらかな彼の声にすっかり心を奪われたうえ、くつろぎながらも自分らしさを持っているそのしぐさに、体が共振するような感覚になっていったのである。

大きくてあたたかいけれど、少年のようにシャイなところもある人――。わたしたちは目が合うと、思わず互いに視線をそらした。この人は、同じ言語を話す人だと、わたしにはわかった。そして、見かけがどれほどおとなであっても、そのなかには六歳の少年がいるということも。

わたしは逃げ出すどころか、はじめて会ったこの人に、すり寄りたくてたまらなかった。においをかぎ、その腕に身をもたせかけて抱きしめられたかった。この人は、やすらぎという名の、ふんわりした大きな雲みたいだと思った。

ベリンダは、占いの結果、運命のひとについては忍耐強くならなくてはいけないと言われた。それは彼女が聞きたかった答えではなかったので、わたしたちはそこで引きあげることにした。わたしは、ソファのとなりにすわっているやすらぎの大きな雲から離れ、雲はほほえんで「会えて楽しかった」と言い、バイバイと手を振った。

リサは外までわたしたちを見送ってくれながら、微妙な表情の笑顔で言った。

「あなたにはびっくりよ。クリスがおりてきたら出ていっちゃうかと思ったのに」

「わたしも自分にはびっくり」わたしは、はにかみながら言った。

それから一週間たって、ベリンダといっしょに店をやっている最中に、わたしは突然もうこれ以上耐えられない、と思い、リサに電話した。

「わたし、運命のひとに出会った。そのひとは、角を曲がって通りを少し行ったところにいて、とてもこのまま別れ別れになるわけにはいかない。彼に会いたい」

クリスが店に現れた。だが蛍光色のねじり棒キャンディーやぼろきれを織りまぜた毛足の長い敷物や、クリスタルのサンキャッチャーや派手なデザインのランプなどを、眺めているばかりだ。一方わたしも、まともに顔を合わせるのは無理だとわかった。ベリンダはといえば、クリスマス前でにぎわう客たちの応対で忙しい。

クリスがわたしに、電話番号の書いてあるカードをくれた。リサの入れ知恵だった。わたしたちはいっしょに出かける約束をし、待ちあわせ場所と時間を決めた。

家で、わたしはベリンダと、ネットでクリスのホームページや写真を検索した。すると彼の写真とともに、元妻という女性の写真がたくさん出てきたのである。そのうえ彼は、まだその大掃除がすんでいないらしい。

わたしは足がすくんだ。元妻と、別れもせずにいっしょに暮らしつづけている男って、なに？　そのわけのわからない不道徳な生活って、どういうこと？

待ちあわせの日がきて、クリスは長髪をポニーテールにまとめた姿で、ウサギ小屋のように小さなわたしの家に現れた。とたんに、わたしの疑心暗鬼はすっかり晴れた。わたしは彼を車に案内すると、ウスターに向かって出発した。

食事をしに店に入れば、わたしたちはテーブルのむこうとこちらで、塩とコショウみたいな一対《いっつい》になった。彼は食べたいものを注文し、わたしは食べられるものを注文する。彼はわたしに雑貨店のことを訊き、わたしは彼にシェリーのことを話す。

それから彼が、元妻のことを話しだした。彼女がほかの人と寝るようになって、六か月前に夫婦の仲は破綻したが、いまだに出ていけと言えないでいるという。

こんなパターン、つまり、いいようにされる男の話などというのは、はじめてだった。大きくて毛むくじゃらで革を着こんだ、いいようにされる男なんて――。

わたしは彼に、発達障害や精神科のあらゆるレッテルについてたずねてみたが、彼はがっしりした肩をすくめただけだった。そういったレッテルは、なかなか避けては通れないが、できることなら人に貼りつけずにいたいと、わたしは話した。そうでないと、レッテルにしばられて、そこから自由に成長していくことがむずかしくなりがちだと思うから。

わたしは、チョコレートのような彼の甘い声に、うっとりとなっていた。彼は、わたしの話のおだやかなリズムに身をゆだねていた。

クリスはクマのプーさんみたいだった。今この瞬間を生きていて、くつろぎながらもそよ風みたいに気ままに、なにごともマイペースでおこなう。怒りや恨みをためたり、人や社会を糾弾したりすることはできないようだ。だがニュースや文字多重放送を見なくてはという強迫観念があって、いつも最新情報を知っているし、政治的な問題についても、議論しようと思えばできるだろう。

性格は「いい人」「やさしい」「親切」と誰からも言われるとおり魅力的なのに、二十代まではほんとうにシャイだったため、人と話をするのも大変で、友だち関係を築くこともできず、どうしようもなく孤独だったという。

だがわたしたちは、互いに紅茶とビスケットみたいにぴったりだった。わたしが会話を進めなくてはと神経質になるときと、黙りこむときと、両方のあいだを行ったり来たりしても、彼はまったく気にしなかった。それに彼には、黙っていても上機嫌な雰囲気があって、まるで沈黙自体がにぎやかさに彩《いろど》られているかのようだ。

日が落ちて、遠くに街の明かりがきらめく闇のなか、わたしたちは砂利道を歩いていった。そして丘をのぼることにした。

車のヘッドライトを消すと、あたりはまっ暗になり、わたしたちは丘への道を勘でたどらなくてはならなくなった。十二月の夜風は刺すように冷たくて、わたしはスカートの裾をあちこちに翻らせ、暗いなかでつまずきそうになりながら、一生けんめい丘をのぼった。そこここの岩が、かすかな月明かりにぼんやり浮かびあがる。ふとクリスが手を差しのべてくれた。その手を握ると、わたしもクリスも思わずうふっと笑ったが、風はわたしたちを木の葉のように吹き飛ばそうとした。

とうとう頂上に着くと、わたしたちは少しくぼんだ場所に立った。はるか下のほうに、街の明かりが輝いている。クリスは大きくのびをすると、さわやかな夜の大気を吸いこんだ。それから冷えびえした地面に寝ころび、わたしと星々を見あげながら、こちらに手をのばした。わたしはその手をつかんで、彼の上に倒れこんだ。そしてキスした。

彼は、わたしの髪をなでながら言った。「そういうつもりじゃなかった。その、きみがそういうことするなんて、思わなかったんだ」

「わかってる」わたしは言うと、ひとりでにっこりした。そしてクリスのとなりの冷たい地面にごろりと横になり、彼の腕のカーブにぴったり体を沿わせて寄り添った。リサの家で出会ったあの晩、どんなにこうしたかったことだろう。わたしたちはとなりどうしに寝ころんで、心地よく静かに星々を眺めた。

やがて凍てつくような寒さに、そろそろ引きあげ時だと教えられ、わたしたちは闇のなかをさぐるようにしながら丘をおりて、車に戻った。

わたしは丘のふもとまで車を走らせると、クリスの家の前で止め、そこで彼を降ろした。玄関まで、クリスはひとりで歩いていった。家には明かりがついていた。元妻がまだ起きているのだ。

わたしは奇妙な気持ちで家に帰った。ほかの女が待っている家に、好きな人を降ろしてきたなんて、やりきれない。すっきりしない。

でもそれ以外は、今日はなにもかもがおとぎ話のようだった。昔、ウェールズのひとに恋しながらも、うまくいかなかったわたしの胸の痛みは、ミックが現れてようやく鎮まった。そしてそのミックも、とうとう「誰それ？」と思えるほどの人でしかなくなったのだ。われながら、ほっとした気分――。

わたしがぼんやり家のなかに入っていくと、ベリンダが待ちかまえていて、話を聞きたがった。わたしは今の気持ちを自分だけのものにしておきたかったが、けっきょくクリスのことについてしゃべり、元妻と暮らしていることへの不安を打ち明けた。

「不自然よね」とベリンダは言った。「彼はいい人で、それはまちがいないんだけど、性格が弱いとか、なんかそういうことがあるんじゃないの。なんで元妻に『出ていけ』って言わなかったんだろう？」

いい質問だ。人生のある段階が終わったなら、次に進んでいくために、残骸はきれいにかたづけ、境界線ははっきり引いて、泥水など残っていないようにするものだ。片足を過去に突っこんだままの男と恋に落ち、カオスにおちいるような羽目にはなりたくない。

「でも彼にチャンスをあげなくちゃ」ベリンダは続けた。「男ってさ、どうやって物事を終わらせたらいいのか、単にわかってないことが多いのよ。あんたと会うようになったからには、きっとこれからきちんとするんじゃないかな」

わたしはお城に住むお姫さまになりたいけれど、そのお城は、彼が帰ってくるところでなくては。だが論理的に考えれば、ああいう人との関係が深まったら、今度はわたしが明かりをつけて待ち、元妻であれ誰であれ、ほかの女が彼を家の前に降ろしていくようなことになるのではないか。それはぜったいにいやだ。

十代のころ、ホームレス同様で家庭内売春のようなことをして生きていたときには、そういう思いをした。わたしは女たらしたちに、いいようにされる存在だった。あんなことは、もう二度とごめんだ。

それからほどなく、クリスが店にやってきた。彼の家に、オーストラリアに行ってきた友人たちが遊びにくるという。きみもそこに加わりたいかな？

彼の元妻に会うことになると思うと、控えめに言っても気が重かったが、わたしはその招待を受けることにした。わたしが来てもいいと思っているなら、そんなに悪い人ではないにちがいない。

「うそ！」ベリンダは叫んだ。「元妻に会う気？」

わたしは事態を正確に説明した。会いにいくのはクリスの友人たちで、そう、もしかしたらそこに元妻もいるかもしれないというだけ、と。

「幸運を祈るわ」とベリンダは言った。

わたしは夕方に店を閉め、世間知《せけんち》の豊かなベリンダに作戦を授けてもらうと、うちからは丘をのぼっていくことになるクリスの家まで、車で行った。遠くに街の光がまたたいて、それを眺めると気持ちが落ち着いた。そして、クリスの家のドアをノックした。

クリスが出てきて、わたしは居間に入っていった。部屋の奥の、ドアと向きあうあたりに若い女性がいて、典型的な快楽主義者風、パンクロック風の派手な格好でロッキングチェアにすわり、わたしを待ちかねてでもいたように、いすを揺らしている。

それから彼女は、木のテーブルのむこうからわたしのほうへ、銀のグラスを押しやった。含み笑いをしながら、目は獲物をねらう動物のようにこちらを見すえている。

「どうぞ、ワイン」視線をわたしからクリスへ、クリスの友人たちへ移しながら、彼女は言った。グラスを取るかどうかが、なんらかのテストででもあるように。

わたしは取った。赤ワインだ。サリチル酸塩が多く含まれている。飲み終わるまでに、わたしは倒れるだろう。

「飲まなくていい」クリスが言った。

わたしが床にすわると、クリスがとなりに腰をおろしにきた。若い女性はロッキングチェアを揺らしつづけ、わたしに対して縄張りでも示すみたいに、クリスをあだ名で呼んだり、親密な者しか知らない彼のあれこれをあげつらったりする。

それから彼女は男性の体格について、ハリウッドのアクション映画を引きあいに出しながら、品定めをするように語り、クリスの友人たちをうなずかせたり、忍び笑いさせたりした。クリスはひとことも口をきかなかった。友人たちは、彼女が仕切る会話に支配されているようだった。

それから、彼女がアメリカ先住民の魂の生まれ変わりだという話になった。曽祖父がアメリカ先住民と兄弟の契りをかわしたそうで、彼女も背中に蔦《アイヴィー》の入れ墨《タトゥー》をするのだという。

「あなたもしたら」と彼女はわたしのほうを向き、見くだした調子で言った。「そう……ヘビね。あなたにぴったりなのは」

クリスがわたしの耳にささやいた。「ぼくたち、となりどうしにすわるべきじゃなかったかもしれない。あいつにいやな思いはさせたくなかった」

わたしは息をのんだ。

「信じられない、そんなこと言うなんて」クリスが突然モンスターになってしまったようで、わたしはすわったまま後ずさりして、立ちあがった。

「待って、待って」クリスは小声でたのみこむように言った。「ちがうんだ」

「悪いけど」わたしは言った。「ここはわたしにはちょっと。帰ります」

「それならぼくも」とクリス。「たのむ」

「勝手にすれば」部屋を出ながら、わたしは言った。

外に出るとクリスが追いかけてきて、わたしの車の横に立ちつくした。迷子のヒツジのようだった。

「たのむ、いっしょに行かせてくれ。ぼくもあそこはちょっと。この家にはいたくない」

「あなたの家でしょ」わたしは、はねつけた。

「そうだけど」彼は絶望したように頭を振った。霧雨が降りはじめていた。

わたしは彼を車内に入れた。

彼は、心のなかで大きな雨雲が切れてしまったように、泣いた。

それから話しだした。もう自分には興味がないと彼女に言われたとき、どうしたらいいのかわからなかったこと。そのとき出ていくように言うべきだとわかってはいたが、どうたのめばいいのかわからなかったこと。だからそれまでと同じ暮らしを続け、ひとりで抗うつ剤を飲み、いったいこの大混乱を彼女がどう収拾するのか、それを待っていたこと。だがやがて彼女は、彼の親しい友人たちにその興味を向けるようになり、それでも彼は、ふたり分の光熱費や家賃を払いつづけたこと。今夜はっきりと、この状態はもう続けられないと悟ったこと。少なくとも彼としては。

わたしはじっと耳を傾けていた。

そうして遅くまで、わたしたちは起きていたが、とうとう就寝の問題になった。泊めてもらえるかと彼は訊いた。むこうには帰りたくないとのことだった。彼女がいるかぎり。

わたしはクリスの手を取ると、二階のわたしの部屋に案内した。クリスはベッドの端に腰かけて、ブーツを脱いだ。

「なにも期待してないから」わたしに迫るつもりはないと伝えようとして、クリスが言った。

「わたしはしてるかも」冗談めかして、わたしは言った。

「訊いておきたいんだけど」クリスが言った。「もしうまくいいいいかなかったとしても、ずっと友だちでいてくれるかな」

「だめ」わたしはきっぱり言った。「もしわたしと寝てうまくいかなかったら、それはわたしとのあいだに境界線を引いてるからだと思う。それで友だちになんて、なれるわけない。友だちは友だち、恋人は恋人」

クリスはブーツにつづいてソックスを、Tシャツを、ズボンを、ボクサーショーツを脱ぐと、ベッドに上がってわたしに背を向けた。ほんとに妙な人、三十にもなって、中身はまだ少年のまま——。

わたしは片腕を彼にまわすと、その体のにおい、髪のにおいをかいだ。男の人のにおいがした。うす暗いなかで、肌に彼の体毛を感じていると、彼もわたしのほうへ体を向けて、子どもみたいにわたしの手を握った。その肩にわたしが顔をうずめると、ようやく彼の顔がこちらを向いた。涙にぬれた顔が。

やがてあのたくましい両腕で抱えこまれ、毛むくじゃらの体に引きよせられて、わたしはきつく抱きしめられた。全身に電気が走って、ミックと、そしてウェールズのひととうまくいかなかったことも、クリスとはうまくいくようにとわたしは願った。男性に対する完全な女性として、わたし自身の欲望《セクシュアリティ》を解放すれば、求めるものは得られるはずだ。

わたしは、キャンバスに自由に絵の具を走らせる画家のように、クリスの体に没頭した。焦《じ》れるバージンのように、すべてを知りたがる十代の子どものように、でも官能的に、没頭した。親密であることの美という名の、深い海を泳いでいるようだった。

やがて息が詰まり、圧倒され、体がわなないて、わたしはクリスにしがみつき、クリスはわたしにしがみついた。

わたしは顔に降りかかるクリスの長い黒い髪をなでながら、にっこりし、クリスはわたしに鼻をすりつけてきた。

「恋人」わたしは言った。

「恋人」クリスも言った。純真さあふれる声で。

翌朝、わたしはクリスをまた最初から思うぞんぶん味わったが、朝食を食べることはできなかった。わたしが勝ちとったとてつもなく大きい自由の代償に、曝露不安があらゆるところに現れはじめたようだった。

「朝食、食べるだろ?」クリスが訊いた。

「これを仕上げなくちゃ」わたしは自分が立っているところを四角く残して、バスルームの床にラッカーを塗りつづけながら、答えた。

「いいから、それは置いといて、食べようよ」クリスがなだめるように言った。

「食べられない」わたしは正直に言った。

そしてクリスは、曝露不安というものを知った。

階段の下では、ネコたちがクリスにプレゼントを残していた。わたしたちは、いっしょにそれをかたづけた。

25　クリスマスのころ

その晩、クリスは友人たちと会う約束をしていた。どうしても自分で元妻に出ていけと言えないので、友人たちに仲介してもらうことにしたのだ。

電話が鳴った。元妻からだった。クリスとわたしは家を出た。

そこに元妻が来て、友人たちが彼女をすわらせ、「もうたくさんなんだ」と告げた――きみがクリスにしていることはまちがっている。あの家からは出ていくべきだし、お母さんの家という帰る場所もあるだろう。

元妻からわたしにメールがきた。そしてもう一通、また一通。クリスの家から出ていくことについて、わたしと話がしたいという――私には、ほかにどこにも行き場がないのを知らないの？　私はとても感受性の鋭い人間だから、仕事なんてできないし、世間はたちまち私を精神病院に入れてしまう。それがわからないの？

どのメールにも、最後に「愛と敬意をこめて」と書いてあり、彼女が使っているアメリカ先住民の名前でサインがしてあった。

だがこれは、わたしが責任を負う問題ではない。いわゆる、ふつうとはちがうと「発見された」人々というのは、どうしてこう自分を「失っている」ことが多いのだろう？

わたしにはわたしの問題があるのだ。

クリスはずっと家に帰っておらず、わたしもそれをまったく気にしていなかったのだが、やり残しの仕事を置いてきているとのことだった。元妻は一歩も譲歩していない状況だ。彼女に出ていってほしいなら、クリスが自分で、ひとりで、そう言ってくるべきだ。たのむのではなくて。

その日、クリスは仕事が終わるとわたしの店に来て、一日のバタバタの終了とともに店の明かりを消すまで、いっしょにいた。それからわたしが車で、彼を家の近くまで送っていった。「話がついて、迎えにきてもらえるようになったら電話する」とクリスは言った。そして丘をのぼっていった。

家に入ると、元妻がテーブルにワインのボトルを置いて、待っていたそうだ。すでに出ていくと決心していたとのことだった。母親の家に戻るという。

クリスから電話があった。話がついたのだ。元妻が出ていく日にちも決めていた。どうしてもの場合に備えて、彼女に賃貸での居住という選択肢も与えたが、二週間後には出ていくとのことだった。クリスマスの翌日には、あの家もきれいさっぱりとなる。

それまでの二週間、クリスはわたしの家にいることになった。そしてクリスマスは、わたしとベリンダといっしょに過ごしたいという。

「あのねえ、あんたたちはいいだろうけど」ベリンダは不機嫌だった。「ハエ取り紙かなんかみたいに、いつもベタベタしててさ。でもお気づきでないなら言っておきますが、私にはボーイフレンドがいないし、家じゅうどこに行ってもイチャイチャしてるあんたたちに出くわすのは、不愉快よ。もうちょっと遠慮してもいいんじゃない？」

クリスとわたしは、子どもみたいにあわてて二階に逃げた。それからいっしょにクリスマスプレゼントをラッピングした。今年は枝編み細工のクリスマスツリーを手に入れていて、ほんとう《リアル》のクリスマスをしたいと思っている。

部屋のドアのむこうは、わたしが見つけた例の新しい部屋の工事中で、ごったがえしていた。わたしたちは、ベッドカバーにもソファカバーにも使えるカラフルな大きな布で壁を飾り、ダイニングテーブルを二階に運んだ。そして枝編み細工のツリーの位置を決め、飾りつけをすると、その下にプレゼントを置いた。

店は大忙しとなった。ベリンダとわたしは、いつも棚をいっぱいにして客たちに喜んでもらおうとがんばった。それは楽しいことでもあって、たとえ店がいくら借金をかかえていようと、わたしが得たものを誰からも利用されたり奪い取られたりしないという事実や、人間関係の構造が、その善《よ》し悪《あ》しはともかく、うれしかった。

去年は、雪に見立てて飾っていた窓の脱脂綿に火がついて、ウインドーが燃えあがり、サンタクロースも炎のなかに消えていったのだが、今年はベリンダがブレーンとして店をうまくまわしてくれている。彼女は地元の人たちにも評判がよく、みんなこの新顔のオージーにオーストラリアの話をしたり、英国の寒い冬をどうやって過ごしているのかとか、ここを気に入っているのかなどと訊いたりする。

わたしはこの店にしばられているとわかったとき、オーストラリア行きの航空券をキャンセルしたが、その結果クリスと出会えたので、今ではすべてよかったと思っている。

クリスも毎週土曜日には店に来て、客たちが買ったものを袋に入れたり、プレゼント用のラッピングをしたり、ハーブティーをいれてくれたりした。

クリスマスイブの午後九時、最後の客が帰ると、わたしたちは店の扉を鍵で閉め、ほっとしたのと祝祭の気分とで大きく息をつき、三人で倒れこんだ。

どの棚も客たちにかきまわされて今はからっぽ、カウンターの上は雑然として戦いの痕跡を残し、ウインドーに飾ったものもどんどん売れてなくなった。沈みかけていた船のようなこの店で、わたしたち雑多な乗組員は、全員でなんとかクリスマスまで漕《こ》ぎつけたのだ。

翌朝、クリスとわたしは、キッチンからのいいにおいで目をさました。ベリンダがローストチキンを作っている。「私にばっかりなんでもやらせて」と彼女が怒るので、クリスとわたしもなんとか手伝ったり協力したりしようとした。

むこう側が工事中の、当座しのぎのダイニングルームに、わたしたちはテーブルを置いていた。天板がガラスになっている七〇年代のリサイクル品だ。テーブルクロスのかわりにカーテンを広げると、ベリンダと三人でクリスマスクラッカーを鳴らし、プレゼントを開けて、ロウソクの光でごちそうを食べた。

それはすばらしいひとときだった。ネコたちさえ、掃除しなくてはならないようなオシッコのしかたをせずに、わたしたちをゆっくりさせてくれた。

クリスマスの翌日、クリスの元妻が出ていくのは今日だと思いながら、わたしたちはどちらかというと落ち着いて、これといったこともせずに過ごした。クリスもこれで自分の家に帰れる。からになった家にいっしょに来ないかと、わたしは言われた。

彼だけのものになった家のなかをぶらぶらするのは、不思議な気分だった。わたしの家と同じように、二階にふた部屋、一階にふた部屋あるが、どこも少しずつうちより広い。

クリスは男性としてはきれい好きなほうで、本や本棚、そしてその他の棚も大好きなようだ。本棚には歴史、考古学、物理学、海外の文化と宗教、神話、儀式、それにウェールズ語入門などの本がある。陸地測量図もあって、見ると、イングランドの田舎とウェールズ全体の歩行者用小道や古い城、埋葬塚や廃墟に至るまですべて記されている。

注意欠陥障害（ＡＤＤ）についての本もあった。「ぼくには、ひとつのことに集中できないっていう問題がある」とクリスは言った。記憶力も悪いという。でもコンピューターに向かうときだけは例外で、逆にその前から離れられなくなるそうだ。

家にはほこりが分厚く積もっていて、キッチンの床など一度も掃除をしたことがないようだったし、窓の下枠には、まっ黒でベトベトするよごれがこびりついていた。わたしはぞうきんをもらって、拭きはじめた。

ふと見ると、クリスが泣いていた。彼はいつも仕事があまりに忙しく、掃除にまでとても手がまわらなかったそうだが、そんな自分のかわりにそういうことをしてくれる人がいると思ったら、胸が熱くなって涙が出てきたのだという。

このほこりやベトベトがきれいになったら、わたしのアレルギーが悪化することもないだろうという気持ちもあったが、それ以上に、これでは家が愛されていない気がして、わたしは悲しかったのだ。だいいちクリスは、清潔で誇りをもてる家に値《あたい》する人だ。

それにわたしにとって、そもそも掃除はたいしたことではなかった。わたしは目的があればリラックスした気持ちでいられるし、段階ごとに少しずつ進んでいく仕事や、体系だった作業は大好きなのだ。

掃除はそういった作業で、家全体に対して少しずつ進んでいくひとつの大きな仕事といえる。

クリスは、家々が建ちならぶ端にあるガレージから、石炭を少し持ってくると、暖炉に火を入れた。そして、化学調味料無添加の中華料理をたのんだ。

「いっしょにビデオを観る？」クリスが訊いた。

「いいよ」わたしは答えた。

クリスは「プリンセス・ブライド・ストーリー」*1を持ってきた。ロマンスでもありコメディでもあり、ファンタジーでもある映画だ。中華料理も来た。クリスは家のこともできる人なのだ。わたしはあたたかな家庭にいる気分になった。

やがて外は暗くなり、時刻も遅くなった。

「泊まっていく？」クリスが訊いた。「ぼくとここに泊まりたいと思ってくれたら、うれしいんだけど」まるで少年のような、とても孤独な人のような声だった。

「わたしは食べるものが、ふつうの人とはちがうから」わたしは、食事については車いすに乗っているような状態であることを話した。でも、それが日々、わたしの心身を安定させることにつながっている。「サプリメントも飲まなきゃいけないし」

「食べるものならあるよ」とクリス。

「ちがう」とわたし。「ふつうの人とはちがうものを食べなきゃいけない。ライスミルクとか、乳製品を使ってないマーガリンとか、砂糖も入ってなくてサリチル酸塩もあんまり入ってない食べもの」

「ライビーナ*2があるけど、どう？」

「興奮してめちゃくちゃになりたければ」わたしはおだやかに答えた。

「じゃあ、きみの家に食べるものをいっしょに取りにいって、また戻ってくるのは？」

この人は、やさしい。わたしの食事制限をよけいな負担と思わず、当たりまえのことのように受けいれてくれている。

「今夜は中華を食べる。家に行くのは明日の朝いちばんでいい」わたしは答えた。「ネコにえさもやらなきゃいけないし」

クリスの家は、居心地がよかった。彼のあたたかなもてなし、彼の居間で彼がかけてくれる音楽、読んだことのないたくさんの彼の本――。そしてなにより、彼にはちゃんと自分の家があって、そこに喜んで迎え入れられているという感覚が、わたしにはうれしかったのだ。


わたしは、コンサルタント業を再開することにした。

例の店は、ベリンダとわたしでギフトショップに変えることにして、自閉症者《オーティー》をうっとりさせるような品々をそろえた。太鼓に鐘にいろいろな楽器、さまざまな種類の織物、回転《スピン》する物に旋回《ホワール》するもの、光を集める物にパチッと音がする物。そしてボディピアスのスタジオだったところを、コンサルタント業の事務所にしようと決めた。

わたしはベリンダと、新しいコンサルタント業についての広告を、納得できるところまで作りこんだ。それからメーリングリストを集めて、できあがった広告を送った。まもなく電話が鳴りだした。

ギフトショップに変貌《へんぼう》した店は、客たちにも気に入られ、この変わった品ぞろえはどういう方針《コンセプト》に基づいているのかと訊かれることもあった。

「みなさんのなかの子どもの部分を思い出してほしいんです」わたしは説明した。「そうしてうっとりしたり、遊んだりふざけたり、われを忘れたりしても大丈夫なんだと思い出してほしい。そうするうちに、自閉症のたくさんの人がかかえている知覚過敏や、感覚的に魅了されることが、もしかしたらよりよく理解されるかもしれないと思ってます」

そしてコンサルタント業では、一般の世界と自閉症の世界のふたつのあいだに、橋を架けようとした。視覚に関する問題がありそうな子どもたちには、アーレン社製のレンズより買いやすい価格のブレイン・パワー・インターナショナル（ＢＰＩ）製のレンズを試して、光の周波数を下げ、視覚以外にもさまざまな情報処理に対応できる余裕をもてるようにした。

曝露不安のある子どもをもつ親には、どうやってその子と関わるのがいいか、アドバイスした。ことばの音と意味を結びつけられない子どもたちのためには、わたしが言語教育プログラムを作った。

食事療法についても、親たちに説明するようになった。サリチル酸塩への不耐性があると、コカインを摂取したかのような異常な高揚《ハイ》状態を生むことや、乳製品とグルテン[3]への不耐性はアヘンを摂取したかのようになること、腸管壁浸漏《リーキーガット》症候群をもつ子どもの場合、カンジダ[4]で酔っぱらったかのようになること。そしてそれらをどう防げばいいかといったことなどだ。

しだいに、わたしが相談にのった子どもたちは、輝きだした。ものを言わなかった子どもたちがことばを話しはじめ、なにも理解できないようだった子どもたちが少しわかるようすになり、壁に頭突きや体当たりをくりかえしていた子どもたちが、自分をコントロールできるようになりだした。意思からではない自己防衛機能にとらえられていた子どもたちは、ガードを下げて、未体験のことを試してみられるようになった。そしてどの子も、トイレで用を足す訓練を受けた。

「お子さんが、いまだにオムツをしていてトイレが使えない？　で、あなたはトイレでできたら褒めようと、待ちかまえてるんですね？　やりかたを教えようとしても、お子さんは声をかけられることも、褒められることもいやがってるようす？　じゃあトイレについてはどうでもよさそうにして、オムツを見せびらかしてみてください」

「お子さんが小石を食べる？　で、ダメと言えば言うほど食べてしまうんですね？　じゃあ、『いいわよ』と言って、口に入れるには大きすぎるぐらいの石を食べるように、熱心に追いかけてみてください」

わたしの戦略は、一風《いっぷう》変わっていると思われたかもしれないが、世の中におけるそれぞれの子どもの社会的、感情的なありかたや知覚のしかた、個性などのうえでは理にかなっていて、たいていうまくいった。

そんなころ、ベリンダがオーストラリアへ帰ることになった。店の売り上げからでは、彼女は自分の働きにふさわしいものが得られなかったし、オーストラリアを出てきたときより少し賢くなった今、寒いこの国を出て故郷に帰ろうと決心したのだった。

ベリンダは、ネコたちとわたしとクリスに別れのあいさつをして、ロンドン行きの列車に乗った。わたしは彼女に、いろいろ助けてもらったこと、そしてクリスと出会うきっかけになってくれたことを感謝した。彼女はわたしたちみんなの幸せを祈ってくれた。そしてオーストラリアへ旅立った。

わたしは、店の件で不動産管理人と会った。そして状況を説明し、どのように保証人になったか、そしてそのときは、シェリーが店を押しつけていなくなるとは思いもしなかったことを話した。

「それは大変でしたね」と管理人は言った。そしていくつか選択肢があると教えてくれた。これから八年、儲かろうとそうでなかろうと、店を続けることもできる。または閉店して、賃貸で貸してもいい。さらには、お金でカタをつけてもいい。八千ポンドで、契約をなかったことにしてくれるとのことだった。

わたしはそれに決めた。そしてその土曜日、クリスといっしょに、リサにも手伝ってもらって、閉店セールの看板を出し、わたしたちの残骸をつつきにくるハゲタカたちを待った。

店は、嵐に巻きこまれたようになった。まるでクリスマス前みたいだった。そしてついに、段ボール箱ふたつか三つ分の品物だけとなった。

わたしたちは床にすわって、フライドポテトで自由を祝った。それからきれいに掃除をし、四方の壁もまっ白になるまで拭いて、鍵と八千ポンドの小切手を、管理人にわたした。

＊1　一九八七年製作のアメリカ映画。監督は「スタンド・バイ・ミー」などのロブ・ライナー。ウィリアム・ゴードン作『プリンセス・ブライド』を、ゴードン自身の脚本で映画化した娯楽作品で、八七年トロント国際映画祭では最高賞である観客賞を受賞。

＊2　ブラックカラントの飲料。ビタミンCが豊富で、特に幼児が水や湯で薄めて飲む。

＊3　小麦、大麦、ライ麦などの穀物の胚乳から生成されるタンパク質の一種で、自己免疫疾患のひとつであるセリアック病の人には、小腸を過剰反応させるなどの悪影響がある。

＊4　口腔、膣、腸管に存在し、場合によりカンジダ症を引き起こす菌。

26　手術、そして丘へ

クリスとわたしは、それぞれの家を行き来しながら暮らすようになったが、ベリンダがオーストラリアに帰ってからは、わたしの家でいっしょに過ごすほうが多くなった。そしてけっきょく、彼は自分の家を貸しに出して、わたしの家でネコたちともいっしょに暮らすことに決めた。ところがネコたちは、カーペットへのオシッコとバスタブへの糞をくりかえし、ネコたちとわたしたちは出口の見えない戦闘状態に入った。

　クリスとわたしは、あらゆる方法で応戦した。床にアルミホイルを敷く、ニンニクを砕いて撒《ま》く、カーペットぜんぶをはがす。でも効果はなかった。そのうえ、トグルズはまだシェリーを探し求めていたし、トマシナの人間アレルギーもあいかわらずだった。そうこうするうちに、決定的な一撃がきた。トグルズがダイニングで、それもわたしたちがすわっている目の前で、あつかましくもオシッコをして逃げていったのだ。

　もうたくさんだ、とクリスもわたしも思った。トグルズには出ていってもらう。トマシナにも、かえってそのほうがいいだろう。トグルズには、家族のなかの一匹だけのネコとして、新しい家庭で新しくやりなおすチャンスが必要なのだ。一方トマシナには、トグルズと別れることが、人間のほうを向くきっかけになるだろう。そうしたら、人が通るたびにこわがって逃げ出すようなこともなくなるだろう。

以前、わたしはおとなりのネコの問題を解決するのに手を貸したことがあったが、今度はそのおとなりの彼女が、わたしとの心理的な距離感は保ちながらも、力になりにきてくれた。わたしたちはいっしょに車でネコの保護施設に行き、トグルズを預けた。胸が絞めつけられたが、頭ではわかっていた——トグルズの心は、すでに傷ついているのだと。そして環境を一新することだけが、その傷を治してくれるのだと。

わたしは、トマシナのことを思いながら家に帰った。トマシナはそれから三日間、妹トグルズを探して鳴きつづけたが、やがてわたしたちの脚のまわりで喉をゴロゴロいわせるようになり、意外に人間も悪くないと悟ったかのように、わたしたちのひざにのぼってくるようになった。

これでやっと、ネコのオシッコとの戦いも終わった——わたしたちがそう思ったのもつかのま、今度はトマシナが、トグルズと同じことをしたのだ。ダイニングの、わたしたちがすわっている目の前で、あつかましくもオシッコをした。

わたしは引き続きコンサルタントの仕事をしていて、いわゆる問題行動やトイレトレーニングの相談にものっていたというのに、自分のネコをちゃんとさせることはできなかったわけだ。

わたしはまた具合が悪くなりはじめ、家に入ってくるあらゆる病気にかかるかのようで、治すのに苦労し、長引く重い風邪にかかってしまったような状態になった。そこでケニヨン先生の診察を予約しては、車で出かけていくようになった。

とうとう血液検査もした。そして自分の血液のようすを先生と見たが、前回と同じように、やはり白血球が非常に少なかった。つまり免疫が機能しないわけだ。だがそれ以上に不安になったのは、サラサラしているべき血液がドロドロで、なめらかであるべき血液細胞の表面もトゲ状になっていたことだ。

「なんですか、これ?」

「マイコプラズマでしょう、おそらく」先生は言った。「細菌の一種で、細胞壁をこのようなトゲ状にしてしまう。それで栄養や酸素がきちんと運ばれなくなるんです。それにこっちも」先生は少ない白血球のひとつを指した。「動いていないし、でこぼこだ。感染しているからですね。あなたの体が弱っているのは、このせいでしょう。全身に広がっていて、非常によくない状態です」

「がんの症状じゃありませんか?」わたしは訊いた。「体調が悪くなって疲労感がとれず、毒素や細菌が広がるっていう」

「うむ」先生は言った。「ご家族の病歴を考えると、そうであってほしくないな」

「どこからそんな細菌に感染したんでしょう?」

「原因のひとつとして考えられるのは、腸管壁浸漏症候群《リーキーガット》によって、腸の細菌が血流に入ったということです」と先生。「あなたの場合、基本的に腸に免疫性がないんですね。それで血液のなかに入った細菌を、神経伝達物質がすべて脳まで運んでしまう。それで尿検査にも出ているとおり、神経毒性のあるキノリン酸の値が高い。血液をドロドロにしてしまう要因のひとつは酸化ストレス[*1]ですが、慢性的な精神ストレスがあると、さらに悪化する。あなたのような炎症がある場合はなおさらです。さて、どうしましょうか」

「このドロドロの血液をきれいにしたいです」わたしは答えた。

「そうですね。私も同じ意見です」ケニヨン先生は言った。

先生は、伝達因子と呼ばれるサプリメントを出した。免疫系に問題のある人々に使われるものだが、とても高価で、ケニヨン先生の診察代と合わせると、わたしはほとんど医療費のために働いているような状態になった。

わたしは夢みていたような男性を得たというのに、健康を失ってしまった。でも適切な食事療法をし、免疫システムも整ってふたたび健康を取りもどせたら、いつの日か彼とわたしの子ども、わたし自身の家族ができて、新しいスタートを切れるかもしれない。そうしたら、これまでのわたしの人生も、そう悪いものとは思わずにすむようになるかもしれない。

子どものことを、これまでわたしはずっと先送りにしてきた。そもそも性行動《セクシュアリティ》というものが、わたしには戦いみたいに大変なことだったうえ、すぐに起きる感覚遮断や機能停止といったシャットダウン状態とか、体内で大暴れする化学現象から起きる混乱状態などで、生きていること自体が戦いだったのだ。それ以上に自分の体調や状態を、敵の手にわたしたくはなかった。

だが食事療法とグルタミンに気をつけることで、そういったこともずいぶん解決できるようになったし、あとは曝露不安の問題だけだ。とはいえ、今でも毎日、食べることとひとつ取ってもむずかしい。ものを食べたいという思いに反して、わたしの意思ではない力が働き、食べることを逆に避ける回避反応、ちがうことに気をそらせられる転換反応、そう思ったことに対する報復反応が現れるからだ。

たとえば朝ごはんの時間だと思ったとたん、わたしはキッチン以外の場所にいる。食べものが出されたとたんに、閉所恐怖症や呼吸困難になり、とにかく食べものを目の前からどけて、もとの食品庫に戻したくなる。

わたしはクリスにこのことを話し、わたしが食べられるようにあの手この手を使ってほしいとたのんだ。彼はとてもうまくやってくれるようになった。まず「ぼくは朝ごはん食べにいくから、またあとでね」と、なにげなく言う。そう聞くと、わたしはなにをしていても、置いてきぼりにされないようにしなくてはと彼を追いかけていく。お皿に盛るのもほんのちょっとなので、これではあとでお腹がぺこぺこになると思って、もっとほしくなる。彼が差し出すスプーンも、スープ用のものではなく小さなティースプーンなので、無理に食べさせられる感じがせず、最初のひと口でやめたくはならない。

コートを着る、トイレに行く、靴をはく、なにか飲む、出かける……といったことにも同じ戦略を使って、自分ではコントロールできない、いわゆるよけいな「自己防衛」メカニズムの裏をかかなくてはならなかった。そうでないと、クリスは帰宅するなり、わたしが涙にくれているのを見つけることになる。曝露不安で何時間もトイレに行けないままだったり、なにも飲めなかったり昼ごはんを食べられなかったり、ジャンパーを取ってきて着るというなんでもないことができなくて、寒くてたまらなかったりするためだ。

けれどわたしのなかにもホルモンがめぐりだしたようだし、クリスはきっとすてきなお父さんになってくれるだろうから、わたしはしだいにこう願うようになっていた。いつの日か曝露不安も消えますように。そしてそのときが、子どもを産むのに遅すぎませんように。

それが医院で検査など受ける事態になってしまった。超音波検査の結果、わたしの右の卵巣の上のほうに大きなのう腫があるとわかり、手術が必要とのことだった。

クリスとわたしは、公園でランチを広げながら、いっしょに泣いた。わたしは病院がこわかった。そしてそれ以上に、病院で感染するかもしれないあらゆる細菌に対して、免疫がないかもしれないということが恐ろしかった。

手術は数週間後と決まった。内視鏡での簡単な手術だということで、おへそから入れてのう腫にたまった液体を抜き、翌日には退院できるという。

手術の日まで、わたしたちは新しい家を買うことで気をまぎらした。今度はキッチンにふたり同時に立てる少し大きな家で、庭もついている。でも近所に野良猫たちはいない。なにしろトマシナには、恐怖症があれこれあるから。靴箱みたいに小さなこの家から引っ越せば、トマシナも心機一転できるかもしれない。わたしたちも、終わりなき戦いの物語のようだったネコのトイレ問題に、決着をつけられるかもしれない。

この家を離れるのは名残《なご》り惜《お》しかったが、やはりここはひとり用の住まいだ。同じテラスハウスのつながりで知りあった近所の人たちや、ここでの一体感のようなものと別れるのも名残り惜しかったし、家々が建ちならぶ通りのむこうまでの散歩ができなくなるのも、名残り惜しかった。そのあたりからは急に草の小道がひらけていて、ずっと歩いていくと小川に出るのだ。

だが新しい家には、りっぱなキッチンとダンスができそうなほど広い居間があり、窓からはモルヴァン丘陵に沈む夕陽も見える。居住部分のすぐ下には、オフィスにするのにちょうどいい部屋もある。

わたしたちは今の家に抵当権を設定し、賃貸することにした。新しい家は、六週間後にわたしたちのものになる。

手術の日がきた。クリスは仕事を休んで、わたしにつき添ってくれた。わたしは医師たちに低血糖症のことを話し、気をつけてもらうようにした。それからわたしはストレッチャーに乗せられて手術室に運ばれ、手の甲に麻酔を注射された。麻酔はしだいに効いていった。

気がついたときには、回復室にいた。「よかった、終わったんだ」と思った。まもなく先生が来て、それでわたしは家に帰れるだろう。

先生が来た。「よくないお知らせがあります」と先生は言った。右の卵巣から液体を抜こうとしたところ、問題は右ではなく左側で、右側には転移してきていて卵管の炎症も広がっており、ほかの臓器と癒着を起こしているというのだ。要するに、お腹のなかはめちゃくちゃで、ふたたび治療しなくてはならないとのことだった。

「この先、妊娠を望みますか」とも訊かれた。というのも、このめちゃくちゃを治療する最もよい方法は、生殖関係の臓器すべてを取りのぞくことだからという。わたしは震えあがった。

「がんなんですか？」わたしは訊いた。

「わかりません」と先生。「とても珍しい例です。もしかしたら右側の卵巣は残せるかもしれない。でも左のほうののう腫は、そこらじゅうに広がって癒着し、炎症も起こしています。ぜんぶ取る必要があるので、今度は開腹手術をしなくてはなりませんね」

先生は、十五センチほど切らなくてはならないと指し示した。

「残せるものがあるなら、残したいです」わたしは先生に言った。「でも取らなくてはならないものは取ってください」

次はいつ病院に来たらいいかと、わたしは訊いた。先生が組んだ日程は、わたしの誕生日の前日だった。

クリスはおびえた。一生かけて愛そうと思う人を見つけたのに、その人が思いもかけない事態におちいってしまった。彼もわたしも、なんとか落ち着こうとしたが、考える時間もほとんどなく、動揺するばかりだった。

それでも彼は、わたしをお姫さまのように大事にしてくれた。わたしに寄り添い、お話を読んでくれたりハーブティーをいれてくれたり、「ドナが安心して食べられる食事」を作ってくれたりした。わたしは彼を見つめ、そのなかにある彼のあたたかさを見つめた。親から受けとりたかったすべてが、そこにはあった。自己と他者を同時に感じながら、身体に一体感をもち、感覚遮断や曝露不安なしでいると――少なくとも、どちらも以前よりはかなりよくなっているが――子どものころ、わたしはこういうふうでありたかったんだ、と思った。

「子どもがほしいって思ったこと、ある？」わたしは訊いてみた。

「ちゃんと考えてみたことないな」クリスは言った。「きみは？」

「ずっと、ぜったいいらないって思ってた」わたしは答えた。「まとわりつかれたり追いかけられたり、あれこれ要求されたりするなんて。そんなことになったらクロゼットに逃げこんで、鍵をかけると思ってた。でも最近また考えてみたんだけど。あなたはすてきなお父さんになるって」

「へえ、それはうれしいな」とクリス。「ありがとう。でもぼくは、お父さんにならなくても後悔しないよ」

「もし子どもを産むなら、あなたとの子がいいと思った」とわたし。

「ぼくたち家族は」クリスはそう言うと、自分自身を指さし、それからわたしを指した。「これでじゅうぶんさ」

「ぜんぶ取らなきゃいけなくなったら、どうなるのかな」わたしは静かに言った。

「うん、ぼくが願ってるのは、先生たちがきみをぼくのもとに返してくれることだ」

「いろんな装置がなくなっても？」もうじきなくなってしまう体内パーツのことを指して、わたしは訊いた。

「それできみが元気になって戻ってくるならね」クリスは言った。「きみはきみのままだ。なにも変わらない」

「子どもができなくなっても大丈夫?」わたしはなおも訊いた。

「大丈夫」クリスは言った。「きみとぼくとが、まだ子どもみたいなものじゃないか」


ある人々は、判断ミスをして、まちがった相手を選んでしまう。またある人々は、うまく判断できなくて、まちがった相手に出ていけと言えずにいる。さらに、その両方が少しずつ混ざっている場合もあって、ぴったりの人といっしょになれるのは、奇跡か偶然か、運命と呼ばれることもあるサイコロのなせるわざなのか。

いずれにしても、わたしはぴったりの人といっしょになれたし、それが完全にわかる。心の奥底からわかる。頭でわかるのでもなければ、なにかの考えとともに消え去るようなものでもない。おそらく神を理解するようになるのと同じで、感覚としてわかるのだ。わたしはクリスをそんなふうに理解するようになった。

わたしは、彼とはじめてデートしたレストランに電話した。それからカードとロウソクとマッチを買ってくると、クリスに「いっしょに出かけたい」と言った。

「なんで?」とクリスは訊いた。「なんなの?」

わたしは黙っていた。

それから、彼とはじめて出かけた日に着た服に着がえた。わたしたちがつきあうようになってから、今では六か月。季節はちょうど夏至を迎えるが、日が落ちると空気はひんやりするので、ジーンがくれた黒っぽいロングコートも着て、カードとロウソクとマッチをポケットに入れた。

ディナーのあいだじゅう、わたしは目の前にいる彼を見つめつづけていた。でも持ってきたカードをわたすことはできなかった。それでもとても楽しくて、たくさん笑い、心はトーストしたパンみたいにあたたかかった。

わたしは最後のチャンスに賭けることにした。

「丘にのぼらない?」わたしは誘った。

わたしたちは丘に向かい、あの晩ふたりで苦労しながらよじのぼったあたりにたどり着いた。夕暮れどきで、空はほの暗く風も舞うなかを、前よりいっそう注意深く、いっしょに少しずつのぼった。そして、大きな木が正面にあるベンチにすわった。そのむこうには、はるかに眺望が開けている。

わたしはポケットをさぐった。まだそれほど暗くはなかったので、ロウソクとマッチは必要なさそうだ。わたしは、手紙をはさんだカードだけをポケットから出して、なにも言わずにクリスにわたした。

クリスはひとりでほほえむと、封筒を開け、カードを取り出した。縁がレースのもようになっている白いカードで、まんなかには赤いバラが一輪、描かれている。彼は手紙を読みだした。

大好きなクリス、

あなたに大切なことを伝えたいのです。

わたしはあなたを愛しています。あなたは家族のようだし、親友だし、恋人で、パートナーです。

わたしはあなたをすばらしいと思うし、あなたがどんどん自信をもち、知識や認識を深めるのをそばで見ていられるのが、誇らしいです。わたしはあなたのために、そばにいられるのが光栄です。あなたがいてくれること、してくれることで、自分が支えられているのを感じます。

心の底から、あなたはいい人だとわかるし、あなたのわたしへの愛は、岩のように揺るぎないのもわかります。カップルとしてふたりでいれば、わたしたちは強いし、ともにある時間には、この関係をぜったい、なによりも貴重なものにするのもわかっています。

わたしは、この絆のおかげで成長できると信じているし、これからなにがあっても、それを受けいれられるだろうと感じています。あなたにも、同じ思いを贈りたい気持ちでいっぱいです。これからもずっと、あなたはわたしの個性を重んじてくれるだろうけれど、それはけっしてやみくもにではないと信頼しているし、わたしもあなた自身を同じように重んじるのはまちがいありません。なにより、わたしはただあなたにいてほしい。ずっといてほしい。自分のその気持ちを信じています。

これらすべてがはっきりしたので、わたしは結婚についての考えを変えたとあなたに伝えたいのです、クリス・サミュエルさん。あなたが結婚してくれたら、わたしは選ばれた特別な人間の気分になるでしょう。そして今年はうるう[*2]年だから、真夏の特別な夜である今宵《こよい》、思いきってたずねてみます。結婚したいかどうか……わたしと。

丘の上で、木々に囲まれ、木々が揺れるなかにいるから……わたしはなんでも受けいれられそうです。わかっているのは、わたしはあなたといたいということ……サミュエルさん。わたしと結婚してくれますか？

あなたの特別な女性より、愛をこめて

ドナ　XXX

クリスは黙っていたが、両方の目はきらきら輝きだしていた。そして手紙をもとどおりに折りたたむと、大きくにっこり笑った。

「はい」彼は言った。「答えは『はい』だ」

そのとき、まるでこのときを待っていたかのように、目の前の木から、突然、何羽かの鳥が飛びたった。そして空高く舞いあがると、丘のむこうに飛び去った。

わたしたちは畏怖の念に打たれて、深く息を吸った。

＊1　体内で生じた活性酸素をうまく解毒したり、生じた障害を修復したりできなくなって、さまざまな細胞内器官が障害を受けること。

＊2　ヨーロッパやオーストラリアでは、うるう年にだけ女性からの結婚申し込みが許されると、古くから言い伝えられている。

27　二度目の手術、パニック、ドレス

家についての契約書がすべてかたづき、引っ越しの日がきた。わたしたちはトラックに荷物をつぎつぎ乗せたが、わたし自身は荷物を持っていきすぎないように気をつけた。入れかわりで今の靴箱の家に引っ越してきた人たちと、クリスの友人レオも手伝ってくれて、トラックは新しい家に向かって出発した。

その日の夕方は、新しい家の裏窓から、大きく広がる景色のなかに沈むすばらしい夕陽をクリスと見た。

トマシナは、新しい家に迎えられたスターのようにふるまい、小さなネコ用フラップドアまで使うようになった。勇敢になって、レスキューレメディもひと口なめられるようになったが、体じゅうの毛を逆立てながら全速力で逃げ帰ってくることもあった。どんな大事件にあって、その小さな頭のなかでなにを思ったかは、想像もつかなかったが。

ある日、トマシナは、ネコ用の古い首輪をくわえて帰ってきた。以来、その首輪が彼女のいちばんの友だちになり、放り投げたり追いかけたり、いっしょに眠ったりするようになった。まるで姉トグルズの一部を見つけたみたいに。

こうしてトマシナは、とうとう自閉的な殻から外へ出て、ふつうの子ネコらしさを見せるようになっ

たのだ。

わたしは二度目の手術の日が近づいていて、ケニヨン先生に言われたとおりにサプリメントをきちんと飲み、手術に向けて免疫力を高めようとしていた。先生は、手術後の回復のためのサプリメントも送ってくれたので、わたしはしっかり武装した気持ちになれた。

当日は、クリスがやはり仕事を休んでつき添ってくれた。わたしは、ぜんぜんわたしらしさのない病院の寝間着《ねまき》に着がえ、ぜんぜんわたしらしさのない寝台に横になったが、とたんに、なじみのないよそよしさに飲みこまれて、胃も胸もパニックに押しつぶされそうになった。悲鳴が喉もとまでこみあげてくる。罠《わな》にかかってしまった気分だった。

わたしはクリスと深呼吸をくりかえし、クリスは寝台に、わたしのおサルの人形、ミスター・マクギボンを置いてくれた。

やがて先生がやってくると、クリスは「じゃあね」とわたしにキスをし、わたしは手術台に向かって運ばれた。

「手術室から出てきたら、またね」にこにこしながらクリスは言った。「待ってるよ」

外科医がわたしに麻酔薬を注射した。わたしの体は、これからなにが待ちかまえているのか知っててもいるように、震えた。

めざめると、ミスター・マクギボンとクリスがとなりにいた。わたし自身はあちこちを管《くだ》やボトルでつながれていて、体がもう自分のものではなく、工場の一部になったみたいだ。

まわりにはほかにもいくつかベッドがあって、それぞれに女性が横たわっていたが、みんなわたしと同じような、ぜんぜんその人らしくない寝間着を着せられている。装置につながれている人もいれば、自由に動ける人もいる。わたしはもう一度、自分のどこがどうなっているのか確かめた。でもほとんど動くことができず、動こうとすると強い痛みにおそわれた。わたしはミスター・マクギボンを抱きよせた。

先生たちは、のう腫のできた卵巣と、あちこちのびてしまった卵管を取りのぞいた。腸を含むほかの臓器につながってしまっていたところから、*1瘢痕《はんこん》組織を含めて取りのぞいたのだ。右側の卵巣と、健康で機能する卵管はそのまま残してくれた。

先生が現れると、わたしはがんなのかどうか訊いた。切ったもので検査をすることになっていたからだ。左側の卵管は、なんらかの理由で通常の何倍もの長さになっていたが、取りのぞかれた。右側の卵巣と卵管はきれいなので、なにかが広がったのではなく、炎症の一種ではないかとのことだった。

翌日は、目がずいぶんよくなったことに気がついた。この何か月か、視覚上の認知能力を保つのに、ブレイン・パワー・インターナショナル（ＢＰＩ）の着色レンズを、いっそう濃いものに替えなくてはならず、それなしでは、見えてはいても意味も状況もわからなくなっていた。それが、ほとんど透明のレンズでも大丈夫になったのだ。

わたしのベッドのまわりでは、何人もの入院患者たちがおしゃべりしていたが、こちらのほうは意味がわからなかった。頭のなかに、ことばということばがぶちまけられて、意味をつかむことも、ことばを追い出すこともできない――子宮摘出の話、子宮外妊娠の話、流産の話、二次的な院内感染の話……。

わたしはここから出ていかなくては。管も針もぜんぶ抜かなくては。わたしは家に帰りたい。

でも腹部には切った跡が十五センチ以上もあって、医療用ホチキス針《ステープル》で縫合されている。体には、内部出血を出すためのカテーテルと、栄養補給のためのカテーテルが入っている。わたしはパニックにおちいりだした。とにかく静かなところに行きたい。暗くてひとりになれて、騒音のないところ、人のいないところに。

わたしは痛みをこらえ、なんとかベッドから身を離すと、体につながっているキャスター付きの医療器具一式を押しはじめた。息が苦しくなって、泣きだし、過換気になりながら。一歩踏みだすごとに、強烈な痛みにおそわれたが、それでもじりじりと共同病室から出ていこうとした。

そこへ看護師さんがやってきた。わたしは必死で、自分は自閉症者で、なにもかもうたくさんで、ここから出てどこか静かで暗くてこぢんまり落ち着くところに行かなくてはならないと伝えようとした。看護師さんは、モップとバケツがふたつ三つあるばかりの掃除人の部屋に連れていってくれて、わたしをいすにすわらせてくれた。それからわたしをひとりにすると、ドアの外で待っていてくれた。

わたしはトントンとリズムを取り、自分にメロディーをハミングしてやりながら、ふつうの呼吸に戻そうとした。そうしてとうとうパニックから抜けだした。わたしは声もなく涙を流しながら、病室へ、自分のベッドへ戻った。

クリスがお見舞いに来た。わたしが食べられるものを持って。わたしはとにかく連れて帰ってほしかったが、少なくともあと五日は入院していなくてはならなかったので、無理な相談だった。クリスはわたしの手を握り、歌を少し歌ってくれて、おサルのミスター・マクギボンが話しているように話しかけてくれた。それでついにわたしも、あと一日だけ病院でがんばると約束した。それから毎日、あと一日だけ、と延長していった。

それが三日目になった日のこと、わたしはまたパニックにおちいり、点滴をむしり取った。その前に看護師さんたちに、手の甲から針を抜いてくれとたのんだのだ。針は監禁の象徴のようで、いやでたまらなかったから。その後、少しでいいから自由になりたいという思いを抑えきれなくなって、ついに自分で抜いてしまったのだが、とたんにパニックに見舞われ、どうしたらいいのかわからなくなった。針を抜いたところからは、血が噴き出してくる。それをぎゅっと親指で押さえながら、ためらいがちに「助けて」と小声で言った。

「どうしようもなかったんです。急に閉所恐怖症におそわれたんです」わたしは説明した。それからまた、なんとか掃除人の部屋まで足を引きずっていき、いすにすわった。

その日の夕方、クリスが来たときには「どうしてもわたしは今日帰る。ステープルもなにもかも付けたままでいい」と言い張った。病院のスタッフは止めようとしたが、けっきょく折れて、家事と手伝いのために来てくれていたクリスの両親に見てもらうという条件付きで、帰ってもいいことになった。看護師さんの訪問看護も受けなくてはならないとのことだった。でも、とにかくこれで帰れる。

家までの道のりは、監獄から解放されたかのようだった。自分のベッドで、自分のシーツにくるまって、なじみのある物音に囲まれていられるなら、わたしはひと月寝ていなくてはならないとしてもかまわない。

あるとき、ついに訪問看護の看護師さんが、ステープルを取ってくれた。だが、無理をしないように、やかんより重いものを持たないようにときびしく言われた。とはいえ、ベッドに寝ているのは、わたしの得意なことではなく、起きあがってなにかしたくてしたくて、しょうがなかった。クリスの両親は二、三週間いてくれて、わたしがなにもしないようにしないようにしないように、目を配っていた。

とうとうふたりが帰るという日、わたしは約束させられた。電球を換えようとして、階段のてっぺんでキャスター付きのいすに乗らないこと。カーテンをまっすぐに直そうとして、階段の手すりの上に立たないこと。そのほかにも自閉症っ子《オーティー》がやりそうな、命を危険にさらすようなまねはしないこと。

体力が回復してくると、わたしは自閉症児の家族の相談にのる仕事を再開し、ウェディングドレス探しでも忙しくなった。結婚式の日取りが、十二月九日と決まったのだ。わたしからクリスにプロポーズして半年、はじめて出会ってからは一年と少しがたっていた。

クリスは新郎つき添い役に、学生時代からの友人、グレッグを選んだ。わたしは彼の友人たちに気に入られ、受けいれられたいと思い、新婦つき添い役は、グレッグのパートナーで、クリスの昔からの友人でもあるキャシーにたのむのがいいだろうと思った。

わたしはドレス用の型紙を見つけたので、生地を選びに、クリスとグレッグとキャシーといっしょに店へ行った。新婦つき添い役のドレス生地と、クリスとグレッグの正装用ベストの生地も買うつもりだった。

新婦つき添い役のドレスは、クリスとわたしですでにデザイン見本を決めていた。素朴なコロニアル[*2]風で、ワインレッドのスカートにクリーム色のトップス、レースアップのベストというスタイル。誠実で純真でかわいらしいイメージだ。男性陣のベストも、デザイン見本を決めていた。

そうして四人で生地売り場を歩いていたとき、リサイクル品の売り場にウェディングドレスが一着、掛かっているのを見つけた。ブラッシュドシルク[*3]のドレスで、スパンコールとビーズがきらめいている。

「着てごらん」クリスが熱っぽくわたしに言った。

わたしは着てみた。サイズも雰囲気も、完ぺきにぴったりだった。わたしはそのドレスを買った。つづいて、つき添い役のキャシーのドレス用に生地を買った。たっぷり刺しゅうの施されたワインレッドの生地に、レースアップ用には金色の太く美しい紐《ひも》を。つづいて男性陣のベスト用に、メタリックに光る刺しゅうが織りこまれたサテン地を。クリス用はシルバーと黒、グレッグ用はワインレッドと黒だ。

帰りの車で、キャシーに訊かれた。

「ウェディングドレス用の型紙、もう使わないでしょ。私が使ってもいい?」

それは、ことばのうえでだけの質問に思えた。どうやって使うのか見当もつかなかったし、たずねる筋合いでもないと思ったので、わたしは答えた。「いいけど」

キャシーが、クリスとわたしに見せたいものがあると言って家に来たのは、それから数日後のことだった。出てきたのは、まっ白なサテンのウェディングドレス。それをわたしが買った型紙の形に直して、つき添い役のドレスとして着るという。

わたしは、息が止まった気がした。これは変だ、なにかがまちがっていると思うのだが、それがなにかよくわからない。

「どう、このドレス?」

彼女はドレスを体に当てて、クリスに訊いた。クリスは率直に「すてきなドレスだ」と言った。テーブルを囲んですわると、キャシーは結婚について皮肉な見解を語りだした——結婚なんかしたら、簡単には気持ちを変えられなくなっちゃうんだから、いいことなんてないじゃない。

じゃあどうして新婦つき添い役を引き受けたのかとわたしが訊くと、きれいなドレスを着るチャンスだから、と答えた。

その後、キャシーは二階に来て、クリスとグレッグ用の生地を整理するのを手伝ってくれた。手を動かしながら、彼女はわたしのウェディングドレスのことを、こう言った。

「もし私なら、ビーズをぜんぶ取って、ダメージ加工みたいにするけど。そんな中古品、しょせん『あなたの』ほんとうのウェディングドレスとは言えないじゃない」

しつこく、こうも訊かれた。

「クリスは私の友だちだけど、その彼と結婚するのが正しいことだって確信が、ほんとにあるの？」

そして「けっきょく」と彼女は続けた。「あなた、病院から出てきたばかりじゃない」、「まだ病人っぽいし」、「彼のこと、知らないも同然でしょ」

わたしはなんと答えたらいいかわからなくて、口をつぐんだ。

この女どうしのちょっとした会話のことを、クリスに話したのは、それから何週間もたってからだった。彼女が、わたしたちの結婚式に着るのにウェディングドレスを作ったのが、どれほどいやだったかも打ち明けた。彼女には、つき添い役を降りてほしいと伝える、とわたしはクリスに言った。

キャシーは抵抗した。わたしの要求に、とげとげしいメールが何通も返ってきて、クリスは仕事場でキャシーとグレッグに会うことになった。ふたりはクリスに、この結婚はよくない、急ぎすぎだし、時期的にも早すぎるし、なにもかもまだ「流動的すぎる」と言ったらしい。

クリスはふたりを安心させようと、自分がしようとしていることはわかっているから、と言ったが、その場の空気は、石のように固く冷ややかになったそうだ。学生時代の旧友たちとわたしとのあいだで、クリスは引き裂かれるようだったという。

どちらかを選べと迫られて、クリスはわたしを選んだ。

キャシーは、すでに切りぬいた型紙を返してきたが、こう書かれたメモが付いていた――あなたの気分を害さないよう、結婚式にはジーンズで行きます。でもそれも、クリスが手伝いを必要としているからってだけのこと。

グレッグは、それでも新郎つき添い役を引き受けてくれることになったが、家にはもう来なくなった。わたしは新婦つき添い役を、けっきょく医師助手[*4]にたのんだ。ドレスを作る時間はもうなかったので、少しお金をわたして、着るものを自分で買ってと言った――ウェディングドレス以外のものを。

＊1　皮膚の損傷や、さまざまな器官の組織欠損が治っていく過程の組織。通常よりも固い組織となる。
＊2　十七世紀から十八世紀半ば、植民地時代のアメリカにおける移民の服装をもとにしたファッション。コロニアルドレスは、細い胴にV字型のウエストの切り替えなどが特徴。
＊3　毛羽立て加工のしてあるシルク。
＊4　PA（physician's assistant）と呼ばれる。免許をもつ医師の監督のもとで、簡単な診療や問診などをおこなう訓練を受け、認定された人。

28　結婚式、ハネムーン、キャンバス

結婚式当日、はたしてグレッグが来てくれるのか、わたしたちにはわからなかった。クリスはひとりでしたくをした。そこへグレッグが現れたが、ベストを置いて「それじゃ、式で」と言うと、またいなくなった。

クリスの友人、レオがやってきた。レオは式で案内係をする。わたしたちふたりの友人、セルジュも現れた。セルジュはカメラマンだ。ジェフも来た。ジェフは音楽係でヴァイオリンを弾く。詩を読むアルも、花嫁の両親の役を引き受けてくれたわたしの友人ボブとパートナーのスティーヴも、やってきた。

クリスは白いシャツに燕尾服《えんびふく》を着て、部屋から出てきた。長い髪が顔のまわりで揺れている。わたしも自分の部屋から出た。髪を花で飾り、巻き毛のロングヘアに短いヴェールをかぶって。わたしといっしょに部屋を出た医師助手は、「ふたりともすごくすてきよ」と言った。わたしたちは高揚した気分で手を取りあい、ウェディングカーに乗って、婚姻届を出して式をおこなう場へ向かった。

車は延々と木立ちを抜け、つづいて丘陵地帯の森を抜けて走った。ひととき、わたしたちはふたりだけの、それも自然に抱《いだ》かれたふたりだけの時間をもつことができた。やがて車は、市役所に続く私道に入っていった。

キャシーは、ほんとうにジーンズ姿で待っていた。でもそのまわりには、ほかの人たちがいっぱいい

る。クリスの両親と弟とその婚約者に、おばさんとおじさんといとこたち、わたしの催眠療法士ナタリーに、コンサルタントの仕事で出会った家族とその家の十代の女の子ゾエ、前の家のおとなりの人、クリスの子ども時代の友だちふたり、地元の人たち大勢、それになつかしいフレッドとジーン。

わたしたちが車から降りて歩きだすと、ジェフがヴァイオリンを弾きはじめた。わたしは急に曝露不安にとらえられ、みんなのほうを見ることができなくなった。だがヴァイオリンの音色で脚が動いて、ステップを踏んだり手をたたいたりしているうちに、式が始まったのだ。

グレッグは不機嫌そうな、取りつく島のないような顔で現れたが、式の流れに沿ったぴったりのタイミングで、結婚指輪を差し出した。キャシーは友人の男性とすわっていたが、その人は携帯電話で、よせばいいことが実行されたのを昔の仲間に報告していた。

ボブは、いくつものボディピアスにスーツ姿で誇らしげに立ち、スティーヴはそんな彼をやさしく見守っていた。

クリスの家族は、長男の結婚式をじっと見つめて、感無量のようすだ。

セルジュは大きなビデオカメラを手に、出席者のあいだを動きまわっている。

最後にわたしたちの婚姻成立が告げられると、大きな拍手がわき起こった。

外へ出ると、ジーンがいた。やっとの思いでここまで来てくれたのだった。けっしてわたしに曝露不安を起こさせない、ほんのひと握りの人のひとりであり、なんともすばらしい自閉症《オーティー》っ子の女性でもあるジーン。彼女はわたしを抱きしめると、もう一度、深くわたしの瞳を見つめた。

そしてそれから二か月後、ジーンはこの世を去った。

記念撮影のため、クリスとわたしはぬかるみの多い庭を歩き、出席者たちも集まってきた。わたしは自分をうまく保てず、舌を出したりしてカメラのほうを見ようとしたが、その後けっきょく目をそらした。写すときに、ちゃんと前を向いていられるように。

ぜんぶが終わると、車がわたしたちを「森のコテージ」という名の場所へ、あっという間に運んでくれた。そこのブライダル・スイートが今夜の宿だ。

ハネムーンは一週間の予定で、クリスをわたしの国へ連れていくことになっていた。わたしたちはオーストラリアへ、巡礼の旅に出るのだ。

オーストラリアに向かう飛行機は、途中、バリ島に着陸した。手術後、わたしは健康状態もよく、島のオープンエアのカフェでは、パイナップルとココナッツジュースをたのんだ。ここは熱帯の楽園だ。それからタクシーを拾うと、モンキーフォレストへ行き、サルたちが急降下爆撃みたいに池へ飛びこんだり、飛びあがって出てきたかと思うと走り去ったりするのを眺めた。サルたちが石を拾い、打ちあわせてリズムを楽しんでいるのも見た。ときには石をころがして、表面をなめらかにし、ちがう音が出るのを試したりもしていた。

バリ舞踊も見にいった。大自然につつまれた寺院に太鼓とシンバルが鳴り響き、夜のステージに仮面の踊り手たちと伝説のドラゴンが現れ、踊り手たちが風のように舞って、手という手は音楽が流れるように動いていた。

ヒンドゥー教の神々に、くだものと米が供えられている神聖なお寺にも行った。帰りの道には「乗ってかない《トランスポート》？」「タクシー乗ってかない？」と呼びこむ現地の人たちが、列を作っているみたいにたくさんいた。

オーストラリアでは、まずメルボルンに着いた。路面電車《トラム》が走り、街は国際都市の雰囲気にあふれている。わたしたちは宿《ホリデーハウス》に着くと、クリスマスツリーを飾った。オーストラリアでのクリスマスは、ビーチでバーベキューをする季節だというのに、サンタクロースは冬の赤いあたたかいあの服装のままだ。

部屋の正面のベランダには、羽根冠のあるバタンインコや色とりどりのナナクサインコがやってきて、種をついばんだ。クリスは本やテレビ以外で、こんなに大きくカラフルな鳥を見たことがなかった。夜になると、裏口にポッサムが現れた。きょとんとした目をして毛皮におおわれたこの生きものはなに？　とクリスは思ったそうだ。わたしたちはパンを投げてやった。

広い貯水池に遊びにいったときには、オオイヌワシが三羽、頭上を旋回していた。翼の下側には、こげ茶色と黄土色のもようがあって、下界をにらんでいる目玉のように見える。それから、カンガルーが自然のままにのんびり暮らしている野原にも行った。

海岸線に沿って進み、「十二使徒」と呼ばれる巨大な石灰岩の柱も見にいった。十二本のうちのいくつかは、海の浸食作用ですでに崩壊している。海岸に恐れず立ちつづける柱にも、波が獰猛《どうもう》に砕け、宙に噴き上がるしぶきがシャワーのように降ってくる。

わたしは砂浜にマンガを描くと、裸足《はだし》になって、金色のなめらかな砂の上で踊った。クリスと海辺の洞くつを探検したり、風と海が彫刻した砂岩のオブジェによじのぼったりもした。

日が暮れると、トラムに乗って街のなかを走った。クリスマスの電飾で木々がきらきら輝いている。トラムを降りると、今度はそんな妖精のような木々を訪ねて、いくつもの庭園を散歩した。

宿の近くに住んでいる友人たち何人かを招待して、結婚式のビデオを見せたりもした。みんなクリスを好きになり、クリスもみんなを好きになった。

ただ、父がいないのは奇妙な感じだった。それでわたしたちは、お墓に行った。乾燥して風が強く、低木に囲まれたお墓で、金色の粘土質の地面には、一輪の花も見あたらない。お墓の前に立つと、わたしは父にクリスを紹介した。

そして英国に帰る日がやってきた。

「オーストラリアはどうだった？」わたしはクリスに訊いた。「いつか住んでもいいと思った？」

クリスはオーストラリアをとても気に入り、「うん、住むのを考えてもいいな」と言った。


英国に戻ると、セルジュがわたしたちに会いたがってくれた。アンティークの店のなかにある彼のオフィスを訪ねると、中古のキャンバスが何枚もあるのが目に入った。訊くとわたしのために、悪くない値段で買ったのだという。どれも大きくて、いちばん大きなものでは縦百五十センチちょっと、横百八十センチちょっとある。わたしはそれらを買い取り、配送をたのんだ。あとは描きはじめるだけというわけだ。

キャンバスが届いた。わたしはクリスについてきてもらって画材店に行き、絵の具を買って、次の一歩も踏みだした。油彩用の絵の具と筆を、山ほど買って帰った。

曝露不安が出ると、物事はすべてかゼロかになる。しじゅう、なにかがどこかに引っかかったままでいるか、即座に終わらせてしまうか。わたしをじっと見つめるキャンバスたちが、プレッシャーだった。やがて彼らは「おまえはなにもしてくれない」と世の中に向かって叫びだした。わたしは立ちむかい、描きはじめた。すると彼らはおとなしくなった。

わたしはいちばん大きいキャンバスから始めることにし、混とんとしたわたしの内部からイメージがわきあがってくるまで、何度もキャンバスの向きを変えつづけた。ようやくそのイメージがわいてくると、すくい上げて、それがわたしに語りかけてくるのを待った。するとひとりの男の子が現れた。コンサルタントとして出会ったオリバーという男の子だ。なにかを待ち望むような、それでいておびえた目をしている。色彩は爆発して、ゴッホを思わすような情熱的なものになった。わたしはその絵に「次」という題をつけ、壁に掛けた。

見にきたセルジュは、息を飲んだ。とっさに口に手を当てたまま立ちつくし、ただ頭を振った。やがて手をおろすと、信じられないといったようにつぶやいた。「すごいよ、ドナ」そして急《せ》きこんで続けた。「ほんとに、これは……すばらしい」

以後、見にきた人たちはみんな、畏敬の念に打たれるようだった。わたしは芸術的な才能を授かり、蓄積し、第一作の本『自閉症だったわたしへ』や「わたしの世界——世の中」の彫刻やＣＤの場合と同じように、今度は第一作の絵に集中して、すべてをそそぎこんだのだと思うようだった。

でもわたし自身は、ほんとうにそんなにうまく描けるはずがないという気がした。そこでもう一枚、また一枚とつぎつぎ描いてみたが、どれもそれぞれにちがい、だがそれぞれに同じレベルの出来ばえとなった。どの絵も人を惹きつけた。みんな絵に共感して、自分の魂を見ているかのようだと言った。

こうした才能は、どこかよそからやってくるというような気がしてならない。タイプライターを、クレーを、ピアノを、キャンバスを通じて語ったわたし以外のどこかから。わたしが共鳴した人々が、わたしの意識と無意識のあいだにある前意識《ぜんいしき》を豊かにし、ちょうどいいきっかけを与えられたときに、作品の形として外に出てくるといったような。

わたしにとって、どの人がどの体のなかにいるかという境界線は、概念のうえで考えるほど、はっきりしてはいない。実際になにかを感じたり、なにかに共鳴したりしていると、ただそのようになってくる。境界線などあいまいになっている。生きている者は、単にその肉体のなかにいるだけでなく、死んだ者も、けっしてほんとうにいなくなるわけではない。わたしたちは、ある意味、心を動かされたり変化への触媒になったりした人たちすべての一部であり、その人たちもまた、わたしたちの一部なのだ。自己という概念のなかで、もしそうと許されるなら。

29　世の中の子ども

クリスは、オーストラリアに移住するための書類をそろえはじめた。これは現実なのだ。わたしは十二年にわたる海外生活の末に、ほんとうにオーストラリアに帰るのだ。なんだか信じられない。ところが、心は浮きたつどころか不安にとらえられ、わたしはまたも具合が悪くなりだした。

次から次へと風邪をひき、六週間ごとに新しいウィルスにやられ、ウィルスはしつこくて、まるでやつらかわたしかといった戦いのようになり、やつらのほうでは自分たちの勝ちだと確信しているらしかった。

わたしはそんな自分の体に腹がたち、食事抜きにしてやろうと思った。だが、そうするともっと具合が悪くなるかもしれないという気もして、クリスにこう打ち明けてみた。またも具合を悪くさせたこの体に、わたしは怒っている、と。そして、わたしは体と戦っているから、体がおとなしくなるまで食事抜きにしてやろうと思うのだけど、と。

クリスは答えた。べつに体はきみの具合を悪くさせたかったわけじゃなく、体自身の具合が悪くて、きみの助けを求めているんだよ、と。

わたしは怒って言いかえした――わたしは自分にできることをがんばってやってきたし、体だってそれを知ってる。元気でいられるサプリメントをぜんぶ体にあげて、冷やさないように気をつけ、運動もしてあげてる。なのにどうしてわたしにこんなにつらくあたるの？

言っているうちに怒りを抑えきれなくなって、わたしは自分の顔を殴った。

クリスはその手をつかむと、わたしの顔をなでながら言った。「かわいそうな顔」。そして、わたしの体がなぜわたしの言うことを聞けないのか、物を使って説明し、聞けなくても体が悪いわけじゃないと言った。体だってウィルスを入れたくはなかったけれど、じゅうぶんに戦えなかったんだ、と。そして、またケニヨン先生に診てもらうのがいいだろうとアドバイスしてくれた。

わたしは、はっきりした説明を聞きたかった。こんなふうに体調を崩すのは、もううんざりだ。少しでもストレスがあると、すぐ具合が悪くなる。ストレスで、筋痛症から体じゅうに炎症が起きるのはわかっている。それを治したい。きちんと働く免疫システムがほしい。

わたしはまずかかりつけ医に行って、血液検査をした。ケニヨン先生のところでのサイトカインが効いていて、わたしの白血球の値は、はじめて正常になっていた。ではなにがいけないのだろう？

わたしは、サンダーランド大学のポール・シャトックという薬理学者のところへ、尿検体を送った。わたしには乳製品不耐性があり、以前は小麦にアレルギーがあったが、ケニヨン先生からは、小麦アレルギーはなくなっているし、グルテンのアレルギーもないと言われていたのだ。たぶん、そのあたりに問題があることがはっきりするのではないかと、一縷《いちる》の望みをかけた。

尿検査の結果が出た。タンパクが出ていてグルテン不耐性の特徴と一致するが、ポール・シャトックによると、自閉症者の八十パーセントにこれが見られるという。グルテンにアレルギーはないのに、なぜそうなるのかとわたしは訊いた。ポールは、グルテン不耐性はアレルギーと関係ない場合もあるのだと言った。

それでわたしは、グルテンを含むものをいっさい摂《と》らないことにしたが、そのため三日間、深刻な離脱症状に苦しむことになった。のろのろとしか歩けなくなり、わめきちらしたり嚙みついたり、自分の顔をビンタしたり、情緒が激しく混乱したことにフラストレーションを起こして泣いたりした。ところがそれからは、日を追うごとに、霧が晴れるようにすっきりしていった。それでもウィルスの問題は、変化なしだった。

そんなとき、免疫不全症を専門にしている別のクリニックの話を聞いた。自然療法医であり生化学者でもあるマイク・アッシュのクリニックだ。

耳、鼻、喉、肺、消化器の粘膜で働く免疫で、体を防御する最前線でもある分泌型免疫グロブリンA（IgA）を調べる唾液《だえき》検査を、わたしはそこで受けた。

IgAとは、どのようなウィルスに感染したかを白血球に知らせるメッセンジャーであり、白血球が活動するための有力なブレーンでもある。IgAがなければ、免疫グロブリンG（IgG）もなく、IgGがなければ、免疫細胞において、かつてなにに感染したかという免疫記憶がなくなる。そのため感染源がなにかという認識ができなくなるし、もし認識できたとしても記憶がないので、何度も同じ感染をくりかえすことになる。

というわけで、IgAのない人は、たとえばはしかのような感染症に二度三度とかかるし、予防接種の効果を適切に得る消化管免疫反応もない。さらに、体はタンパク質をきちんと認識できず、適切な消化酵素を送るシグナルを出すこともできないそうだ。わたしはしだいに、なるほどと思いはじめた。

IgAの正常値は九十三から二百九十で、六十以下は不足とみなされる。ところがわたしの値は十三で、ないも同然だった。これでようやく答えがわかった。わたしは自閉症者の二十パーセントにあたる

ＩｇＡ欠乏症で、そのなかのさらに八パーセントにあたるＩｇＡがないに等しい状態だったのだ。

さらにショックを受けたのは、この欠乏症をかかえる多くの子どもたちが、診断のつかないまま、わたしの場合のように毎年毎年抗生物質を摂りつづけ、ついには健康を損ねてしまうと聞いたことだ。医師たちは、免疫学が専門であっても自然療法医を兼ねているわけでないことのほうが多く、たとえ診断がついても、免疫状態を変える治療はおこなわれないからだ。

それを考えるとあなたは幸運でしたと、マイク・アッシュは言った。消えたと思ったウィルスがふたたび突発した理由がわかったし、おそらく実質的にはウィルスをまったく撃退できていなかったのだろうとも言った。

つづいて、いい話を聞いた。ＩｇＡの値を六週間で上げる治療プログラムがあるというのだ。だがそれにはいろいろなものを飲まなくてはならず、そのなかには免疫力を上げるための大量のサプリメントもあって、これがひどくまずいうえ、わずかだがオート麦のふすまや大豆、加水分解乳清タンパクが含まれているという。

気は確か？　そんなものを摂ったら、わたしはめちゃくちゃになる。

マイクは説明した。それら原材料は単にサプリメントのつなぎにすぎず、たくさん飲めば免疫状態は非常によくなるので、消化管の問題やアレルギー反応も出ないだろう、と。

わたしは恐ろしかったが、彼を信頼していたし、正しいとも思った。

「あと」とマイクは言った。「ミミズを食べます」

やっぱり気が変なんだ、この人は、とわたしはそのとき思った。ミミズを食べる？

ところがある種のミミズは、わたしの体に寄生虫が入ったと思わせて、炎症やアレルギー症状を、体内にずっと住みつづけようとする寄生虫との戦いに切り替えることができるという。それにミミズといってもパウダー化されていて、カプセルに入っている。

わたしはそのカプセルを、免疫力向上の泥みたいな代物《しろもの》といっしょに飲みつづけた。そして六週間後、ふたたび検査を受けた。わたしのIgAは、なんと百九十二という健康な値になっていた。正常値のちょうどまんなかあたり、しかもウィルスも見つからなかったのだ。

「すごい」わたしは言った。「じゃあこれからは？　あとどれぐらい、あれを飲めばいいんですか？」

欠乏症がそうひどくない場合は、少し飲むだけで自然に治ることもある、とマイクは説明した。あなたの場合、よい知らせは、これが効いたということ。悪い知らせは、この健康な状態を保ちたいなら、一生飲みつづけなければならないということ。

わたしが仕事で関わってきた子どもたちのなかに、免疫欠乏症ではないかと思われる子が二、三人いた。わたしはその子たちの家に電話をかけ、IgA検査について話した。検査の結果、全員が六十以下の値で、いちばん低かった子は二十だった。

反抗や反逆にも正しいものがあるように、わたしは自分で少しようすを見なくてはならないと考えた。そこでグルテンをちょっと摂ってみた。頭が重い感じになったが、ほかはなんともなかった。摂るのをやめると、なるほど三日のあいだ、とんでもない薬を飲んでしまったような状態になった。離脱症状だ。これでは、頭をきちんと働かせて情緒を安定させようとするのに、問題が多すぎる。血液中のグルテンのレベルが下がるたびに、中毒者の離脱症状のようになるなんて、わたしはそこまでパンを食べたいわけではない。

それからわたしは、グルテンと乳製品が含まれていないパンやクラッカー、ケーキ、パンケーキミックス、ビスケット、プディング、ピザ生地、グレイビーソースなどを探して、以前よりさらに食事療法の幅を広げるようになった。

体調はよくなった。わたしは免疫欠乏症も治ったのだと思って、サプリメントをやめた。すると二週間後、またウィルス感染してしまったのだ。

わたしは、ある決心をした。


移住についてのクリスの書類が届いた。おもなハードルは無事に越えて、あとは健康診断、警察のチェック、わたしとの家族関係の書類といったものだけになった。わたしたちは行くのだ。オーストラリアへ、ほんとうに行くのだ。

だがその前に、わたしは自分のストレスに向きあい、免疫欠乏症と消化器の問題を克服しなくてはならないとわかっていた。わたしには、まだしっかり向きあったことのない事がらがいくつかあった。そこで、また催眠療法士ナタリーのところへ行った。

「誰にも話したことはないんですけど、自分を許せなくて、それで自分が傷つき、蝕《むしば》まれてきたって思うことがあるんです」わたしはナタリーに言った。

わたしは話した。子どものころに家に連れ帰ったネコたち犬たちのこと。そのネコたち犬たちがどうなったか。父のお皿のグレービーソースをよくかき混ぜたが、それは父を毒殺する片棒をかついでいたのではないか。実際に、ある犬に起きたことを目撃したが、わたしはなにも、それをやめさせようとすることをなにも、しなかった。そのころわたしは、個人的で直接的《ダイレクト》なコミュニケーションはできなかったし、助けてくれる人も誰ひとりいなかったが、その後大きくなって、心を開いて世の中に参加しようとがんばったときも、自分を救うことしか考えていなかった。わたしは逃げて、逃げつづけて、ふり返らなかった。誰のことも、その人の問題もろとも置き去りにした。「ごめんなさい」とさえ思っていなかった。

やがて、わたしはばらばらになった。息もできないぐらい粉々になった気がした。世界じゅうからわたしはきらわれるのではないか、わたしにそそがれてきた尊敬や称賛すべてが、あっという間に、まちがってみすぼらしく汚《けが》らわしい子どもにかけたむだなことばだったとみなされるようになるのではないか、と恐ろしかった。

世の中に対してわたしは、自分の家庭環境といった成育歴のために、「自閉症」という境界線のなかから逃げ出さざるを得なくなったし、それが生きていく精神的な後押しのようなものにもなった、と語ってきた。でもその同じ成育歴のために、わたしは心的外傷後ストレス障害（ＰＴＳＤ）になっていた。そしてそれは一度もきちんと取り組まれることなく置き去りにされて、わたしの健康を少しずつ蝕み、わたしの「自閉症」を悪化させてきたのだ。

「あなたはまだ子どもだったのよ、ドナ」ナタリーは言った。「聞こえてる？　あなたがしなくてはならなかったことはひとつ、ただひとつだけ、生き抜くことだったの。あなたのことは誰も責めない。お父さんだってわかってくださったにちがいないわ。もし今ここにいらしたら、あなたのことは責めないと思う。あなたはお父さんを殺したわけじゃない。お父さんはがんで亡くなったの。昔のことで時期が早まったということはあるかもしれないけれど、当時のあなたに選択肢はなかったのよ。わかってくださるわ」

人がこう言ってくれるのを、自分の耳で聞いたことが、わたしには信じられなかった。現実の世の中で、あのころのことが声に出して語られるのを聞いたというのも、信じられなかった。最初は詩に書いた。それから文章、そしてとうとう世の中で語られたのだ。

わたしにはわかった。これで、わたしが自分で自分を流刑のようにしていた子どものころの国に、もし戻っても、そこは広びろと解放され、正直でいられる場になっていて、クロゼットにはもう骸骨たちもいない、と。そしてはっきり、とてもとてもはっきりわかった。父の死とともに、あの家族とわたしの関係はついに終わったのだ、と。今のわたしは、世の中の子どもだ。クリスの家族だ。そしてクリスとクリスの家族が、わたしの家族だ。

わたしは、父のかつての心の友だった女性が誰なのか、どうしても知りたいと思うようになった。父が手紙に書いていた女性、何十年も昔、わたしだけでなく父も家で闘っていたときに、父の話を聞いてくれていた女性。

わたしは、よく家に来ていた人を覚えていた。クリスチーヌという名前だった。何年も来ていたが、わたし自身は七歳から十歳のころで、家庭内戦争がすさまじい状態だった時期だ。その人のだんなさんが、ジャッキー・ペーパーのいちばんの友だちだったのだが、トラックの事故で、ひとり娘とともに亡くなったのだった。わたしよりふたつ年下の、やさしくてまっすぐで清らかな女の子だった。その事故のあと、クリスチーヌは姿を見せなくなった。

わたしはインターネットで、昔彼女が住んでいた地域の、彼女の名字の人を探した。検索結果は一件だけ。わたしはそこに電話をかけた。

「もしもし」わたしは言った。「昔、ドナ・ウィリアムズと呼ばれていた者です。父がマモードさんという名字の女性を知っていたんです」

電話に出た人は、彼女の義理のお母さんで、そう、彼女の電話番号を知っていた。わたしはクリスチーヌに電話した。その声は昔、家に来ていたころと変わっておらず、活気にあふれ、気取りがなくて、よく笑った。

だがやがて、クリスチーヌは泣きだした。「あなたのことは覚えてます、どんな扱いを受けてたか。いつも心配で、どうなってしまうかと思ってました」

それから「あなた、しゃべるのね」と驚かれた。彼女は二百回ぐらいも家に来て、わたしもしだいに大きくなっていったのだが、それでもわたしが自分に向かってブツブツ言うのしか聞いたことがなかったという。彼女にとって、わたしは一度も話したことのない子どもだったのだ。

わたしは父のことを訊いてみた。

「知ってます、もちろん。あの人と私は大親友だったんです。週に一度はここへ、こっそり来てました。でも寝たりしなかったわ、そういうことはなにもなかった。息子の世話を手伝ってくれて。あの子の父親とお姉ちゃんが死んだあと。子どもと遊ぶのがほんとに上手でね、息子を肩まで投げ上げては肩車してくれたり、くすぐったり、家じゅう走りまわって追いかけっこしたり。あの人は息子に必要な人だった。息子をいっぱい笑わせてくれました」

「亡くなったことも聞きました」彼女は続けた。「今でもどんなに会いたいか」

「亡くなる前まで、よく会ってたんでしょうか」わたしは訊いた。

「十年のあいだ、家に来てたから」彼女は言った。父は自分の家でのこと、自分にはどうしようもないことをなにもかも話して、心を癒《いや》していたという。

「お父さん、あなたを愛してましたよ」クリスチーヌは言った。

「ええ」わたしは答えた。「そうです」

父の心の友だった女性を、わたしは見つけたのだ。

＊1　英語では「withdrawal」。一般に、医薬品等の減量や断薬によって生じる一連の症状。
＊2　侵入してきた病原菌やウィルスなどの抗原と結合して、白血球がそれを食べてしまうのを助けたり、ウィルスや細菌の毒素と結合して、無毒化したりする。

30　ずっと願ってきたこと

六か月のあいだ、わたしはすばらしい健康状態でいられたが、インフルエンザウィルスにやられて、それも終わった。この何年かで、ウィルスにかからずに六か月過ごしたというのは最長記録だった。だがそれから四週間、六週間、さらには九週間、ウィルスはわたしのなかに居すわりつづけた。

同時にチック症が再発した。自分ではそうしようと思っていないのに、息を止めたり内耳の筋肉で音を立てたり、首と肩をひどく緊張させて首の筋をいつもちがえていたり、自分の顔をたたいたり手や腕を噛んだりして、やめることができない。年を経るにつれて、はじめは唾《つば》を吐いていたのが咳ばらいのくりかえしになり、急に腕を振りまわすようになり、同じ言いまわしをくりかえすようになったというふうに、つぎつぎちがうことをしたが、わたしはウィルスにかかっているときに、いつも突然症状が出たり悪化したりしていたようだ。

これに曝露不安が加わって、すわっていたいときにもじっとすわっていることができなくなり、食べる、飲む、トイレに行く、ジャンパーを着るといったことさえうまくできなくなる。わたしは体の声を聞きたいのに、このとんでもない衝動のせいでそうできなくなる。

免疫力促進剤を飲んでみたが、効かなかった。そこで倍の量を飲んだら、両手がオレンジ色になった。ビタミンAを摂りすぎたのだ。

わたしはケニヨン先生の同僚、ダンツァック先生に電話した。自閉症の療育について、国境を越えて会報を発行している先生だ。ダンツァック先生はわたしのパニックを静めてくれ、ウィルス退治に必要なのは、根深いわたしの恐怖心ではなく、抗ウィルス剤なのだと納得させてくれた。

それからわたしは、こんなにも苦しめられているチック症をどうにかしたいと、必死の思いで、インターネットを使ってあれこれ調べた。そして、リスペリドンという薬のことを知った。〇・五ミリグラムという少量で、チック症や強迫性障害（ＯＣＤ）、双極性障害、パニック障害に効果があるという。かつては統合失調症に大量に使われていたそうだが、最近では自閉症者の不随意な自傷行為に対して、最も効果をあげている薬のひとつとのこと。

わたしは、以前から知っているスティーヴン・ハインダーという精神科医に電話した。思ったとおり、不随意な自傷行為をおこなう自閉症者にこの薬を試したとのことで、少量なのに、四十人中三十八人に効果があったという。

また、自分自身のアドレナリンに依存症を起こす報酬欠乏症候群[*1]についても、彼は話した。さまざまなギャンブラーや、アルコール依存症、強迫性障害や注意欠陥多動性障害（ＡＤＨＤ）の人（急速交代型小児時双極性障害[*2]が、誤ってＡＤＨＤと診断される場合が一定割合ある）などの場合だ。

躁状態が強くなればなるほど、同時に自己防衛反応が起こり、次の曲がり角ではそちらにつかまってしまうのを、わたしはよく知っている。これもやはり、おかしくなったアドレナリンの反応に支配されてのことなのだ。慢性不安が引き起こす一連の作用もわかっている。免疫力や消化力を弱め、行動に影響する脳や神経伝達物質への栄養分の供給を、めちゃくちゃにする。

まだ四歳にもならないうちに、日に少なくとも六回は起きていた感情の暴発のことも覚えている。信じられないような幸福感のあるハイの状態と、自発的で抑えがたい大荒れの怒りの両方を。

おとなになってからの食事療法とサプリメントで、たしかにそれらの音量は小さくなり、人前では大部分を抑えられるようにもなったが、けっして消え去ったわけではなく、わたしの場合、催眠療法で解決できる心理上の問題でもなかったわけだ。

薬物はもういらないのに、ほんの少し口にしただけでまた虜《とりこ》になる依存症というものは、たくさんある。それは牢獄の見張り番のようなもので、わたしを「保護する」権利を正当化しようと、きっかけを待ちかまえているのだ。

わたしはそうした依存症の状態を自分で意識してしまわないよう、歌ったり自分にリズムを与えたりするようになった。なにかしたいときには、ほんとうはどうでもいいんだと自分に言い聞かせ、それができなくならないようにした。行動のしかたを見つけるために、わたしではない誰かやなにかになったり、自分らしさをじゃまされないように、安全な人といっしょにいることで隠れたりもした。

わたし自身のことばとのつながりを切られそうなときには、意味を隠しておくという戦略を編み出したし、ことばを世の中と共有するのを拒絶されそうなときには、感情的な反応の引き金を引くという方法も見つけた。

そしてそういったことをすべてしてきたが、依存症自体から脱却することはできなかったのだ。

でもそれはじつは単純な話で、アドレナリン依存症はおそらく両親からの遺伝であり、わたしの体は大食いのように反応するということなのだ。ほんの少しのストレスでもアドレナリンに向かっていき、けっきょく大量に分泌させるまでになる。

だが、このリスペリドンについての説明を読んでいたときに、なによりわたしの目に飛びこんできたのは、パニック障害と定義されるものの治療に使われるということだった。パニック障害は、厳密には曝露不安と同じではないが、チック症も強迫性障害も双極性障害も曝露不安も、それぞれに関連しあっている。もしこの薬が、自己防衛メカニズムという見えない檻《おり》を取りのぞいてくれるとしたら？　これまでの人生の毎日、そして一日じゅう、そうした衝動と戦い、衝動を抑えてきたエネルギーを考えてもみてほしい。そしてもし、曝露不安が取りのぞかれたら、免疫欠乏症に苦しむこともなくなりはしないだろうか？

わたしはかかりつけ医の予約を取った。その先生は九週間前、咳でわたしの胸から出た緑色の「泥みたいなもの」の検体を検査機関に送っていた。わたしはその肺のウィルスがなんだろうと思いながらも、先生の前にすわると、リスペリドンをたのんだ。

先生は、わたしが自閉症であることを知っており、先生自身にも、自閉症スペクトラムと呼ばれる範囲にある高機能自閉症のお嬢さんがいる。それでも、あまり一般的ではないこの精神病薬が効くかもしれないと思ったのはなぜなのか、と訊いた。

わたしは自分の問題を、わたしなりの理論とともに説明した。わたしにはチック症があって、ウィルスにかかると必ずチック症が悪化すること。自分のストレスになっていることを、昼も夜も、ときには何か月も、たてつづけに話しつづけるという強迫性障害の特徴があること。自分でもとらわれているとわかっていやになるし、クリスも怒らせてしまうのに。

躁症状でのくすくす笑いの発作や、のちに急速交代型小児時双極性障害だったと自分でみなすようになった過度の幸福感については、このとき先生に話し忘れたが、最後にささやき声で、あたかも自分自身にも聞こえないようにするみたいに、こう話した。

理由はもうひとつあるんです。わたしは一生に一日でもいいから、曝露不安にとらえられないで、飲みたいときに飲みものを飲み、苦労せずにコートを取り、しょっちゅう部屋から出たりせずに友人たちのなかにすわり、あとからの反動なしに三食きちんと食事をしたい。

「いちばん重大なのは」そう言ったときには、わたしは泣いていた。「したいときにオシッコをすることもできなくて、そうできるのが贅沢《ぜいたく》としか思えないこと」

先生は、この薬には副作用もあると言ったが、やせているわたしには体重増加は問題ないし、〇・五ミリグラムという少量なら、長期間服用による副作用も出ることはないだろうと認めて、三十日分を処方してくれた。

わたしは薬剤師から薬をわたされると、その場でひと粒飲んだ。そして家に向かった。

二時間後、友人のボブがふらりと家に来た。ただ立ち寄ったとのことだった。わたしはテーブルの向かい側にすわって彼の話に耳を傾けながら、こんなにリラックスして、そわそわせずにもいられるなんて不思議、と思った。それからボブが、わたしの心を動かすようなことを言ったので、わたしは、自分でも驚いたのだが、彼に「抱きしめてもいい？」と訊いたのだ。

ボブは、いすからすべり落ちそうになった。知りあって四年になるが、わたしは体を硬くして抱きしめられるのをがまんすることはできても、自分から友だちを抱きしめることはとうていできないと、ボブにはよくわかっていたからだ。

「いいけど」ボブはあわてていた。顔には「それでぼくはどうすればいいの」と書いてあった。

わたしは彼を、友だちを、抱きしめた。自由な気持ちがした。解放された気持ちもした。そのことに感動した。なにもかもに感動させられる。わたしにたかっていたノミがいなくなったのだ。背中からは落ち着きのないサルがいなくなったのだ。その下に隠れていた人を、わたしは見られるようになったのだ。

ずっと知りたい、そうなりたいと願ってきたことが、ついに現実になったのだ。でも一日だけでなく、一生そうなりたいと願ってきた。わたされた薬は、三十日分だ。

クリスから電話がかかってきた。彼の帰りが待ち遠しくて、わたしは電話口で、はしゃいだ。帰宅を待っているうちにオシッコをしたくなったので、すぐトイレに行った。牢獄の見張り番がいなくなるのを待っていた脱獄囚みたいに、さっと行った。トイレにすわって、わたしは泣いた。信じられなかった。三十八歳にして、ついにこんなにも簡単に、トイレにいるのだ。

クリスが帰ってきた。わたしはまっすぐ彼の目を見つめた。彼が気持ちを伝えようと見つめてくるのを予期して、その視線から、心ならずも目をそらしたりはしなかった。もう一年以上、わたしたちは「自閉症っ子《オーティー》の目」というのをやってきた。彼がわたしと目を合わせるのを避けると、そんな彼にわたしを見させようとして、わたしが彼と目を合わせようとするわけだ。「はい」が「いいえ」で「いいえ」が「はい」である曝露不安の世界では、このやりかたがいつもうまくいった。

「そのようすからすると、『自閉症っ子の目』は、もうやらなくてよさそうだね」クリスがにこにこしながら言った。

彼の体に触れていると、あたたかい気持ちがこみあげてきて、わたしはまたも泣きだした。トイレに行くことも、彼にお茶をいれてあげることも、なんと簡単なんだろうと有頂天になりながら。その晩、わたしは彼に六杯もお茶をいれた。食品庫の前を離れず、途中で気を散らすことなく食事をそろえた。一度は粉々になってしまったわたしの考えのプロセスが、しっかりとテープで貼りあわされたかのようだったし、行動も、クラシック音楽の演奏のようになめらかに流れた。

ベッドに入ってからも、ひとりで「わたしの世界」に行ってしまいはしなかった。ひじにあごをのせて、まじまじとクリスを見た。クリスは、はにかみながら応じてくれた。

三十日目がくるまでに、わたしはクリスの両親を抱きしめ、きちんと食事をし、てきぱきと外出し、友人たちやお客たちのなかに無理なくすわりつづけ、ジャンパーが必要ならすぐ手に取るという特権を満喫し、いつでも好きなときに飲みものを飲み、いい映画を楽しむようにトイレに行くのを楽しんだ。唯一の不安は、先生があの薬をもう処方してくれなかったらどうしよう、ということだった。だが大丈夫だった。

それから何か月ものあいだ、わたしはチック症からも強迫観念からも、気分の極端な揺れからも解放されていた。自分を自由に表現できたし、自分の欲求から行動することもできた。そしてさらに得たことがあった。薬を飲みはじめて四週間で、それまで九週間苦しめられていた肺の感染症が治ったのだ。これは偶然だとわたしは思った。同時に、免疫力促進剤はやめなくてはならなくなった。薬に含まれているビタミンAで、肝臓に問題が出たからだ。また具合が悪くなるのかと思った。ところがわたしは、元気なままでいられたのだ。


オーストラリアへ移住するための、クリスの書類がおりた。公式の書類だ。クリスはオーストラリアに住むことを認められた。わたしは故郷に帰るのだ。

友人たちと別れるのは、とてもさびしい。セルジュにボブ、ロジータ、おとなりのメリル。義理の両親と離れるのもさびしい。わたし自身の意思から抱きしめられるようになったばかりなのに、こんなに変であれこれ適応できない義理の娘を、ほんとうに心を開いて歓迎してくれた。十二年にわたってわたしの第二の故郷となってくれた英国を離れることも、こんなにも大きな変化と喪失と喜びへの適応に力を貸してくれたナタリーから離れることも、さびしくてたまらない。

出発は、二〇〇二年九月二十四日の便《びん》と決まった。わたしの最新刊〝*Exposure Anxiety: The Invisible Cage*〟(『曝露不安――見えない檻』といった意味)の最終稿を出してから一週間後だ。でも、オーストラリアでほんとうに落ち着くことになるかどうかは、まだわからない。ただ冒険を続けていくのみだ。昔、わたしがヒッチハイクをしていたときに乗せてくれたフリッツのことばは、正しかった――わたしは、旅する人なんだ。

朝、めざめると、大きな毛むくじゃらの人が、わたしの背中の曲線に合わせてまるまりながら寄り添って、やさしくいびきをかいている。二、三週間前に、わたしは地元のラジオ局に自分のCDをあれこれ送り、どうなるだろうと、ただ待ちつづけている。わたしはベッドサイドに手をのばして、ラジオ付き時計のスイッチを入れた。

すると、わたしの歌声が流れてきたのである。「ほんのひととき」というアルバムのなかの一曲だ。笑いながらわたしがいっしょに歌いはじめると、クリスが目をさました……。

　ほんのひとときあればいい、歩んできた旅路を見つめるには
　すべてのチャンスはまだこれからだ
　ほんのひとときあればいい、自分を失わずにこの道を行くには
　すべての闘いは自分で選んだのだ

ほんのひとときあればいい、落下するわたしを受けとめるには
そしてほんのひとときあればいい、わたしを呼んでるあなたの声を聞くには
あなたの声を聞くには

＊1　原語は「Reward Deficiency Syndrome」。
＊2　原語は「Rapid Cycling Childhood Bipolar」。

訳者あとがき

「ドナは『自閉症』についての人々のとらえかた、考えかたを、新たなものにしつづけている。障害による壁のむこうと思われていた世界に、あたたかみと情熱を吹きこむ姿には、心を奪われずにいられない」(ドナ・ウィリアムズのホームページ内「読者の声」より)

「ドナ・ウィリアムズの本を一冊でも読んだことがあれば、わかるだろう。彼女が今日《こんにち》、自閉症について最も明晰で、洞察力に富む書き手のひとりだということが」(二〇〇六年九月、ザ・ガーディアン紙)

本書の著者、ドナ・ウィリアムズは、自閉症者の内面世界をはじめて自ら綴った手記、"*Nobody Nowhere*"(一九九九二年刊。邦訳は『自閉症だったわたしへ』新潮文庫)で、世界に大きな衝撃を与えた。

正確に言うなら、この世の中にあまりにもなじめない自分とは何なのかと、彼女が過去を見つめて一心に書いたものが、結果として、世界ではじめての画期的な手記になったということだ。

この手記を端緒として、自閉症の研究は大きく進みだしたと言われている。知的障害を伴わないどころか、知的に非常に高いレベルの、いわゆる高機能《ハイファンクション》自閉症が注目されるようになり、自閉症スペクトラムといった概念も生まれたと聞く。ドナの場合は、ハイファンクションのさらに上をいく「スーパーハイファンクション」であろうとのことだ。

また、手記が学会等で国際的に取りあげられたのと同時に、ドナ自身にも講演やシンポジウムなどの依頼がつぎつぎくるようになり、自閉症研究のさきがけとしての使命感のようなものも、彼女はもつようになったにちがいない。二〇〇一年には初来日して、東京と大阪で講演をおこなった（このとき、私も直接会う機会を得た）。

かつて彼女は、一度は中退していた高校に復学し、大学入学、そして卒業をはたして（『自閉症だったわたしへ』のなかで当時のことが描かれている）、小学校の教員免許も取得したという。まさにスーパーハイファンクションな活躍ぶりで、こうしたバックグラウンドやその後の経験から、〝*The Jumbled jigsaw*〟（邦訳『ドナ・ウィリアムズの自閉症の豊かな世界』門脇陽子・森田由美訳、明石書店）など、自閉症におけるさまざまな問題を分析し、対応策などについて実例をあげながら考察する本も、これまでに四冊著わしている。本書のなかでも、そういった本を書いている場面が出てくるうえ、「感覚のシステム対解釈のシステム」「情報処理の遅れに関わる単一回路《モノ》」「強迫的な闘争・逃走反応」「曝露不安」「広場恐怖症」などについて、自身のできごとに絡めながら述べている。

まさに明晰で洞察力に富み、非常に知的で論理的だが、その一方で、彼女もやはり自分の体さえ思うように動かせないことが多く、コミュニケーションにもいろいろな難しさがあるという自閉症独特の問題をかかえつづけているのだ。

そしてそれらを乗りこえていこうとする闘いや冒険についても、手記として発表しつづけてきた（第二作〝*Somebody Somewhere*〟邦訳『こころという名の贈り物』新潮社、文庫版『自閉症だったわたしへⅡ』。第三作〝*Like Color to the Blind*〟邦訳『ドナの結婚　自閉症だったわたしへ』新潮社、文庫版『自閉症だったわたしへⅢ』現在すべて絶版）。

本書は、その手記シリーズの最新版である第四作〝*Everyday Heaven :Journeys Beyond the Stereotypes of Autism*〟（「毎日が天国　自閉症のステレオタイプを越えていく旅」といった意味）の全訳である。

このタイトルに、最初は「どういうこと？」と思った読者の方も多いかもしれない。ドナの日々は、体がうまく動かずトイレに行くことさえきちんとできないといった困難と闘いの連続でもあるのに、それがHeaven、つまり天国とはどういうこと？　と。

だが本書を読み終えたときには、なるほど、と納得していただけることと思う。色や形やもよう、大自然の美や光、音楽などと一体化して感覚の世界を味わっているとき、おそらく彼女は天国にいるかのように感じているのだ。だからこそ、私たちはそのみずみずしい描写に胸を打たれるし、彼女の世界に心を惹かれつづけもするのだろう。そしてはた目にも苦しげな、自閉症による困難や闘いの合い間に、天国を見たり、天国にいるかのようなひとときを味わったりしているのなら、それはあらためて、なんと意表を突かれることだろう。と同時に、なんと豊かですばらしいことだろう。

ドナ自身、そうしたひとときをエネルギーに変えていくかのように、「わたしのまたの名《ミドルネーム》は自由《フリーダム》」と歌って、どんな困難も一歩一歩、勇敢に乗りこえていく。

本書のなかで特に目をみはらされるのは、ドナが恋以外のなにものでもない「好き」という気持ちに、さらには性や性愛にまで、まっすぐ向きあい、行動していく点だ。

前作までで、人との関係やコミュニケーションの幅を少しずつ広げ、ついにはイアンと結婚したドナが、今度はまずその挫折を経験してしまう。イアンは「出ていく」と宣言し、ふたりは離婚して、ドナはまたひとりぼっちになってしまうのだが、そんな孤独のなかでも、いや孤独のなかだったからこそなのか、ドキュメンタリーの撮影で出会ったミックのことを忘れられなくなる。そして「恋って報われないと、病気と似たようなことになるのよ」と、姉のような存在となった友人、マーゴに言われることになる。

さらに驚かされるのは、その後「そもそも男は、わたしの心を引き裂いた」という思いから、関心が女性に移っていき、ついには同性愛者の団体に電話して、シェリーという女性に出会うことだ（もっとも、あまりにも理詰めな考えをそのまま行動に移す点では、やはり自閉症の人らしいのかもしれないとも思う）。やがてドナは、「愛」と「セックス」について考えはじめ、シェリーとのセックスはすばらしいが、愛しているわけではないと自覚するようになっていく。

その後に出会ったのが、包容力あふれる雰囲気の男性、クリスだった。ところが彼には、まだ別れていない妻がいた……。

その間、ドナは、大切な人たちを立てつづけに亡くすという試練にも見舞われる。大好きだった父、かけがえのない友人マーゴ、人間のように彼女を支えた愛猫モンティ、さらに少し後には、祖母のようだと感じていたジーン。どの別れにも、涙を誘われる。だがドナは、自らに言い聞かせるように書いている。

「人は死んでも、けっして去ることはない。ただ外の世界で会えなくなるだけで、わたしたちの心のなかの世界では、より強い存在になっていく」

自身も病におそわれ、体調の悪さをくりかえす。卵巣のう腫の手術も受ける。だがそれらを克服していくとき、彼女のそばにはいつもクリスがいた。

自閉症であっただけでなく、子ども時代に虐待を受け、その後長くＰＴＳＤにも苦しんでいたというドナが、とうとう「ほんとうの家族」と思えるあたたかな人間関係に恵まれる——。

現在も、ドナはクリスとともに、故郷オーストラリアで幸せに暮らしているようだ。ただ、少し前に乳がんを患い、左胸を切除したとのこと。治療も手術も、どれほど大変だったかと胸が締めつけられるが、そのことについても自身のホームページの動画で詳細に、こちらが逆に元気づけられるほど明るく、語っている。術後も、やはり「あるがまま《シンプリー・ビー》」で堂々と生きているように、「さすが、ドナ」と心強い気持ちになる。

今では、治療で抜けた髪も少し伸び、ベリーショートのような髪型になっているようだ。新生ドナを思わせるその姿で、本書にも出てくるジュリアンのキーボード伴奏とともに、のびのびと楽しそうに歌っている動画も出ている。

また、やはり本書にも出てくるとおり、ドナは美術のうえでも才能を発揮するようになっており、絵画だけでなくレリーフや彫刻の数々も、ホームページ上で見ることができる。絵画作品は、これまでに二百五十枚も売れたそうだ。

ホームページは次のとおり。

www.donnawilliams.net
また、このホームページの〝Contact Donna〟の部分をクリックすれば、ドナに直接Eメールを送ることもできる。ちなみに、メールアドレスは次のとおり。

bookings@donnawilliams.net

第一作を書いたときには二十八歳だったドナも、本書のなかでは三十代後半となり、今ではもう五十一歳だ。恋と愛と性についての話が繰りひろげられる本書は、いわゆる「おとなになった自閉症児」の現実を映しているとも言えるのかもしれない。

自分らしく生きるとは、「あるがままに」生きるとは、どういうことか。ドナの足跡が、自閉症の人やそのご家族にはもちろん、この世の中でなんらかの生きにくさを感じている人たちにも、勇気や力のもとになりますようにと願っている。


最後に、本書の原書は二〇〇四年に刊行され、私もその時点で読んで「事実は小説より奇なり」そのもののようなストーリーに胸を躍らせたのだが、版権が新潮社から明石書店に移るということがあり、その後も諸般の事情でなかなか訳出に入ることができないまま、時ばかりが飛ぶように過ぎた。刊行にたいへん時間がかかってしまったことを、ここで読者のみなさんにお詫び申し上げしたい。

また翻訳に際しては、ドナ語やドナの理論の解読と翻訳に苦労する私を、明石書店編集部の大野祐子さんが、どんなときにもあたたかく、辛抱強く見守ってくださって、どれほど力づけられたかわからない。ほんとうにありがとうございました。あわせて、おとなの女性としてのドナの強さやしなやかさを感じさせてくれる装丁に仕上げてくださったデザイナーの上野かおるさん、すてきな装画を描いてくださったアカサカヒロコさん、本書の刊行を楽しみに私を励ましつづけてくださった、『変光星——ある自閉症者の少女期の回想』(遠見書房)などの著者、森口奈緒美さんにも、心からお礼申し上げます。

二〇一四年十一月

河野万里子

〈著者紹介〉

ドナ・ウィリアムズ

1963年、オーストラリア生まれ。幼い頃からの記憶を綴った『*Nobody Nowhere*』（邦題『自閉症だったわたしへ』新潮文庫）を1992年に発表。世界で初めて自閉症者の精神世界を内側から描いた同書は十数カ国語に翻訳されて世界的ベストセラーとなった。94年には続編の『*Somebody Somewhere*』（邦題『自閉症だったわたしへⅡ』新潮文庫）を、96年には続々編の『*Like Colour To The Blind*』（邦題『自閉症だったわたしへⅢ』新潮文庫）を発表。自閉症の分析や対応策について書いた『ドナ・ウィリアムズの自閉症の豊かな世界』（明石書店）、『自閉症という体験』（誠信書房）などの著作もある。そのほか作曲、絵画、彫刻に取り組むかたわら、世界各地の自閉症関係の講演やワークショップでも活躍中。現在は夫と共にオーストラリアに在住。

〈訳者紹介〉

河野万里子（こうの・まりこ）

上智大学外国語学部フランス語学科卒業。主な訳書に、ドナ・ウィリアムズ『自閉症だったわたしへ』、ボーム『オズの魔法使い』、サン＝テグジュペリ『星の王子さま』（以上、新潮社）、ルイス・セプルベダ『カモメに飛ぶことを教えた猫』、E・キュリー『キュリー夫人伝』（以上、白水社）、コレット『青い麦』（光文社）など。絵本翻訳も多数。

毎日が天国

自閉症だったわたしへ

二〇一五年一月一〇日　初版第一刷発行

著　者――ドナ・ウィリアムズ

訳　者――河野万里子

発行者――石井昭男

発行所――株式会社 明石書店

一〇一－〇〇二一　東京都千代田区外神田六－九－五

電　話　〇三－五八一八－一一七一

ＦＡＸ　〇三－五八一八－一一七四

振　替　〇〇一〇〇－七－二四五〇五

http://www.akashi.co.jp

装　幀――上野かおる

装　画――アカサカヒロコ

印　刷――モリモト印刷株式会社

製　本――モリモト印刷株式会社

（定価はカバーに表示してあります）

ISBN 978－4－7503－4118－7